大秦谍局

第一部○灭强赵

夏龙河 著

中国文史出版社
CHINA CULTURAL AND HISTORICAL PRESS

图书在版编目（ＣＩＰ）数据

大秦谍局.第一部.灭强赵 / 夏龙河著.-- 北京：
中国文史出版社, 2019.6

ISBN 978-7-5205-1221-3

Ⅰ.①大… Ⅱ.①夏… Ⅲ.①长篇小说—中国—当代
Ⅳ.① I247.5

中国版本图书馆 CIP 数据核字 (2019) 第 173564 号

责任编辑：梁玉梅

出版发行：中国文史出版社

社　　　址：北京市海淀区西八里庄 69 号院　　邮编：100142

电　　　话：010-81136606 81136602 81136603（发行部）

传　　　真：010-81136655

印　　　装：北京温林源印刷有限公司

经　　　销：全国新华书店

开　　　本：16 开

印　　　张：19　字数：286 千字

版　　　次：2020 年 3 月北京第 1 版

印　　　次：2020 年 3 月第 1 次印刷

定　　　价：55.00 元

第一章 尉缭用计

01. 李斯见秦王

公元前 236 年秋末，秦始皇的"驱客令"甫一取消，集聚天下富华的大秦帝都咸阳就接连发生了几次震惊朝野的无头尸体案。

案件很是诡异。尸体不但无头，且全身赤裸腿臂皆无，像是一节节藕段。尸体看似很随意地扔在大街上，位置却皆是车水马龙之繁华地段。

大秦官员起初以为不过是性质恶劣的刑事案件，有的甚至认为是老秦人对于重返咸阳的六国商贾的报复，因此没有过于重视。派了令史去勘验一番，然后通告下去，让家里有失踪的来认领尸体，责令捕快尽快破案，此事就暂且放下了。

但如此接二连三地发生了几次之后，当地官吏有些坐不住了，怕有蹊跷，就具了公文，层层上报，一直报到了当朝廷尉李斯手里。

李斯也正处于无限烦恼之中。

自秦王废除了驱客令后，各国商贾回归，咸阳逐渐恢复了昔日的繁荣。然而，随着商贾一起回归的，还有山东六国在秦国布置的大量斥候。

春秋战国时期惯例，各国商社虽然是民间组织，却都跟本国官府有密切的来往。各国商社就是本国设在所在国的间谍机构，各国皆如此，心照不宣而已。

各国自然也皆有应对之策，那就是在各国商社内派驻卧底。商社因此也成了各国明争暗斗的重要阵地。秦国行人署派驻在各国商社内的卧底，却出了问题。

驱客令下达之初，各国商贾士农被驱逐回国，秦国行人署派出的部分卧底以为大功告成，没有随着山东六国商社一起进退，而是喜滋滋去向上司复命去了。六国商社撤出后，发现少了不少人，仔细追究下来，这才知道自己的身边竟然有这么多的秦国卧底。

经过几百年的暗中较量，各国的间谍和反间谍组织互相制约，本来基本处于平衡状态，这次大秦失策，无意中露出了自己的光屁股，六国商社和细作细细梳理往日情形，自然又发现了一些隐藏得更深的秦国卧底，并进行了清洗。由此，很多秦国卧底神秘失踪，行人署无力应对，只好上报。

现在这一份公文、一份密报都摆在李斯的案头。公文是竹简，庄重肃穆，密报是用羊皮写的，虽然柔软，却分量不轻。

以李斯的智商，他自然明白，这两件事有关联，却不是必然的因果关系。秦王废除驱客令，有人赞成，有人反对。赞成者大部分是年轻臣子和将领，反对者却很多是德高望重的皇亲贵胄。有人传说此事是某个老贵族为了嫁祸于复归咸阳的山东六国所致。李斯却知道，此事不会这么简单，其中或另有深意。

山东六国善于结交大秦贵族，很多老贵族都得过山东六国的好处。这些大秦贵族也不傻，他们在得到好处的同时，也在利用结交之人，得到一些他国的信息，并趁机离间六国。很多贵族把得到的情报和自己的所为都禀告秦王，并得到嬴政的首肯。所以，当初驱客令施行的时候，还是有部分山东商贾甚至细作，受到这些贵胄的保护，留了下来。因此，此事到底是何人指使，何人所为，所欲为何，其中十分复杂。

李斯思虑半天，长叹一声，又拿起羊皮密报细看了几遍。仿佛这短短的几行字里，还藏着什么谜底。侍从踮着脚步过来给他倒水，倒是吓了他一跳。

侍从不由得一笑。李斯摆摆手，示意不喝水。侍从拎着水壶退下。他还没走到门口，李斯把羊皮拍在竹简上，好像还不解恨，又重重地拍了两下，那架势，要把这两份东西拍成碎末的样子。

侍从受了一惊，站住。

李斯站起来，边揉着有些麻木的脸颊，边大喊："备车！"

侍从站直身子，干脆利落地答应一声，颠颠地跑出屋子，跑进满院子的夜色中。

李斯黉夜求见秦王，秦王嬴政也没闲着。李斯随着值日太监进入秦王的书房，看到咸阳令蒙恬和秦王都阴着脸端坐着，显然也是遇到了难题。

李斯要行大礼，被秦王喊住了。秦王摆摆手："深夜进宫，不是为了来撅着屁股磕头的吧？有事说事。"

李斯也知道秦王是个讲究实效、不拘小节的人，因此对着秦王和蒙恬抱拳行礼后，就把公文和密件都呈给了秦王。

嬴政皱着眉头，看完密报，又转手把两份东西递给了咸阳令蒙恬。他端起赵高刚刚给他续上的参汤，放到嘴边，却心思重重地又放下了，从蒙恬手里把他看了一半的羊皮密报拽了过来。

蒙恬惊愕地看了看秦王，只好看面前的竹简。竹简比较简单，寥寥几行字，一会儿就看完了。蒙恬轻轻叹了一口气，看着秦王。

秦王看完密报，把密报重又递给蒙恬，端起碗把汤喝光，赵高过来把碗接过去。秦王道："说吧，你们两个都有什么看法？"

李斯欲言又止，把吐出的半个字化为咳嗽，转眼去看蒙恬。蒙恬办事稳当利落，在朝中极有威信，跟秦王关系也比李斯要深一层，这是李斯打住自己、让蒙恬先说话的原因之一。

还有一层，驱客令废止不久，大秦贵族遗老还时常为此事鼓噪秦王。废止驱客令，李斯的《谏逐客书》起到了决定性的作用，李斯自知身份敏感，秦王为此事顶着很大的压力，脾气大了不少，因此，此时自己还是少出头为好。

蒙恬是齐国蒙阴人，向来爽直，看李斯的样子，就知道他是先等自己说话。他当仁不让，一抱拳，张口就来："君上，微臣还是刚才的意见，此事或是有人乘机作乱。我王不应为此事耗神，只需按部就班，严查就是。"

秦王略略点头，转眼看着李斯："廷尉是何说法？"

李斯何等机敏，看两人言行，就知道刚刚两人所议的就是此事。他心中有了数，稳了稳神，说："君上，蒙恬将军之言，微臣深为赞同。此事频发在秦王废止驱客令不久，显然是企图以此事挑起我大秦疑虑和内耗。百姓中对此事传说种种，大都荒谬无度。只要秦王安稳，臣下等抽调精干人马，查个水落石出便是。"

秦王点头，说："此言有理。不过，李斯啊，寡人怎么觉得你变了呢？"

李斯赶紧跪下："李斯对君上一直忠心耿耿，此心天地可鉴、日月可昭，望君上明察！"

秦王呵呵笑了，说："起来！我自然知道李斯对我大秦之忠心。不过，李斯写《谏逐客令》气宇轩昂言无不尽，今天的李斯言语中可是打了许多的埋伏啊。"

李斯依然跪着："请……君上明示。"

秦王脸色一冷，说："还装?！那些荒谬无度的传言都是什么？什么叫荒谬无度？你难道不想说给寡人听听吗？"

李斯拱手，说："君上圣明！李斯想说给君上听，不过……"

"不过我不要太较真，不要不高兴，不要……李斯啊，你什么时候能变得像蒙恬这般直爽?"秦王粗暴地打断李斯的话。

蒙恬接话说："君上别怪李斯，我想此事必然涉及逐客令一事，李斯因此才有所担忧。现在秦国上下很多人都对李斯虎视眈眈，他胆子再大，此时也不得不踮着脚跟走路啊。"

秦王挥手，说："行了，都不用说了。李斯，寡人所重者，是你等为人行事堂堂正正。寡人粗鲁，喜欢直爽之人，无论正确与否，先说出来怕甚？此地没有外人，如此吞吞吐吐，君臣互忌，如何成事？"

李斯站起来，躬身，大声说："君上一言，解我困惑，臣就直说了！民众传言：此事是皇亲贵胄所为，意欲嫁祸于山东商贾，李斯不知道君上对此说有何看法？"

秦王眯着眼看着李斯，把球踢了回来："你说呢？"

李斯不得不接这个球："呃？我觉得老秦人以及众位贵胄虽然对山东六国士子入秦有看法，却大都直来直去找君上聒噪，不屑此种作为。不知……李斯这么说是不是合君上之意？"

秦王大笑："知我者，李斯也。好，此事就由你来办，蒙恬配合。明松暗紧，务必查清！"稍缓一口气，秦王又小声说："其中……蹊跷之处，你酌情处理。无论是王爷还是商贾，都不宜惊动。"

李斯抱拳："微臣明白！"

02. 墨家神斧

第二天一早，李斯刚醒，门房就来报，说找到了一个木匠。李斯刚搬进这官邸不久，屋子里比较空，因此让老门房找一个木匠打一些紧要的家具。

李斯问木匠手里的活儿怎样？门房说万里挑一。

李斯又问，价钱呢？门房说天下最便宜。

李斯说那还犹豫什么？快开工呗。

门房期期艾艾，说："老爷，这木工……是墨家弟子。"

李斯苦笑一声，说："那就麻烦您老人家了。"

门房答应一声，哭丧着脸退了出去。

春秋战国时代，天下木工分两大派，一派以鲁班为祖师爷，另一派则是墨家弟子。

鲁班的弟子广布天下，良莠难分。相比鲁班，墨家弟子数量却少得多。但是墨家弟子都是受过严格的训练，吃苦耐劳，技术精湛，且不计较报酬。遇到真正的穷人，他们只要求能吃饱饭就行。谁家找到一个墨家弟子做木工活，那真的是一种福分。

不过，墨家弟子有一条很不受人待见的规矩。

那就是要听他们讲课。

墨家弟子可以不要钱，但是你不能不听他们讲课。每天晚饭后，他们要求东家必须听他们讲一炷香时间的《墨子》。

墨子主张"兼爱、非攻、尚贤、尚同、天志、明鬼、非命、非乐、节葬、节用"。通俗点说就是，无论是官员还是老百姓，大家都是平等的，要互相帮助互相爱护，过日子要节俭一些，等等。他们甚至主张一国之王也应该是找有能力者居之，这岂不是要了皇帝贵胄们的老命了吗？

所以，各国王侯提到墨子一脸的恭敬，却都是表面文章，没有一个国王愿意让墨子帮助他们治理国家。

老百姓觉得墨子的这些话虽然听起来很美，但却是空中楼阁。再看看他们一个个衣衫褴褛，还不如一般的老百姓，善于以貌取人的老百姓的听课兴趣自然就跑得一干二净了。

墨子弟子不结交权贵，无论是老百姓还是哪个国家有了祸端，他们都能豁出命来为之周旋。因此，墨家是诸子百家中最受尊敬的，是无论君侯还是百姓在危难之时最先想到的。可惜的是，墨子学说是典型的叫好不叫座，无论是百姓还是国王以及王公大臣，都是在危难之时想到墨子，在平安富足之时，都离他们远远的。

到了战国时代，墨家衰退严重，已经无法跟春秋时期相比了。墨家弟子从鼎盛时的几万人，减少到只剩下几千人，且门派众多、各自为政。加上弟子分裂，互相攻讦，墨家虽然依旧名列诸子百家之首，影响力却是强弩之末了。

李斯打发走了门房，简单吃了点儿饭，刚坐下泡上茶，蒙恬就上门了。

蒙恬行色匆匆，也顾不得礼节，进门就喊："又死了两个！"

李斯端着茶壶的手一歪，茶水溢出，烫得他大叫一声，一个高儿蹦了起来："什么?!"

蒙恬顾不得回答，先给自己倒水，边吹边喝了一杯，说："渴死我了……又死了两个，在东市桥头。我忙到现在……饭还没吃呢。"

李斯喊人给蒙恬备饭，蒙恬阻止了，说："不劳廷尉大人费神了，下官还得去衙门一趟。下官拐进来，就是想跟廷尉大人说一声，此事还没完，大头当在后面。"

李斯问："死人怎样？还是赤裸、无头?"

蒙恬点头，说："依然如此。两个好精壮的男子，惨！"

李斯边沉思边说："又是两个……真是嚣张至极！令尹大人，您忙活一宿，发现了什么蛛丝马迹没?"

蒙恬懊恼地摇头："啥都没得。"

李斯点头，说："也难怪。几十个人下去巡查多日，一点影子都没见到，显见此人是高手。山东六国有此人才，也算有幸。"

蒙恬说："几十人少了，再加一百！此事迁延时日越多，民众恐慌日甚。"

李斯端起茶壶，给蒙恬的水杯加满水。蒙恬端起来，先啜了一口，然后一饮而尽。李斯笑了笑，说："将军真是渴了。"

蒙恬点头，说："夜里风大，把血都吹干了。"

李斯又给他倒了一杯水，放下茶壶，才慢悠悠地说："咸阳之大，人口繁多，再加一千人恐怕也没用。经过逐客令之事，山东六国对大秦细作的手段和人数已经了如指掌，现在加入反而会加重他们的戒备。"

蒙恬抹了一把干黄的糙脸，打了个长长的哈欠："那……如何是好？"

李斯用两个指头，端起水杯，轻轻啜了一口，把水杯又放下。心急的蒙恬眼珠子随着李斯的水杯上下转动，差一点就掉了出来。

李斯把水咽下，才说："此事不能着急，我要把所有卷宗看完，先理出个头绪才好。"

蒙恬站起来拱手："那我告辞了。我会尽快让人把此案所有卷宗送来，不知是送到廷尉府方便，还是送到家里方便？"

李斯想了想，说："送到家里吧，我晚上可以细看。"

蒙恬匆匆离去。李斯送蒙恬到大门外，看到老门房正监视一帮人从马车上朝下卸木头。那个健壮、面孔黧黑的墨家弟子在一侧，正挥舞巨斧，把木头截断。

墨家木工很少用锯，善于用斧。他们的斧头花样繁多，有薄有厚，有圆头，有方头，大小不一，各有功能。

据说鲁班的弟子曾经与墨家弟子比赛疏解木头。鲁家弟子用锯，墨家弟子用斧头。各有木头三截，一炷香时间为限。结果是墨家弟子跟鲁家弟子疏解开的木头一样多，鲁家弟子剖开的木头平直一些，墨家弟子疏解的木头却比鲁班弟子疏解的要光滑很多。

能把一根木头完全用斧子疏解开，并用斧子修平，手一摸，顺溜光滑，此番功夫不但需要精湛的技术，更需要过人的臂力。墨家弟子木工技艺精绝，且功夫了得，如此可见一斑。据传，鬼斧神工的"鬼斧"两个字，最早就是起源于藤国人对墨子弟子的评价。

现在，这个墨家弟子正用斧头，把粗细不一的木头一一截断。

经过附近的人看这个木匠将一把斧子抡得虎虎生风，搞得木屑翻飞，都围过来观看。李斯看着热闹，也忍不住走过去，站着看了一会儿。

这墨家弟子穿着一双破草鞋，短打扮，上身的皂衣补丁摞着补丁。风吹日晒的缘故，面孔粗糙黧黑，看起来活生生一个出苦力的，有谁会想到他是大名鼎鼎的墨家的弟子？

让李斯最佩服不已的，是墨家弟子那个盛着各种工具的精致箱子。箱子放在这个墨家弟子的板车上。墨家弟子把手里的斧子放在箱子上为斧子特制的窠臼里，马上就会有另一把别的样式的斧头的柄从窠臼里跳出来。最让李斯惊诧的，是这柄跳出来的斧头刚好是下一步要用的。

众人啧啧称赞。

这个墨家弟子视若无人，大小不一、形状各异的斧头在他手里上下翻飞，宛若朵朵银花盛开。几十把斧头从头用到底，一根根笔直，大小各异、厚薄不一的木料，就散发着香味，躺在了众人的面前。

墨家弟子挥汗如雨，挽着袖子的两只黑胳膊上，青筋突起，石头蛋子一般的肌肉团，随着胳膊的挥舞突突乱蹿。李斯站着看了有一个时辰，累得腰酸腿疼眼花缭乱，而墨家弟子的动作却不见丝毫缓慢。

四周围观的百姓开始议论："哪里的木工如此下死力？"

"不知道。这斧头，啧啧，恐怕大秦找不到第二位了。"

"是……墨家的吧？没听说'鬼斧'墨家吗？"

听说是墨家弟子，很多百姓投之以同情的眼光。在众百姓的眼里，墨家都是些傻子，木工活做得极好，却收费最低。战国时期，只要墨家木工出现，鲁班的弟子就很少有人用了，鲁班弟子因此最恨墨家。

李斯的老师荀子也对墨家非常尊敬。他曾经说过，墨家是天下最具理想和一心为民的学派，可惜，因为其太理想化，没有据现实做文章，不适合这个弱肉强食、逐鹿天下的时代。

李斯把老门房喊过来，轻声问他："这个木工手艺不错，他叫什么？"

门房点头，说："真是不错。他叫甫飞。对了，老爷，他说他不要工钱，只要每日晚上跟您讲一炷香时间的《墨子》。您看……"

李斯苦笑："您跟他说吧，我不要听他的《墨子》，我宁肯付他两倍的工钱。"

03. 墨家弟子

傍晚，李斯从廷尉府处理公务回来，蒙恬已经让人把一堆竹简送了过来。算上昨天晚上的那一起，总共八起案件，十三个人被杀。十三卷竹简，像是十三个人的冤魂，蜷伏在李斯面前。李斯盯着这十三个竹简看了一会儿，看得心里直发毛。

下人送上饭菜，李斯简单吃了点儿，觉得精神有所好转，就洗了把脸，打开了竹简。

竹简上主要是令史的验尸记录。一个月前在东市口，赵国商社附近，发现了第一具无头男尸。令史记录如下：东市大街北，赵埠北门三十二丈。脚蹬南，无头。脖颈处右后侧刀口最为齐整，皮肉内收。故应是从脖颈右后处下刀，刀刃极锋，切口齐，右前侧皮肉外扯。死者为壮年男性，年二十至三十。略胖，健壮，肌发达，肤粗糙，腿长，小腿肌肉结实，长于步履。身无片缕。右肋下第三、四肋骨折断，右手空握……第二个被杀的是一个未成年男子，十三四岁，阴毛还没有长齐，人却魂归西天，实在是可惜至极。

李斯把十三份验尸记录都摊开。十三份竹简，就像十三具鲜血淋漓的无头尸体，摊开在李斯的面前，在等着他为他们洗冤昭雪。

从令史的验尸情况和分散于咸阳城各个区域的抛尸地点等情况来看，这八起案件几乎是毫无规律，各不相关。只有一点是相同的，那就是这十三个人都是没有了头颅的健壮男性，身上没有一点可以证明自己身份的东西。

验尸报告跟李斯预料的一样，几乎没有给李斯提供一点有用的信息。正在李斯毫无头绪的时候，门房报说咸阳令蒙恬将军求见。

李斯觉得奇怪，蒙恬进出他家，从来都是直接就闯将进来，今日为何还要门房通报？

李斯整理了一下衣冠，让门房把咸阳令请进来。

果然有情况。蒙恬不只是自己来了，还带了两个非常重要的人，一个是负责此案件的郡丞里书，另一个则是咸阳的老令史皮山修。

两人见过李斯，礼毕，入座，下人奉茶。

李斯摸了把脸，说："将军真是神人。我正束手无策，急需有人相助，将军恰好来了。"

事情紧急，蒙恬也顾不得客气，说："这两位对这八起案子，都现场勘查过。郡丞里书曾经破过三年前咸阳南巷的鼻钉杀人案等八十多起大案，令史皮山修祖传二十多代老令史，李大人有事尽管问他们。"

李斯点头，说："那就麻烦二位了。里书大人对咸阳的各处人物想必都很熟悉，不知大人对此案有何见解？"

郡丞里书黑瘦，眼光精锐，说话也是干脆利落："廷尉大人，里书是老咸阳，见过无数奇案怪案，但是，所有的案子都留下一些蛛丝马迹。这案子奇就奇在几乎是明目张胆，粗暴简单。您说，一刀把头割掉，衣帽剥光，大街上一扔，不是很粗暴简单吗？可是却是精绝至极，毫无线索，连死的是谁都无从知晓。我里书真是觉得惭愧啊！贼子猖狂，连番作案，我等明察暗访一月有余，毫无所获，里书愧对大人，愧对咸阳百姓啊。"

李斯摆手，说："郡丞大人先不必自责，此案恐怕大有背景，非平常案件。郡丞大人在此案浸淫时日不短，觉得行凶之人应该是什么人？"

郡丞说："回大人，行凶者自然应该是江洋大盗，不是一般小贼所为。"

李斯微笑："江洋大盗杀人必定是为了利益。郡丞大人觉得这案子是为了什么利益？他们不会只是为了杀人好玩吧？"

郡丞脸色惶恐起来："回廷尉大人，此事正是在下不解之处。在下愚鲁，让大人见笑了。"

李斯庄重起来，说："郡丞大人言重了。圣人也须不耻下问，何况我等？我曾经在各国奔走，因此对各国情况比郡丞大人要了解得多。郡丞大人向住咸阳，对咸阳之事了解的自然就比我多了。"

里书一愣："呃？李大人的意思……此事跟六国有关系？"

李斯轻轻点头，说："此事不早不晚，恰恰在君上除消驱客令，山东商贾开始大批进入咸阳之时。是否六国所为，暂且不敢说。但是此事或者是有人针对六国，或者六国借机构陷咸阳。"

蒙恬点头，说："有道理。"

李斯说："郡丞大人精于断案，我早有耳闻。不了解这六国与大秦之间关系之诡秘者，自然无法把此事跟凶案连接起来。我能将二者连贯起来，全是巧合。行人署上报，安排在山东六国商贾之中的细作很多失踪，恰好此时出现了凶杀案。自然，被杀者不一定是大秦的细作，但是这其中必有一些关系。至于其中具体原因，还需要郡丞大人协助调查。"

里书躬身："大人尽管吩咐便是。"

李斯转身问令史："皮家是令史世家，对刀法颇有研究，你的验尸公文也写得很讲究。只是有些地方，还需要向先生请教。"

令史皮山修站起来施礼，说："属下不敢。"

李斯问道："你的第一份验尸单上说：'故应是从脖颈右后处下刀，刀刃极锋，切口齐，右前侧皮肉外扯，皮有拉长。'第三份验尸单上却如此说：'刀刃尚锋，切口尚齐，从颈骨右侧肉开始外侧，右外侧皮长三寸。'据此看来，这两人被杀应该不是一人所为。验尸记录大致可分七种，也就是说，这八次凶杀案，除了第二次跟第五次几乎完全一样，其余六次都是略有差别。这是不是应该看成这八次是七个人所为呢？"

令史拱手说："大人不愧是荀子高足，确实精细过人！这七次刀法各有不同，无论是力道，还是出刀方位，都有差异。论理说，这确实不像一个人所为。但是属下曾经遇到过一个高手，三年中，他杀了十多个人，也是用刀，却每次刀法和力道都有区别。我等也以为这十多人不是一人所杀，以致判断失误。所以，这个虽然有差别，却不敢断定是一人或几人所为。"

李斯想了想，说："令史先生说得有理。本人对凶案之事是外行，因此虽有些想法，恐怕也是有所偏颇。不过，因为驱客令余波未消，咸阳现在成为山东诸国瞩目之地。六国君臣都盼望咸阳出事，没事希望出事，小事希望变成大事，趁火打劫甚至暗中捣鬼都很有可能，希望二位把此种情况也考虑在内。"

郡丞里书点头，言语诚恳："大人眼光高远，让我茅塞顿开。我等回去即可重新部署，以期尽快破解此案！"

李斯拱手说："有劳诸位了。大家多议，才有成效。我还得提醒众人一句，此事复杂，对手凶悍，大家要注意安全才是。”

蒙恬说道：“李大人，听说贵府刚来了一个墨家的木工，这好像有些蹊跷……李大人多加防备为好。”

李斯笑了笑，说：“多谢将军关心，不过墨家最讲究诚信，凡事不会机巧，更不屑于计谋，否则墨家怎会落拓至此？”

送走了众人，李斯还没有睡意。月色明亮，李斯边在院子里随意溜达，边想着这诡异的案情。

走到放杂物的草房时，看到草房里有灯光，李斯一愣，才蓦然想起，家里有木工，想必是老门房把木工安排住在了这里。

李斯觉得有些不安。墨家弟子终究不是普通木工，怎可安排在此处？想到老门房现在想必在听墨家弟子讲《墨子》，心下一动，就踮起脚步，朝着木屋走了过去。

果然，他听到茅屋内传来底气充沛的诵读之声：“……潜慝之言，无入之耳；批扞之声，无出之口；杀伤人之孩，无存之心，虽有诋讦之民，无所依矣。是故君子力事日强，愿欲日逾，设壮日盛。

“君子之道也：贫则见廉，富则见义，生则见爱，死则见哀；四行者不可虚假反之身者也。藏于心者，无以竭爱，动于身者，无以竭恭，出于口者，无以竭驯。畅之四支，接之肌肤，华发隳颠，而犹弗舍者，其唯圣人乎！

“志不强者智不达；言不信者行不果。据财不能以分人者，不足与友；守道不笃，遍物不博，辩是非不察者，不足与游。本不固者，末必几。雄而不修者，其后必惰。原浊者，流不清；行不信者，名必耗。名不徒生，而誉不自长。功成名遂，名誉不可虚假反之身者也。务言而缓行，虽辩必不听。多力而伐功，虽劳必不图。慧者心辩而不繁说，多力而不伐功，此以名誉扬天下……”

墨家弟子声声清脆，节奏极快，好像也不管别人能否听清，兀自一路读将下去。老门房一声不吭，没人一般。

李斯摇头叹气，这哪里是给人讲课，分明是自己读书。

正讲得起劲的墨家弟子甫飞猛然止声，对外朗声说道：“外面可是廷尉大人？”

李斯一听人家喊自己呢，不得不应声："正是李斯。惊扰墨家高足了。"

李斯转身就要走，只听木门嘎吱一响，一条黑影就站在了门外。那个木工甫飞抱拳："廷尉大人，既然来到门前，何不进屋叙谈？在下猜测大人定有心事，墨家弟子直拙，甚是仰慕廷尉大人风节，不知廷尉大人可否放下身段，以教吾等？"

李斯还礼，推脱说："墨家天下扬名，李斯能在家里见到墨家高足，甚是荣幸，不过……先生不是正在讲课吗？在下改天再打扰吧！"

甫飞苦笑，说："大人的门房很是辛苦，我看他也听不进去，索性违反师规，让老人家歇息去了。"

李斯无法推脱，只好拱手说："那就叨扰了。"

李斯进了小木屋，看到甫飞的青色被褥直接铺在一堆乱草上，非常不安，抱拳说："得罪了！墨家是天下最具爱民之心的高尚大家，门房竟然如此怠慢先生，在下感到惭愧！我这就找门房，给先生换一间上好的房子。"

甫飞拒绝了。他说："廷尉大人此举大可不必。墨家弟子别的不敢说，吃苦却是墨家一绝。何况我们常年在四处奔波，夜宿荒郊都是常事，这里有屋子遮风挡寒，已经非常好了。如若大人有心，倒是不如听我讲一讲《墨子》。"

李斯说："先生高洁，李斯敬仰。不瞒先生，当年我随师业之时，师父就跟我们讲过《墨子》，墨家为民请命，讲究非攻、兼爱，我师父也非常佩服。可是现在诸侯争霸，弱肉强食，墨家学说实在是有些不合时宜。大家都在忙着增强国力，打着吊民伐罪之名行鲸吞别国之事宜，大国征战不休，小国人心惶惶，国家需要的是能使国家强盛、能征惯战之士。百姓贫苦劳作，喜欢的是能让他们富贵发达之术。墨家上不能强国，下不能富民，虽然高尚，却违背人性之欲，有空谈之嫌。"

甫飞说："大人说得不错，墨家与别家学说之不同，在于墨家的天下大义。非攻，是希望大国不要吞并小国，以免生灵涂炭，百姓流离失所。兼爱，是说天下者乃百姓之天下，希望天下苍生能够互相关爱，没有贵贱之分。如天下都崇信墨子，何愁天下不太平、民众不富裕？反观那些强国弱民君之术，为的是一家之国，强的是君之天下，害的却是天下百姓！一国强盛之后，不是为了本国百姓之利益，为的是兵强革利、屠戮他国。自东周至今，诸国已互相攻伐四百余年，死伤何止千万。对于国君来说，死多少百姓，只是一个数字，可是墨家行走百姓之间，却知道家里有三个儿子的，死了一个，那就是截断了其父母的一条腿；死了两个，就是拿走了他们的心；死了三个的，他们就已经死掉了。何况有多少家庭离散、举族被杀？天下是百姓之天下，因此，举重百姓，方是天下兴盛之根本。"

李斯有些不高兴："先生是说我等为臣子者，是天下百姓之害了？"

甫飞依然语言铿锵："儒墨之不同，墨家以民为主，希望平等博爱，儒家以君为主，民众次之。儒家也许无意献媚君王，但是其理其义，却无疑有忠君薄民之嫌。"

李斯忍住愤怒，说："先生之说，恐怕是歪理了先师墨子吧？别忘了墨子也曾经师从于儒家。"

甫飞不卑不亢："我记得贵师尊荀子曾言，'青，取之于蓝，而青于蓝'，不拘泥于古人，学以致用，研以创新，治病救人，是墨家先师的谆谆教导。"

李斯哼了一声说："虚浮狂妄，不重实际。想得再美，终究是空中楼阁！"

04. 郡丞遇袭

郡丞里书在从衙门回家的路上险些被杀。

幸亏被一帮巡逻的小队秦军遇上，凶手才不慌不忙地越墙而去。秦军追赶，却只追了两步，人家已经没影了。

里书被砍三刀，抬轿的四个轿夫被杀，两个随从一死一重伤。李斯听说之后，同蒙恬一起去看望郡丞。

郡丞情况还好，三刀有两刀砍在肩膀处，一刀在腹部。肩膀处有一刀比较深，伤到了骨头，其余两刀伤口不深，不甚要紧。

郡丞看到两人进来，挣扎着坐起来。

郡丞一夜未眠，显得更加憔悴，颇像一个骷髅上蒙了一张皮。他抱拳，对两人说："谢谢大人和令尹挂念。我能活着，得亏屠草兄弟俩拼命救护。这兄弟俩挨的两刀，都是替我挡的啊。下官求令尹大人重赏这兄弟二人。"

蒙恬点头，说："此事容易。郡丞先说说昨晚情形，见到杀人者面目没有？"郡丞艰难摇头，说："下官无能，没见到此人相貌。"

李斯安慰说："事发黑夜，看到此人相貌恐怕也就没命了。幸亏无大碍，郡丞大人好好养伤，蒙恬将军会加派人手加强保护。"

郡丞微微点头。两人坐了一会儿，看到郡丞疲惫，就要告辞。郡丞突然睁开眼，看着李斯，说："廷尉大人也不问问我等为何遭此劫难？"

李斯一愣："呃？自然是因为查案啊。"

郡丞脸色干黄，微微摇头，说："此是其一。下官有几句话要对廷尉大人讲，不过……此事涉及大秦贵胄，大人知道了也恐怕会有危险，因此下官不知当讲不当讲。"

李斯一笑，说："郡丞大人这是激我了。放心，我李斯不用激将法，大人只管讲便是。"

郡丞想坐直，却拉动了伤口，不由得呻吟了几声。郡丞人瘦，人一呻吟，嘴角一扯，整个人就像一个晒干瘪了的橘子。

蒙恬忙过去，和郡丞的家人一起，帮他坐正。

郡丞龇牙咧嘴，喘了几口气，才说："廷尉大人，前几天捕快在街上遇到一个乞丐……乞丐浑身是伤，几乎与死人无疑。捕快经过乞丐面前的时候，被乞丐喊住，给了捕快一个铜腰牌。乞丐说这个腰牌是一个多月前他在东市口捡的。当时有人在街上当街杀人，乞丐吓得大喊，杀人者要过来杀乞丐，幸亏被人冲散，乞丐捡了一命。那人跑了后，乞丐在街上捡到了这个铜牌。不过自从他捡到此铜牌后，有人好几次要杀他。乞丐让捕快救他，捕快看他很脏，应付了几句就走了。捕快跟我说起此事，并把那铜牌给我看，我大惊，让他们速速去找那个乞丐，乞丐已经不见了。捕快找了五天，也没找到这个乞丐。只是……发现了一摊血，在他们发现那个乞丐不远的地方。"

李斯脸色凝重："铜牌呢？"

郡丞从床头桌子旁的抽屉里拿出一块黑黑的东西。李斯看了一眼，递给蒙恬。蒙恬一看，脸色大变："竟然是……"

李斯制止他说下去，把铜牌从蒙恬手里拿过来，对郡丞说："大人安心养伤。这块铜牌我就拿走了。"郡丞点头，说："廷尉大人小心。下官不能恭送两位大人，请大人原谅。"

两人走到街上。本来蒙恬要去衙门，也顾不得了，嘱咐手下回去处理一些事务，自己和李斯来到了李斯府上。

进了门，两人一屁股坐下，蒙恬就说："真没想到！竟然……"

李斯示意他小声，掏出那块铜牌看了看，坐着想了一会儿。蒙恬性子急些，瞪着眼看他："你倒是说话啊！怎么办？"

李斯不理他，摸了把脸，站起来，泡了茶，在蒙恬急躁躁的目光中，先给他倒了杯茶，然后才坐下，给自己倒了一杯，轻轻品了一口，才说了两个字："难……啊。"

蒙恬喝了一大口茶，没承想茶水太热，烫得差点吐出来。李斯不由得笑了，说："心急喝不得热茶啊。"

蒙恬把茶杯一蹾，也没接李斯的话，而是说："算了！要不把这铜牌送给秦王得了！"

李斯摇头："不可！秦王因为废除逐客令，已经与众王公侯爵闹得很不愉快，秦王正烦，此时最好不要去给他添乱。"

蒙恬说："那我们怎么办？没秦王旨意，谁敢去动这个老王爷？"

李斯还是摇头："我们的目的是查清案件，安抚百姓，最好……别去动这些老东西。否则，你我的脑袋堪忧啊！"

蒙恬一摊双手："不动他们，如何查清案件？"

李斯说："这个……我再想想。蒙将军，郡丞受伤，此事何人接替？"

蒙恬想了想，说："还真是没有合适的……我去算了。"

李斯点头，说："如此最好，只是有劳将军了。不过，希望将军多派人手，可以暗查跟老王爷频繁来往之人，老王爷和他身边人不要查。总之，千万不要惊动老王爷。"

蒙恬惊讶："此是为何？"

李斯说："多派人马，为的是打草惊蛇。此事断不是老王爷一力所为。令史精明异常，我这些天反复看了他的验尸文牍，这八次凶案，起码是由七帮人所为。我本来就以为会牵扯到老王爷，果不其然！老王爷等人是大秦柱石，秦王登基之初，曾经大力支持过秦王。驱客令虽然荒唐，其用意却是除掉大秦忧患，因此很得一部分老秦人拥护。秦王废除驱客令，老王爷不服，想暗中发力给山东六国泼脏水，以期再次启动驱客令，这些都是秦王不想看到的。秦王想稳定秦国，既不能让老王爷脏水泼成，也不想为此事在秦国造成任何动乱。山东六国则不然，他们想趁此机会搅乱秦国。故此，老王爷和六国都盼望此事闹大，唯秦王想让此事平息。月前你我夜见秦王，秦王言蹊跷之处，由我酌情处理，就是他不想再听到此事。"

蒙恬很钦佩地点头，说："廷尉大人虑事周细，难怪秦王赏识。下一步如何行事，我听大人的便是。"

李斯笑了，说："将军，您可是堂堂的咸阳令，秦王最可以推心置腹之人，这是想把李斯放在火上烤熟？"

蒙恬正色说："大人说笑了。我等效力秦王，皆光明磊落，能者多劳，力者多跑，何必拘泥？"

李斯躬身："等的就是这话，那李斯就劳驾将军了！"

05. 尉缭出世

李斯让蒙恬速派人以搜查杀人犯的名义四处搜查，同时挂出羊皮通告，说已得知杀人犯之重要线索，咸阳府必定在旬日之内将嫌犯捉拿归案。

李斯通知行人署，让在各国商社的卧底马上行动，严密监视商社内人员进出。

经过几天半真半假包括商社在内的严密搜查，各种情报源源不断地向李斯汇总。

赵国商社这些天频繁有人进出，商社发动商人从秦国购买了大批毛皮，似乎要运回赵国；注重以"术"救国的韩国人也开始活动，韩国商社上下惴惴不安；魏国商社有人暗中进出老王爷府邸，不知有何目的；楚国商社有武者装束的人进出，似乎要有行动；齐国商社多了不少人，这些人不与人语，行动诡秘；燕国商社规模比较小，这些天也有大宗货物准备进出秦国，并且有大量人员随行。

不出李斯所料，山东六国似乎都卷入了此次谋杀案件。

六国还会有什么行动？他们是不是还有别的目的？该如何对付这六国商贾呢？

李斯陷入了无比的苦闷之中。

商贾是否繁荣，不但关系到一国之穷富，还关系到国计民生。国家再富裕，如果不通商贸，所产之物卖不出去，所需之物买不到，早晚也得衰亡。所以春秋战国时代各国互有"列国交战，不动商贾"之约定。

也正因此，各国商社成了列国非常稳定的消息来源。列国商社趁驱客令刚废除、秦国还未稳定的情况下参与秦国的内部纷争，如果李斯现在动手清理各国商社，无疑会在秦国甚至山东六国内引起轩然大波。各国必然大做文章，引发新的一轮商贾退出秦国，甚至引起老秦人再次启动执行"驱客令"的行动。

如果不动商贾，任六国商社继续胡作非为，那秦国的安全必定大受影响，最终也会影响到秦国内政，甚至秦国之安危。

情势如此，留给李斯可以腾挪的空隙实在是太小。

上朝时，秦王说各国商贾纷纷反映，咸阳沦为险恶之地，如果再不抓住杀人犯，商贾恐怕要撤出咸阳，另寻他地了。

李斯无法在众人面前细谈，只能大体说了一些情况后，请求另找时间与秦王细说。

散朝时，秦王让人喊住李斯，把他带到秦王书房。

秦王最近劳累过度，身体日瘦。他看着李斯，一脸凝重。

李斯叩拜完毕，秦王让其平身，然后直接说："有话就说吧。"

李斯拱手，说："君上，经过微臣与蒙恬将军调查，有老……王公贵族或者牵连此案，六国似乎也没闲着……"

秦王长出一口气，打断李斯的话："有证据否？"

李斯说："暂时还没有。要取得证据，就有可能打搅王爷，微臣恐怕引起骚乱，因此一直在寻找万全之策。"

秦王脸色有些松动，说："如此甚好。大秦几百年，遗老贵胄多不胜数。他们虽然老了，却都是为大秦立下汗马功劳的人啊！没有他们，焉得有今日大秦？驱客令废除，让他们不满，但是当今局势微妙之际，大秦不能有一点的骚动。我不管你用什么办法，须合理解决此案，上慰君臣，下安民众。"

李斯小声问："那……君上，即便老王爷牵连此案，也不可调查了？"

秦王皱了皱眉，说："只要不引起大秦遗老贵胄之不满，不让六国抓住把柄，你怎么处置都无妨。如果引起骚乱，爱卿啊，恐怕你得用你的脑袋替寡人消解众人之怒啊。"

李斯一哆嗦，嘴上却说："微臣……明白。"

秦王看着心事重重的李斯，叹了口气，说："寡人知道爱卿为难。卿之难，也是寡人之难，爱卿可知？"

李斯跪下叩头："微臣心知！微臣当尽心竭虑办好此案！微臣只求君上保重身体，以保大秦万年！"

当天下午，李斯乘车来到咸阳府衙门找蒙恬。蒙恬正与众人议事，听说李斯来访，忙解散众人，来到客厅。

李斯看到蒙恬，张口就说："将军啊，此番你我危矣！"

蒙恬也顾不得客套，问："君上跟您如何说？"

下人奉茶，两人也顾不得喝。李斯一脸的沮丧，说："君上说不管我用什么方法，不许惊动老王爷等贵胄，不让六国乘机做文章，还要安抚咸阳百姓，否则……"

李斯话说了一半，端起水杯喝水。蒙恬眼巴巴看着他。李斯完全没有了平日的斯文，一杯茶水咕咕喝完，放下杯子，叹了一口气。

蒙恬急了："否则……如何？"

李斯看了一眼蒙恬，有气无力地说："用我的项上人头平众人之怒。"

蒙恬一愣："君上真如此说？"

李斯点头："下官岂敢戏言。山东六国和老秦人一起给秦王做了一个套，秦王……也难啊，各有所图，却两下协力给君上做了个死扣。"

蒙恬默然片刻，问："廷尉大人准备如何行动？"

李斯摇头，口气苍凉："李斯自认不笨，这次……实在是不知如何是好了。六国商社骚扰不得，老王爷更是查不得。两害相权取其轻，下官思虑半天，只有一个办法。"

蒙恬眼睛一亮："何法？"

李斯说："查商社！细作既然说魏国商社有人进出老王爷府，那就把魏国商社上下全部抓起来，严加审问，定会找到症结所在。然后，将军摘我项上人头，则上可安抚大秦贵胄，下可抚慰百姓和诸国。非此，则无他法！"

蒙恬摇头："如此，则不如不查！不查则不用惊动老王爷，也不能让山东诸国抓住把柄，至多我们落个查案不力之罪。"

李斯苦笑，说："将军小看山东六国了。此事若不有个结局，他们必会继续行凶，大做文章。秦王还是得想法了结此事。将军或有托词，我主事廷尉府，这把大刀早晚会落到我的脖颈上。"

蒙恬慨然："那我和廷尉大人一起扛着，不就是一颗人头吗？"

李斯大受感动，起身便拜："将军有此言，下官死也甘心！不过，李斯还得拼一拼，或有解脱之法。下官请将军派几个高手，守在老王爷府外。如果魏国商社有人从老王爷府出来，务必在半路拿下，此事拜托将军了！"

蒙恬点头："此事容易，我亲自安排，廷尉大人放心！"

擒拿魏国斥候进行审问，本来是李斯早就想到的一策。只是李斯担心万一失手，惊动老王爷，因此一直没有实施。现在无路可走，只得冒险一试了。怪异的是，细作几天前还报有魏人进出老王爷王府，李斯和蒙恬布置好人马后，那人却再也不来了。蒙恬的人空等了五天五夜，鬼影子都没有见到一个。

离李斯在秦王面前许下的日子越来越近，此事却还毫无进展。

李斯心急如焚，天天派人去蒙恬府上打探消息。蒙恬让来人捎信给李斯，说如果有情况，他会马上亲自通报廷尉大人，让廷尉大人不要如此焦急。李斯心说，此事不但关系到大秦安危，也关系到我李斯的小命，我能不急？不过他也明白，人家不出头，自己急了没用，决定索性不管不问了。也许蒙恬说得也有几分道理，这种事儿暂且一放，对方一松懈，反而会露出破绽。

那几天刚好来自齐国的几位师兄弟，奉师父之命四处游学到了秦国，李斯自然欣喜异常，殷勤接待。

其中有位韩非子学问渊博，让李斯大为吃惊。李斯试探这位师弟是否有意在秦国为官。韩非子口吃，不善言语，因此很简短地说："秦，虎狼之国。韩非子乃韩国宗室，岂能为虎狼卖命？"

李斯本来是好意，韩非子的话却让他觉得很下不来台。韩非子素来喜欢以韩国宗室自居，强调自己地位的尊贵，因此很多人不喜欢韩非子，特别是李斯。韩非子这话明显是针对李斯。李斯是魏国之草民，可以为虎狼卖命，他韩非子与李斯不同，他是韩国国王宗亲，怎能同李斯同日而语？

李斯就在这懊恼和欣喜之中徘徊着，终于把一帮师兄弟送走，然后忙去拜见蒙恬。

蒙恬让下人上茶，两人对面而坐。

李斯看蒙恬的样子，就知道他没抓到人，因此淡淡一笑，说："看来这次李斯是躲不过去了。"

蒙恬摇头，说："廷尉大人莫要如此，蒙恬引见一人，或许能救我等。"

李斯一愣："咦，还有这等神人？将军说笑吧？"

蒙恬严肃了:"这种时候,蒙恬怎能说笑? 此人现在客房,我这就去请他与廷尉大人相见。"

　　李斯说:"将军应该告诉我此人姓名吧?"

　　蒙恬不兜圈子了,说:"他叫尉缭。"

06. 尉缭敲山震出虎

尉缭到秦国来，本来是准备先去拜访当朝丞相王绾的。当他千里迢迢从魏国来到秦国后，王绾却出使燕赵两国去了。尉缭只身在秦国，举目无亲，听说咸阳令蒙恬豪爽好客，就去令尹府投了帖子。

蒙恬见是尉缭来投，大喜，亲自跑到大门外，把尉缭迎进府中。

一番叙谈，蒙恬无意中说起咸阳连环凶杀案。尉缭自然也有耳闻。

尉缭说："杀人只是障目之法。依草民看，此乃山东六国术秦之始也。"

蒙恬心中暗惊，却装糊涂，问："先生为何如此说法？"

尉缭淡淡一笑："大秦有李斯，岂能连此招都看不出来？将军欺我。"

蒙恬不敢再装傻，只得说："如何破此术，先生教我！"

尉缭看蒙恬非常诚恳，就说："此事只是草民的猜测而已。确实如何，须知详情；详情得知，才能对症下药。"

蒙恬本来打算这两天就引荐尉缭去见李斯，没想到李斯自己找上了门来。当下，蒙恬让人引尉缭出来，跟李斯相见。

李斯知道这尉缭家族是当世有名的军事理论世家，其先祖曾师从鬼谷子，为其高足之一。不过尉缭本人才学如何，李斯还真是心中没数。

因为有了先前蒙恬的介绍，两人寒暄之后，李斯就直接说："咸阳之事，不知先生有何看法？"

尉缭显然也是有备而来，因此侃侃而谈："当今天下，秦最强。山东六国不得不结盟对抗强秦。逐客令之事，是强秦自掘坟墓。六国本来以为此是强秦以强转弱之契机，没想到秦王因大人上书、幡然醒悟，废除了逐客令。六国自然不想善罢甘休，咸阳的连环凶案，只是六国术秦之初始，大秦无论如何应对，六国都有再敌之策。"

李斯听了尉缭的话，有些不以为然，笑了笑没说话。

其时的战国，士人纵横。各国君主面对邻国的威胁，皆求贤若渴。士人很容易就见到主事大臣，甚至国君。这些士子为了表现自己，大都设计了一套可以"振聋发聩"的说辞。比方顿弱见秦王，说："天下有有实无名之人，有有名无实之人，还有无名无实之人，大王可知？"秦王说："寡人不知。"顿弱挑明："有实无名指的是商人，不用耕作劳工苦，却积粟满仓；有名无实是指农夫，冒着春寒开耕，顶着烈日耘田，却户无积粟。而无名无实的，则是指大王您，身为万乘之尊，却无孝亲之名；坐拥千里，却无孝亲之实。"

顿弱知道秦王不能因为自己骂他而杀人，却能因此激发秦王对自己的愤怒，进而留下深刻印象。顿弱果然引起秦王关注，并委以重任。其实这个顿弱不过是一个哗众取宠之徒。此为后话。其时的士人大都会营销自己，尉缭来之前，显然也是做足了功课，因此这番说辞，以尉缭之名气，并不显得有多么出众。

看到尉缭一直盯着自己，李斯只得笑了笑，说："先生所言极是，我等受教了。"

尉缭却说："廷尉大人是荀子高足，别人如此说，尉缭或可相信，廷尉大人这么说，却是小看尉缭了。"

李斯一愣："不知先生，所指何意？"

尉缭淡淡地说："天下士子求功名，必然要送给所求者一份大礼。尉缭既然见廷尉大人，也必有一份大礼送与廷尉大人。"

李斯有些高兴了："不知先生给在下准备了何种大礼。"

尉缭看了看蒙恬，说："助大人解套。"

李斯猛然站起来，一躬到底："李斯就知道先生必有宏谋救我！"

尉缭忙扶起李斯，说："大人见笑了。宏谋应该是为天下苍生计，而不是为秦国君臣谋。尉缭到秦国，是听说秦王广纳贤士，尉缭徒有虚名，上无片瓦下无立锥之地，又没有墨家众贤之大德，只能到大秦来求一碗饭吃，为稻粱谋，何谈宏谋？"

李斯说："先生此言差矣。人之立德，必先立身。立身之本，必先为稻粱谋。即便是为稻粱谋，也有君子之谋和小人之谋。小人或盗或抢，君子拼搏立业，我等上报国家，下为黎民，即便是封侯拜将，也是心安理得。况造福百姓，便是宏谋大业，先生如此自贬，让李斯亦无脸面。"

尉缭鞠躬："请大人原谅，草民路上偶遇一个墨家弟子，一路同吃同住，深受其影响。尉缭一向自视甚高，与墨家弟子比，苟利之辈也。"

李斯有些烦，说："墨家虽然德行高洁，却未免有些太虚浮，于世无益，不谈也罢。"

尉缭笑了笑，说："大人说得极是。当今天下弱肉强食，墨家……确实不合时宜。"

蒙恬一直不太说话，看两人似乎有些话不投机，忙出来打圆场，说："刚续的新茶，二位请喝茶。"

两人这才闭嘴，各自端起杯子喝茶。蒙恬亲自倒茶，尉缭也不谦让，竟然坦然接受。李斯看得有些不高兴，却又不能说什么。

茶过三巡，李斯问："先生有意见秦王否？"

尉缭点头，说："既然为了富贵，自然要见秦王。只是……草民要先帮大人解决这连环杀人案，方才敢求大人引荐。"

李斯点头，说："带功见王，先生比那些只能夸夸其谈之辈可是高明得紧啊。"

尉缭听出李斯的话里带着些许调侃，也不申辩，只是笑了笑，端起了茶杯，对蒙恬说："将军，真是好茶！"

蒙恬有些得意，说："此茶是楚地名茶，据说遇到了名士香气格外浓郁，名茶遇高人，自然更香了。"

尉缭叹气："真正的名士，当是那些守得住清苦之人。尉缭依附强权，说是为了一展抱负，跟墨家比起来，此抱负却显得狭隘自私，不说也罢。"

蒙恬说："先生之气节让人感动。不过廷尉大人说得也是极有道理，墨家虽然高洁，却是太空乏，无处发力。"

李斯笑了笑，说："先生刚刚谈案子还没有说完，请先生继续吧。"

尉缭抱拳，说："刚刚闲聊，耽误廷尉大人了。其实要解这个套也简单，不理它就是。"

李斯有些摸不着头脑："呃？不理它？任其发展？"

尉缭摇头，说："自然不是。我听蒙将军详细说过此案，现在有大秦老王爷也参与其中，六国也似乎都没闲着，大秦现在局势微妙，岂能再有骚动？秦王要的是安定民心，并不是要案件真凶。因此，如果设法把这些杀手从咸阳赶出去……"

李斯正听到紧要处，尉缭却闭嘴了。李斯急问："敢问先生，如何才能知道谁是凶手，如何赶？"

尉缭呵呵一笑，说："只消如此如此……"

第二天傍晚，已经寂静的咸阳大街上突然鸡飞狗跳，一队队精练的黑衣人从黑暗中涌出，没打火把，也没骑马，他们犹如习惯夜行的一队队恶狼，穿行在大街上。

不久，大街上就传来拼杀声和急骤的马蹄声。大队人马开始在街上集结。一会儿，就有人抬着尸体，押着被擒的人从大街上经过。

各国商社早就被惊动。商社里的细作四处打探消息。这时候，各国商社才异常震惊地发现，他们已经查知或者怀疑，甚至还有一些完全没有怀疑到的秦国卧底竟然不知何时都不见了！

各国商社人心惶惶。当听到街上传来喊杀声，看到有人被擒住，势力比较差的燕国商社首先沉不住气了。燕国杀手和细作偷偷从秘密地道溜出商社。商社虽然跟各国官府来往密切，却终究是民间机构。况且大秦律法残酷，看着事情危急，商社的商贾都慌了，祈求隐藏在商社内的本国细作等赶紧离开。秦国士兵向来无情，他们要真是进来查出问题，倾家荡产是小事，闹不好脑袋都要搬家。

细作们经验丰富，怀疑这是秦国人在敲山震虎。

商人们却深知大秦素来翻脸不认人，他们只要查实你确实协助从事了危害秦国之行为，绝对严惩不贷。

商社头儿面对危机，使用各种办法，逼着藏在商社内的本国细作离开，细作们知道再待下去也没有好结果，只得趁着夜晚悄悄撤出。

秦国原先派在各国商社的卧底，早就把各国可供细作们潜藏的商铺列出底细，上报了李斯。蒙恬亲自部署，各商铺四周早就埋伏了秦国高手。从商社跑出来的细作们几乎无一漏网。

第二天，各国商社互相打听，才知道秦国人没有搜查任何一家商社。昨天晚上的喊杀和被抬走的尸体、被抓住的人犯，竟然是秦人自编自演的一出大戏。六国商社后悔晚矣。

商社理亏于秦国，不敢言语，勉强正常做生意。六国被狠狠打了一闷棍，又抓不住秦国的把柄。秦国也没有追究商社的责任，相反却又宣布对六国商社减税，各国商社利润大增，货物进出增多，更多的商人蜂拥向秦国。

旬日后，咸阳府贴出羊皮通告，晓谕百姓，连环杀人案告破，案犯尽数被擒拿归案，审讯完毕后，将严惩不贷。

尉缭在李斯家住了十多天，李斯每日到廷尉府后，尉缭就与墨家木工甫飞闲聊。甫飞终于找到一个肯听他讲《墨子》的人，心情愉快，进度加快，李斯的各种家具玩儿似的就在他的斧头下成形了。

甫飞给李斯做了一张可以自动伸缩的木床。李斯想在床上坐起来，一按床边的按钮，床就会自动卷起，成为一张宽大舒服的靠椅。李斯想睡觉，只消再按一下，床就自动躺下。

他还给尉缭做了一个可以滚动按摩脚心的洗脚桶。桶里放上热水，洗脚器就在尉缭的脚心砰砰敲击着，让尉缭大开眼界。

尉缭感叹墨家技艺之精湛，问甫飞，墨家懂兵法，有治国理想，为何不投靠君王？

甫飞摇头，说："君王之志是消灭他人，一统天下。墨家之志是天下平等互爱，化干戈为玉帛，其意相悖，怎可相容？"

尉缭问："那……墨家弟子就不想抛弃志愿，以求高官厚禄？"

甫飞淡淡一笑："先生想必见过鸟在水里游，但见过鱼在天上飞吗？"

尉缭老实说："未尝见过。"

甫飞说："廷尉大人说墨家之说高大虚浮，其实是廷尉大人只想为君王谋天下，不想为百姓减烦忧。如果真知百姓之疾苦，他就会明白，墨家学说平实至极。"

07. 尉缭见秦王

旬日之后，李斯带尉缭去见秦王。

秦王大殿与山东齐国、魏国大殿相比，朴素简单，没有富丽堂皇，却庄重有肃杀之气。深灰色的高墙和大殿中粗壮的柱子，更有一种庄严肃穆的感觉。更让尉缭始料不及的是，秦王听说尉缭来到，竟然亲自跑出大殿迎接。老远看到尉缭等人，秦王鞠躬抱拳："嬴政迎接来迟，先生莫怪。"

看着一脸诚恳的秦王，尉缭觉得实在是有些怪异。他听过很多君王求贤的典故，以前总是觉得那些君王求贤若渴，其心可昭。现在尉缭面对这个以强悍闻名的秦王，却觉得他这种超常的热情让人不安。

尉缭刚要行叩拜大礼，秦王赶紧跑过来，扶住尉缭，说："寡人盼先生，如数九寒天盼太阳啊，寡人今天要跟先生痛饮三杯，以解仰慕之渴！"

尉缭诚惶诚恐："君上错爱，草民恐会让君上失望。"

秦王朝行叩拜大礼的李斯等人挥挥手，拉着尉缭就朝大殿一侧书房走去。李斯等人叩拜大礼还没行完，看看人已经走了，只得爬起来，尾随其后进了书房。按平常礼节，秦王应该坐在正位，李斯等人分两边坐定。秦王拉着尉缭并列在一侧坐下，李斯和蒙恬以及丞相王绾等人不知道该怎么坐了。

秦王看看站着的几位，对他们说："众位爱卿，坐啊。此番破六国之阴谋，驱山东之斥候，众位爱卿都辛苦不少，功劳不浅，寡人日后定会按功行赏。今番尉缭先生入秦，此为大秦之喜事，喝一杯如何？"

李斯和蒙恬知道秦王有个小小的怪癖：他如果说要行赏，被赏之人应大声谢恩，秦王才会高兴。如若谦让推辞，秦王会觉得烦闷。

因此李斯和蒙恬都跪下，齐喊："微臣谢君上大恩。"

秦王看着高兴，刚要张口笑，看到王绾杵在一侧，脸色陡然变了："丞相，为何不谢恩？"

王绾哭丧着脸，扑通跪下，说："君上，微臣愚笨，此次杀人凶案告破，微臣寸功未立，不敢虚领，特此禀告。"

秦王哭笑不得："丞相大人，何必如此认真？此次凶案诡秘异常，百姓惶惶，君臣惴惴，李斯等人一心查案，丞相竭力协助。如若没有丞相府之帮助，哪有李斯等的全力以赴？就如唱戏，没有后台乐师之鼓乐，这戏有啥滋味？论才能智辩，你不如李斯、蒙恬，论日常事务处理之扎实，这两人都不如你。所谓人尽其才，物尽其用。丞相实在是多虑了。"

王绾是老实人，被秦王说得半信半疑，他看看李斯和蒙恬："果真如此？"

蒙恬脸色庄重："果真如此！"

李斯也点头："确实如此！"

王绾脸上乌云消散，赶紧跪拜："微臣知错，微臣感谢君上大恩！"

秦王悻悻说："起来吧。"

三人站起，看看案几，还是没法坐。秦王烦了，指了指对面案几，说："都去坐着！站着比高矮吗？"

三人无奈，在秦王对面稍下依次坐下。秦王喊道："上酒菜！这些日子憋屈得难受，今日先生来到，不醉不归啊！"

一会儿，酒菜上来。秦王端起酒杯，对尉缭说："先生来到秦国，大秦如虎添翼！有先生相助，大秦必定早日兵发六国，一统山东！来，寡人与先生同干一杯，此后君臣同心，天下归秦不久矣。"

李斯和蒙恬同举杯，一齐说："君臣同心，天下归秦！"

众人刚要喝酒，尉缭却突然拱手说："君上，草民……现在还不是大秦臣工。"

李斯和蒙恬被尉缭这句话惊了一个跟头。其实，谁都能看出来，在秦王的眼里，这尉缭已经是大秦的大臣了。即便现在不是，那秦王的意思也很明确，尉缭马上就会高官得坐，同朝称臣了。

这尉缭真的是看不出秦王的意思来吗？好吧，就算你看不出来，那你挑秦王话里的刺是什么意思？这不是典型的傻瓜蛋吗？

秦王也一愣，眨巴了好一会儿眼珠子，才说："先生说得对，寡人说错了。不过寡人有了先生，如虎添翼，踏平山东六国，当易如反掌，这话也有错吗？"

众人都抬头注视着这个有些不识时务的尉缭，都盼望这个家伙千万别再说出别的什么话来。

尉缭沉稳地一拱手，说："草民不敢苟同君上所言！兵者，凶器也；争者，逆德也；将者，死官也；故不得已而用之。草民以为，一国之君最应该珍视的是国土和国民。有了此二者，才有了国君之实。因此，国君应该兴修水利，滋养国土，使百姓富裕，强壮国民。如果只是想着征伐掠夺，会祸及天下，戕害百姓，请君上三思！"

尉缭娓娓道来，李斯等人的脸色已经由黄转白由白转红。尉缭说到最后，李斯等人不由自主地站了起来。王绾的双腿已经开始发抖，他赤红着脸，喝道："大胆！秦王勤政爱民，体恤百姓，天下谁人不知？你……"

李斯看看秦王再看看这个倔强得有些二的尉缭，不知道说什么好了。

王绾嘴拙，"你……你"了一会儿，找不到合适的词语，只好闭嘴，愤然坐下。

时间静止。大家只等着火山爆发，等着秦王收拾这个不知道天高地厚的家伙。没想到，秦王静默了一会儿，竟然轻轻点头，说："先生说得好！真是听君一言，茅塞顿开啊。寡人前后征用几百万民工，动用国库存粮，用了十多年，开郑国渠并大小水利无数，关中几万顷土地从三年两大旱，变成秦国粮仓，大秦现在国富民强，人心安定，当是与先生所说并无二致。当然，寡人才能有限，不足之处甚多，还请先生教我。"

尉缭说："王丞相说得极是。大秦国富民强，民风淳朴，实为各国典范。不过，秦王以此就认为大秦当起兵统伐，一统天下，却是谬误。"

秦王真的不高兴了，脸色沉了下来，问："为何？"

尉缭不在乎，继续侃侃而谈："凡兵不攻无过之城，不杀无罪之人。夫杀人之父兄，利人之财货，臣妾人之子女，此皆盗也。六国偏安山东，虽然强弱不一，穷富不同，六国之君也大都碌碌无为，但其也都有几十万、几百万，甚至几千万之民众。所谓君王打架，民众倒霉；君上一怒，卧尸千里。草民不知道统一天下要有多少人家妻离子散，有多人家家破人亡。不过草民深知，对于普通百姓来说，家里的壮年男子死亡，就是他们的顶梁柱断了；家里的青年死亡，就是他们的天塌了。所以，君上，用兵之大，不止是胜败得失之算计，还要看是否师出有名，是否是为天下黎民谋福。"

蒙恬插话说："那先生说说，赵国杀我军士五万，魏国信陵君带五国军队，杀我军士两万，把大秦锁于函谷关，秦国就只能忍气吞声了？"

尉缭拱手，说："将军，那长平之战呢？赵国四十万冤魂又怎么说？冤冤相报，死的还是普通百姓！"

秦王耐着性子："先生为百姓着想，拳拳之心让人感动。不过，如果寡人统一天下，天下再无战事，不就太平了吗？"

尉缭拱手："回禀君上，人可杀，战争一启动，却很难停止。君上即便统一了天下，天下却未必太平。那些仇恨君上的人，必会起兵叛乱，君上的战争便永远不会停止。"

秦王沉着脸，看了看众人，突然又笑了，说："列位且坐，今日喝酒为主，可以畅所欲言，不必拘泥。"

李斯和蒙恬长出一口气，纷纷坐下。

众人喝了几碗酒，气氛有些凝重。有主事太监禀告魏国有使者要见秦王，秦王起身，对尉缭说："先生金玉良言，嬴政谨记。寡人给先生准备了一点礼物，请先带回。李斯，请代寡人照顾好先生，不日嬴政定去看望先生，再听先生教诲。"

李斯等人纷纷告退。早有太监已经备好一车金银绸缎之物，随着李斯的马车到了李斯府上，把一车货物卸下，领了赏钱走了。尉缭面对一堆黄白之物，却很不安。他对李斯说："廷尉大人，君上……此是何意？"

李斯也是一脸的沉重，说："李斯也不懂君上之意。先生今天数次顶撞君上，如在以往，君上早就让先生的脑袋搬家了。今天君上虽然不高兴，却没治先生之罪，还送了这么多的东西……真是奇了。"

尉缭深以为然："草民也看出君上很不高兴。"

李斯埋怨说："那先生还顶撞君上？若君上怪罪，别说先生了，就是我等也吃罪不起！"

尉缭坚持说："尉缭说的都是实话。阳奉阴违，草民不为也。"

李斯看了看尉缭，叹口气，拱手告辞了。

08. 一追尉缭

晚上，李斯刚要睡觉，蒙恬派人来请。李斯也没多问，让家人备车，随着来人的青铜马车，直奔令尹府。

虽然宣告连环凶案告破，但是老王爷家中却显得异常安静，两人怕有异动，因此明松暗紧，加派人马，暗中巡逻。两天前，蒙恬也是半夜请他，一起审了一个半夜越墙之人。那人竟然是魏国的细作，也参与过连环凶案。两人因而更加警惕，时时不敢松懈。

果然，蒙恬的手下又抓了两个壮汉。抓的时候，这两人都是黑布蒙面，手持利刃。蒙恬手下的一个千户被刺伤，差点送命。

蒙恬是武将出身，性格爽直，耐心不足，不善审问，而这连环凶案牵扯众多，不得不谨慎，因此对这些案犯，都是交由李斯亲自来审问。

经过简单一问，李斯发现这两人不过是普通的盗贼。两人精神陡然松懈，蒙恬让下人泡了茶，两人喝茶。

蒙恬亲自给李斯倒茶，李斯喝了一口。蒙恬也给自己的茶碗倒上茶，端起茶碗，好像突然想起了什么，把茶碗放下，说："廷尉大人来时，那个尉缭先生知道否？"

李斯摇头，皱了皱眉，说："不知。"

蒙恬没在意李斯的表情，兀自说："这个尉缭倒是耿直。"

李斯听蒙恬如此说，抬头看了看他，问："将军觉得此人如何？"

蒙恬冲口而出，说："不错！不畏君威，有甚说甚，真汉子也。"

李斯咧嘴一笑，说："未必。这些士人游走列国，交流甚多，都会设计一套唬人的说辞，也算是他们的一种引起国君注意的手段。"

蒙恬轻轻摇头："我看这个尉缭不是。"

李斯突然问："将军，您觉得君上对此人看法如何？"

蒙恬说："君上之意，我怎么会知道？"

李斯笑了笑："天下人谁不知道，君上与将军是莫逆之交，心灵相通。"

蒙恬认真想了想，说："我观君上，对此人有些不满。但是，君上知人善任，以末将揣度，君上会用此人。"

李斯点头："会重用？"

蒙恬也点头："应该会重用。君上之意，我等不好揣度，随便一说，大人谨记。"

李斯呵呵一笑，说："将军小看李斯了。"

喝了一会儿茶水，李斯告辞蒙恬，回到家中。

经过墨家弟子甫飞住的草屋的时候，李斯听得里面传来清晰的交谈的声音，李斯不顾深秋的寒风，站在外面听了会儿。

显然，甫飞已经讲完了《墨子》，两人进入随便交谈的状态。

尉缭说："墨子只讲为民之道，不讲奉君之道，如此怎能得到君王的激赏？"

甫飞说："墨家是为普天下百姓讲话的，何必要学奉君之道？"

尉缭长叹一声，说："不学奉君之道，则君王不喜。君王不喜，则不能手握大权，手无权势，如何惠及天下百姓？还有一条，百姓讲究的是成龙成凤，如果你无权无势，他们连看你一眼都没兴趣，你如何说服他们信奉墨子？君王不用，百姓不喜，无人无权，墨家即便心怀天下，又有何用？"

甫飞坚持说："师父说，越是这样，那加入墨家的才更见品质，更值得信赖，才更堪大用。"

尉缭感叹："师父如此，可见墨家果然是越来越虚泛。"

甫飞一笑，说："听说先生今天见了秦王？"

尉缭说："是。"

甫飞的口气有些轻微的讥讽："先生之大才，秦王若有眼珠，必定是高官得坐、骏马得骑了。"

尉缭摇头，说："不瞒小兄弟，以尉缭观之，秦王为了夺得天下可以不顾自己威严，一味迁就于我，这种人用人之时可捧人上天，用完之后能把人扔到地狱。且秦王的目光闪烁不定，城府太深，尉缭实在不敢为秦王做事。"

甫飞有些奇怪："先生来秦国，不就是为了功名利禄的吗？君王翻脸不认人，所以伴君如伴虎。先生来之前，当有此准备。"

尉缭点头，说："小兄弟说得极是。可惜，尉缭也不比墨家好多少。墨家是只知道为民之道，尉缭是只知道用兵之道。墨家不会媚上，尉缭亦是，因此慨叹，天下能相知者稀也。"

甫飞笑了笑，说："听说儒家注重奉君之道，先生当学之。"

尉缭也笑了，说："还是学点真本事吧。"

站了一会儿，天气太冷，李斯有些受不了，只得轻轻从甫飞的茅屋外经过，回到自己的寝室。

第二天一早，李斯吩咐家人喊尉缭吃饭。想了想不妥，又喊住家人，亲自去喊尉缭。

一般这个时间，尉缭会在院子里练剑，或者已经收拾完毕，坐在桌旁喝茶。今天早上有些不一样。李斯转过月亮门的时候，看到尉缭住的后院还是静悄悄的，房门也严严实实地关着，好像还没起。

李斯觉得有些奇怪，走过去敲门。没想到房门竟然没关，李斯手一碰到房门，房门就轻轻开了一半。

李斯只得喊道："尉缭兄起来否？"

里面没声音。只有一阵小风随着声音来到，吹得房门"吱呀"一声。

李斯推门进去，看到房间收拾得整整齐齐，秦王赏赐的一堆金银绸缎堆在桌子上，床上是叠得整整齐齐的被褥。桌子上，尉缭用毛笔写了四个大字：尉缭去也。

这个尉缭竟然不辞而别了。

李斯呆愣了片刻，转身就跑。他跑出了房门，穿过院子，来到门房处。门房老人看到李斯，忙鞠躬："老爷早！"

李斯问："尉缭呢？看到尉缭没有？"

老人说："一大早就出去了。我还问先生呢，他说出去走一会儿。"

李斯急问："走多长时间了？"

老人想了想，说："不到一个时辰吧。老爷，怎么了？"

李斯也顾不得跟老人解释，忙喊人备车。

现在城门还没开。李斯的府邸离城门比较远，即便是最近的东城门，徒步走一个时辰也很难走到。李斯知道，他必须把尉缭追回来。

那天他和尉缭见秦王，告辞时秦王说让他好好照顾尉缭，李斯明白秦王话中隐藏的深意，他不但要照顾好，还不得让尉缭离开咸阳。秦王会如何对待尉缭，善于揣度秦王之意的李斯觉得秦王会有两种处理方法：杀之或重用。

秦王对尉缭之器重，不在当年他对自己的器重之下。况且，尉缭世代是闻名天下的军事家，大秦经过十多年郑国渠的渠水灌溉，关中年年丰收，已经是仓廪爆满；军事准备上，也已经是兵强马壮。大秦已经是做好准备，就等着利剑出鞘了。

秦国得到尉缭，则秦国大利，别国得到尉缭，则必成为秦国之心头大患。因此无论生死，尉缭不得离开大秦。

李斯也明白，无论尉缭是生是死，他一定要留下他。否则，他就会成为大秦的罪人。

车夫驾出马车，李斯跳上，喊道："去东门！"

走了一程，李斯想想不对。这尉缭可不是一般人，他应该知道，李斯会追他，他如果真是想逃离秦国，必定会避开别人以为他最该去的东门。

想到这里，李斯让驾手打马转回，让家里的几个人分别去其他的三个大门拦截尉缭。

事情却跟李斯想的不一样。李斯追到城门处，把尉缭的样子跟守城的士卒简单说了，问是否有这样一个人从这里出去。士卒说有。城门刚开，就有一个黑瘦男子背着包袱，步履匆匆地走了出去。

李斯不敢耽误，驾车直追。

此时城门刚开不久，李斯估计尉缭不会走得太远。自己的三乘马车应该很快就会追上他。

路上人不多，车夫打马直驰。然而，一直追到太阳到了头顶，也不见尉缭的影子。

李斯心下一动，让驾手打马回去，到了离城门有一箭之地时，又让驾手掉头，重新回来。

这次，他们跑了不远，就追上了在夕阳的余晖中大步而行的尉缭。

李斯从马车上艰难地站起来，扭动了几下身体，看着在金色的阳光下站立着的尉缭，赞叹说："不愧是尉缭子之后啊，这么一点路程，竟然让李斯追了一天。"

尉缭躬身，说："尉缭惭愧至极，天下之大，四门之阔，竟然逃不出这区区三乘马车。"

原来，这尉缭以为李斯颇有谋略，肯定会以为他会放弃别人最会选择的东门，而去别门追赶。因此尉缭走了东门。为了更加保险一些，尉缭走了一程后，躲到一处小山坡后面，直到看着李斯打马去了又回，才出来匆匆而行。没想到李斯心计更多一筹，他竟然又杀了一个回马枪。

李斯笑了，说："先生是何等人？李斯只好多个心眼。先生若走了，李斯如何向秦王交代？"

09. 秦王二见尉缭

秦王嬴政听说尉缭差点从李斯家中逃走，大惊，思忖一番，亲自带了一块古玉来李斯家见尉缭。

这次跟以往不同，李斯在廷尉府处理公务，秦王轻车从简，一身麻衣，只带了赵高一人，进了李斯的院子。

门房一看是秦王，吓得只顾跪下磕头。赵高让他起来，领他们到尉缭住的房间去。门房带着这二人穿过院子，直入后面厢房。

尉缭这日闲着，正在撅着屁股卖力地搓洗衣服。秋末的阳光竟然也很温暖，晒着尉缭随着用力起伏的肩膀和发髻。尉缭背后一侧，有一棵小小的家槐，像是站在他身边的卫士。

门房喊了一声："先生，秦王来了。"

尉缭两只手还搓着衣服，转回头："老人家，您说什么？"

秦王老远鞠躬："嬴政打扰先生了。"

尉缭看到是秦王来了，忙把衣服放下，转身就跪下："草民不知君上大驾光临，未及远迎，请君上恕罪。"

秦王亲自过去扶起尉缭，说："寡人自与先生一别，常回想先生之教诲，越想越觉得先生人格之可贵。今日嬴政亲来拜会，为的就是尽量少麻烦先生，寡人还能同先生倾心一谈。没想到先生在洗衣服，也好，寡人帮先生洗完衣服再进屋，也刚好晒晒太阳。"

尉缭看得出来，秦王是很真诚的。这让尉缭好一个感动。但是，他怎么能让秦王这尊贵之身，帮他洗衣服呢？

尉缭忙说："折煞草民了！君上请进屋。"

秦王让赵高进屋搬了一把椅子，自己坐下，对尉缭说："也罢，寡人手拙，不曾洗过衣服。小高子，洗过衣服没有？"

赵高忙说："回君上，奴才不比君上，自己的衣服自然是得自己洗。"

秦王满意地点头，说："那就好，你帮先生洗洗衣服，洗完之后，咱再一起进屋。我在这儿晒晒太阳。"

赵高回道："奴才遵命。"

尉缭这下无法推辞了，只得和赵高一起搓洗衣服。秦王看着两个大男人洗衣服，看得津津有味。两人洗净之后，秦王亲自拿起，搭在旁边的晾衣竹竿上。

三人合作默契，尉缭却觉得别扭，因此边忙活，边汗流满面。衣服终于洗完，秦王还觉得余兴未尽，说："先生还有需要洗的衣服否？寡人想跟小高子学学，亲自泡洗一件。"

尉缭躬身："君上乃万金之躯，天人下降，所想所做，都是安国利民之大事，草民岂敢为此耽误君上？"

秦王笑着说："先生不是要寡人多体恤百姓吗？百姓之事无小事，为先生洗衣怎么反而是耽误寡人的时间了？"

秦王的话软中带刚，尉缭不知秦王是何用意，满头大汗："草民……愚鲁，日前话语草率，君上……恕罪。"

秦王大笑，说："好！好一个尉缭。今日还只承认话语草率，不肯折弯，寡人佩服！先生勿慌，嬴政只是跟先生开个玩笑而已。寡人手下猛将无数，贤臣颇多，但是敢于跟嬴政顶嘴的，现在只有先生！臣下跟寡人说话都是避重就轻，习惯顺着寡人说话，寡人怎么能知道自己的错误、看到自己的得失？得先生如得明镜，寡人愚笨，却可以通过先生看清自己，此寡人之大幸！何罪之有？"

尉缭知道这秦王为了得到天下，可谓忍辱负重；为了得到贤才，不惜放下身架。在尉缭的眼里，秦王如此，不过是得到天下士子之心，以便尽心为他效力。说白了，就是一种用人手段而已。而秦王的这一席话，确实出乎尉缭意料之外。这次，尉缭真正被嬴政的胸怀感动了。

虽然，他知道这胸怀也是一种欲得天下的素养，跟人品无关。

尉缭心中哀叹：难道天下真的要归秦吗？

看尉缭不说话，秦王是何等聪明，知道这家伙在心里咂摸滋味呢。他上前拉住尉缭的手，说："先生请随我进屋，小高子，奉茶！"

赵高赶紧在身上擦干了手，和闻讯而来的家人烧水去了。

尉缭随着秦王进屋，忐忑地说："草民住的小屋寒酸，恐怠慢君上。"

秦始皇大咧咧地在尉缭房间里唯一的短几旁坐下，说："寡人既来之，先生就不必客套。皇宫再大，没有贤才，也是徒有其表。寡人需要的是治国贤才、忠义之士，不是来看房子的。先生，请坐吧。"

短几旁边，只有两只坐垫，平常李斯有时间了，就来到尉缭屋子里，两人闲聊喝茶。

尉缭只好小心地在秦王对面坐下。

家人已经提着一壶茶过来，尉缭站起来，要给秦王斟茶，茶壶却被秦王一把夺了过去。秦王朝尉缭笑了笑，说："先生请稳坐。今天这屋子里没有外人，你就当我不是秦王。先生长我两岁，就是我哥了，咱哥俩今天喝茶长谈，没有什么君上草民的。先生不是主张天下人人平等吗？"

尉缭拱手："君上……"

秦王脸色一凛："先生是不认我这个兄弟了？"

尉缭老实说："君上……在下不敢。"

秦王看了看惶恐至极的尉缭，不由得哈哈笑了，说："好了，不为难先生了。对了，先生比我年长，可婚配否？"

尉缭说："回禀君上，尉缭在魏国有妻女，几年前游学他国，两年没回家。回家后，妻子带着女儿另嫁他人。此事不怨妻子，草民两年未回，妻子以为草民已亡，况生计困难，不得不另嫁。说起来，草民愧对家人。"

秦王点头，问："那……以先生之才，大可以在魏国谋个官职，养护妻女，为何要到他国游历？"

尉缭有点哀伤，说："此事……说来话长。不瞒君上，草民曾经见过魏安釐王，并劝魏王革新朝政，严禁贵族侵吞百姓土地，惩罚那些鱼肉百姓的官吏，把更多的土地分给百姓，休养生息，以敌……强国。可惜，草民才疏学浅，被安釐王轰出朝堂。草民自觉无颜见家乡父老，一气之下，就离妻别子，去了齐、楚等国游历学习。"

秦王一脸愤慨："这魏安釐王胆小怕事，昏头昏脑，竟然害了先生一家人不得团聚，真是误国误民之徒！"

尉缭叹息说："君无能，百姓苦啊。大秦有君上，真是百姓之福。"

秦王笑了笑，说："若天下百姓都如秦国之百姓，是不是天下百姓之福呢？"尉缭依然坚持自己的观点，说："可是诸国混战，却是百姓噩梦。"

秦王说："自古成大事者不可心软。百姓安乐是百年大计，此事不可谓不大。但是如果担心这一时之痛，而不敢用兵，眼看诸国混战，百姓将永无宁日！况，即便秦兵不出函谷关，六国百姓就安宁了吗？自周室东迁洛邑，各诸侯混战，至今已五百多年。五百多年啊，百姓遭了五百年的罪。这五百年，多少家庭离散，多少尸骨被抛荒野，先生算过吗？现在七强争霸，交战不止，如秦不灭六国，百姓还得再遭屠戮五百年！先生你说，是让秦经十年之战统一天下，还是让百姓再受五百年之苦？"

尉缭沉思了一会儿，叹气，说："君上之说也有道理。不过……秦王果真能一统天下，不知道要死多少人啊。"

秦王见尉缭开始认同他的观点，笑了，说："长痛不如短痛。十年死的人多，还是五百年死的人多？"

尉缭想了想，突然说："不知君上对《墨子》有何看法？"

秦王摇头，说："墨家为民请命，嬴政自然钦佩。但是墨家学说，以后或许为天下妙法。在当今，却是无从着力。治国安民，还得用商鞅之法。"

尉缭说："商鞅之法，虽是强国之道，却难以长久。百姓可教不可欺，可愚弄一时，终会醒悟。但百姓是一国之根本，商鞅之道，如何择而用之，君上要慎重。"

秦王点头："帝王之道，有失厚道，寡人心中明白。不过当下之计，大秦须上下一心，方能战胜六国。如秦统一天下，必当改革法制，重用天下英才，减刑宽学，使天下清明，百姓安居乐业。"

尉缭猛然站起跪下，说："既然如此，草民愿为君上统一天下尽绵薄之力！"

10. 尉缭献计

秦王大喜，赶紧扶起尉缭，大笑，说："寡人等先生这一句话，可是等了好久啊。"

尉缭入座。秦王说："秦国志在统一天下，解民众于倒悬。秦国现在当如何布局、如何发兵，请先生教我。"

尉缭知道秦王这是在考他了。能否得到秦王的信任和重用，就在今天。尉缭一拱手，说："君上，论兵力之强，山东六国当属赵国。赵有李牧，有大兵四十万，秦不得不小心。其余五国虽然兵力较弱，但是如果这五国或者六国结盟，秦必然左右掣肘，难以取胜。因此，这第一，是设法不让六国结盟。自然，大秦人才济济，此事当已有定论。"

秦王点头，说："诚如是。不过，如何破解这六国结盟，寡人当下还没用确定之策。"

尉缭点头，说："君上请听草民说完。破解连横当有许多办法。不过，草民以为，此事不若跟灭六国之大策结合在一起，计议长远，步步推进！"

秦王眼珠子一亮："请先生细说！"

尉缭侃侃而谈："当下六国，并无圣明之君。六国之残存，是六国皆有几个干臣。比方赵之李牧、齐之庄胜、楚之李园等。当今之计，如果这些人能够为大秦效力，扰乱国家，陷害忠良，使得六国内无能臣、外无猛将，大秦再出兵，是否可以事半功倍呢？"

秦王眼睛再次一亮，眼皮却又耷拉下来："先生说笑，他们都是本国之栋梁，岂能为大秦效力？"

尉缭点头，说："此事确有难度，不过就看君上能否舍得钱财了。"

秦王一愣："钱财？先生……需要多少钱财？"

尉缭说："只要三十万黄金，草民就可以让能臣下台、奸臣当道，六国瘫痪。"

秦王摸了一把脸，说："三十万金？先生说笑了，秦国荒蛮之地，虽然仓廪丰实，却……实在拿不出这么多的金子。"

尉缭说："大军一动，要运输粮草要修兵器，还要抚恤死去的战士之家属，要多少金？何况，如果六国结盟，进攻秦国，君上恐怕有六百万金也无济于事。况且，这三十万金子也不是一下子拿出，君上若真的要统一天下，只靠将士拼命，胜败恐怕也未可知。万一拖的时间太长，六国中有超越秦国者，这机会就永远没有了！"

秦王微微点头，说："请先生详细一说。"

尉缭说："比方当今强国赵国。赵国兵强马壮，且有名将李牧，是秦国之强敌。请问君上，秦国如果与赵国对阵，有几分胜算？"

秦王想了会儿才说："五成。"

尉缭笑了笑，说："五成胜算，就是有五成败仗之可能。假如秦国进攻赵国，赵国李牧迎战，即便是秦国惨胜，也是两败俱伤。此时，如果楚、魏来攻，秦能应对否？"

秦王摇头，说："难！"

尉缭说："只一个赵国，就让秦难以招架，那君上如何统一天下、扫平六国呢？"

秦王拱手："先生教我！"

尉缭说："故此君上应该听草民所说，备下黄金，派人去山东六国，寻找机会，贿赂主事大臣，让他们为我所用，到时各国君臣离心，何愁国家不灭？"

秦王边想边点头："倒是有些道理。不过，有些人是不可以用黄金收买的，比方李牧，先生觉得他是贪财之人吗？"

尉缭笑了笑，说："君上所言极是。李牧是天下名将，德才兼备，决不是用黄金可以收买的。不过，对于赵国，秦国的目的是除掉李牧，而不是收买他。"

秦王有些不明白："除掉李牧？先生是说……暗杀？"

尉缭摇头，说："在赵国找一个人，帮咱们除掉他。"

秦王微微点头："当真能除掉李牧，花百万金也不为过。不知先生想借谁手除掉李牧呢？"

尉缭笑了笑，说："宠臣郭开。郭开乃赵王赵偃幼年伴读。此人是个奇才，自小就善于溜须拍马阿谀奉承，更兼得通晓各种奇技淫巧，了解这邯郸城的各种妙处，常带着这赵偃溜出宫门，四处玩耍。赵偃登基后，郭开成了他的心腹重臣，赵国朝中大事都要跟他商量。赵国有人戏言，郭开就是第二个赵王，这郭开又极贪财好色，专事贪腐。草民断定，此人胃口极大，只要把他喂饱了，他就成了大秦的一条狗。君上，您说是通过这郭开拿下李牧合算，还是动员几十万大军与赵军拼死一搏合算呢？"

秦王点头，说："先生真是胸有雄兵百万啊。"

尉缭笑了，说："这百万雄兵，却得靠着君上下令上战场啊。"

此时，李斯听说秦王到了他家，赶了回来。李斯等人叩拜秦王。秦王不高兴，说："爱卿，你好好地在你的廷尉府做事多好？赶回来做甚？寡人与先生的谈兴，让尔等扰乱了。"

李斯期期艾艾："君上到了微臣家中，微臣怎敢不回家照料君上？微臣不打扰君上和先生叙谈，微臣侍奉君上即可。"

秦王摆摆手，说："罢了。既然来了，就过来坐吧。"

李斯过来，先给两人续茶，坐在了尉缭的对面。秦王左右看了看两人，大笑，说："寡人左有先生，右有李爱卿，何愁天下？"

李斯本来一路上惴惴不安，以为秦王来见尉缭，会追究其欲逃之罪。现在见两人言谈轻松，一颗心才放到了肚子里。

李斯忙趁机恭维，说："大秦生机勃勃，不是因为有了微臣等人，而是有了君上。有了君上这等爱才明君，即便我李斯和先生尉缭不来，也会有别的贤才来投，因此，君上才是秦人之福星啊。"

秦王点头，说："只有我等君臣协力，才能有所成效。李爱卿，您觉得寡人该封先生何官为好啊？"

李斯想了想，小心地说："君上，臣以为，这……尉先生，可以封为郎中令……不知君上之意如何？"

秦王看了看李斯。笑了笑，说："此事……日后再议，李爱卿，寡人腹饥，是不是到了午饭时间了啊？"

李斯看了看旁边的刻漏，说："微臣疏忽了，已到午饭之时，请君上稍候，微臣去厨上看一看。"

秦王兴致不错："那就叨扰爱卿了，菜肉可简单些，但要整点好酒啊。"

第二章 姚贾使韩

01. 水希说尉缭

秦王与尉缭、李斯在李斯家啖肉吃酒，很是尽兴。尉缭与李斯把喝得摇摇晃晃的秦王扶上他的青铜马车，嘱咐赵高小心送秦王回去。两人目送青铜马车从视线消失，才回到屋里。

李斯因为廷尉府中还有公务，陪秦王喝酒的时候留了个心眼，没喝多。送走秦王，李斯长出一口气，与尉缭稍聊一会儿，就回廷尉府去了。

尉缭与秦王聊得高兴，喝得痛快，三大碗老秦酒让他头晕目眩血脉偾张。李斯走了后，尉缭躺在床上想眯一会儿，但是酒劲直冲大脑，秦王谋略天下的激昂话语在他的脑袋里车轮般翻转。

但是在酒精的冲撞和秦王激昂的话语之隙，还是有丝丝缕缕的担忧从尉缭的脑袋里冒出来。

在山东诸国游荡的时候，尉缭从齐人的口中听到一个狡诈的秦王，和一个粗鲁不识礼仪的秦民，从楚人的口中听到的则是一个暴躁的秦王，和一帮凶残的秦国大臣。多年前，尉缭在魏国受挫，进齐国也没见到齐王，怨愤之余，尉缭想，与其在这样一帮昏庸的君王中受辱，还真不如去效命虽然粗鲁却能重用人才的秦王。

三年前，尉缭试探着进入秦国。

进入秦国之后，尉缭没有像别的士子那样先入秦国的学舍，进行登记演讲，而是先到民间，拜访了民间的一些私塾先生。私塾先生对秦王看法不一。有的说他隐忍有大谋，有的说他生性奸诈，翻脸不认人。

尉缭在秦国游荡半年，所得信息混沌迷茫，几番犹豫之后，还是又回到了山东。在山东混不下去了，尉缭才又来到咸阳。

这次见到秦王，目睹秦王求贤若渴的精神，欣慰之余，尉缭却从秦王的眼神里看到了无尽的欲望和杀气。尉缭历经坎坷，他非常清楚，这种人用人之时可以给你想要的一切，但是城府太深，翻脸不认人。秦王有帝王之相，通帝王之术，权谋有余，厚道不足，不是尉缭心中的可投之明君。跟山东六国相比，即便六国之君有些昏庸，尉缭还是愿意留在山东六国。

但是他现在四处碰壁，除了秦王，谁能收留他呢？

尉缭辗转反侧，难以入睡。

此后多日，秦王忙着对付吕不韦，没有召见尉缭。李斯忙于朝政，每每都是半夜回来，清晨即走。

尉缭难得清闲，每天饭后在院子里溜达一会儿，再喝茶读书。

这天午后，尉缭低着头满怀心事在院子里转圈，差点撞到一个人身上。尉缭抬头一看，原来是墨家弟子甫飞。

尉缭皱了皱眉。

甫飞看得清楚，微微笑了笑，抱拳说："甫飞打扰先生了。"

尉缭抱拳还礼："原来是墨家高足。"

甫飞说："恭喜先生。先生得秦王赏识，不日即可发达，可喜可贺。"

尉缭呵呵一笑，矜持地说："只是与秦王一叙，发达与否，还未可知。"

甫飞冷冷笑了笑，说："先生高兴否？"

尉缭这才意识到，自己在不崇尚富贵和高官厚禄的墨家人面前表现得有点兴奋了。他哼了一声，说："功名利禄不是尉缭之所愿，救国救民、为国效劳，才是我之夙愿。"

甫飞说："若论救国救民，无私无利，天下没人能跟墨家相比。先生既然有救国救民之心，那何不加入墨家呢？"

尉缭苦笑了笑，说："墨家学说，好在好矣，可惜太好。水至清则无鱼，人至察则无友，世人皆俗，要养家糊口，老婆孩子一堆，要想他们为墨家学说努力，至少得保证他们的父母有人赡养，他们的孩子不至于挨饿，他们的老婆能有好的衣服穿。墨家能给他们这些吗？要想让百姓过得好，首先要树立典范。比方秦王，他广纳贤才，给他们优厚的待遇，他们才能没有后顾之忧，才能为国家效力。墨家提倡草履破、苦修苦行，还随时都会送命，此言此行，让人高山仰止，以尉缭之俗，还未曾达到履行之境界，先生见笑了。"

甫飞点头，一副司空见惯的表情，说："既如此，那甫飞就恭喜先生了。甫飞来见先生，是奉巨子之命，邀先生一聚，不知先生肯赏脸否？"

尉缭惊讶："巨子？水希到咸阳来了？"

甫飞点头，说："是。"

尉缭说："那自然得聚。两年前，我和水希在韩国见过一次，水希还请我吃了一顿饭。今天我得请一下他，还一下情分。"

甫飞拱手："多谢先生赏脸。明日傍晚，巨子在学馆外的锅盔店等你。"

尉缭笑了，说："水希这次终于大方了一次，要请我吃锅盔了。"

第二天傍晚，尉缭随着甫飞，来到学馆外的锅盔店。锅盔店外，一个戴着斗笠、一身皂衣的精壮汉子带着尉缭他们进入店门，在锅盔店院子里的一间干净小房子外，墨家第八代巨子水希拱手迎接尉缭，两人寒暄几句，相互谦让着进入屋内。

在墨家，掌门被称为"巨子"。墨家在墨子亡故后，分为三派，墨子后人分散在三派之中。后来三派中的相夫氏一派和邓陵氏族派相继衰微，墨家弟子相继归为相里氏一派，水希便是相里氏派的集大成者。水希少年时在魏国讲学，受到魏王赞赏，被赐子姓，世人便称其为子希。不过在墨家弟子和一众好友中，众人依然沿用旧称。

水希住在一间不大的茅屋内。屋内布置简单，墙上挂着一柄宝剑，地上摆着一张窄小木几。水希坐在木几旁，两人见礼后，尉缭坐在了他的对面。

尉缭说："水希此番来咸阳，不知有何要事？"

水希的话简单直接："听说兄长不日即可成为大秦的肱股之臣，兄弟特来道贺。"

尉缭嘿嘿一笑，说："水希以为尉缭听不出你话里的味道来吗？再说了，我现在还是一介草民，你为何说我即将成为大秦的肱股之臣？此话好无来头。"

水希给尉缭倒了一杯茶，说："兄长请用，此茶是我自制的，与秦王的茶没法比，不过总比喝白水要好一些。"

尉缭看着水希，端起茶杯喝了一口，点头，说："此茶没有寻常香气，却有苍茫浑厚之味，似是高原之物。"

水希笑着说："兄长果真是见多识广。此物产自西域高原之地，名塔路。当地老百姓都采了煮着吃，据说可以延年益寿。我就炒了一些，当茶叶喝。"

尉缭惊讶："水希为何事要去西域？西域之地虎狼如云，诡谲凶险，水希莫非要将墨家发展到西域？"

水希说："兄长见笑了。水希去西域，不过是想长点儿见识而已。"

尉缭说："水希还没回答我的问题。我到秦地时间不长，虽见过秦王，却还没有谋得一官半职，水希为何说在下要成为秦王的肱股之臣？"

水希笑了笑，说："兄长相信我即可。墨家自有自己的消息来处。兄长见秦王，必有妙计于秦王，兄长可以一说否？"

尉缭喝了一口茶，看了看水希。

水希淡淡一笑说："尉缭兄，秦王早就有一统天下的野心。兄长是军事世家，如何对付山东诸国，如何布局天下，秦王必然请教兄长，有何可瞒？"

尉缭说："不瞒水希，秦王确实跟在下探讨过天下诸事。我以为秦国的势力还不到可以与诸国抗衡之时，不可操之过急。不知水希有何见教？"

水希凛然："不是不可操之过急，而是不可操之！这几年，秦国无暇东顾，山东六国百姓日子刚有些安定，大秦不管何时出兵六国，都会让六国百姓再次罹患战乱，使得他们流离失所，家破人亡。"

尉缭说："此话差矣！秦国不出兵，山东六国就不互相攻伐了吗？燕赵、齐燕、齐魏、楚韩，哪个诸侯国没有互相攻伐过？水希，墨家之说是为天下计，但是长久为天下计，还是应该统一六国，天下一统就没有了杀戮，没有了征战，老百姓才能过上好日子。那才是墨家所期望的啊。"

水希摇头："天下一统，是秦王的野心。秦国世代国王，都是野心勃勃，盼望东出。秦兵东出，那是万劫不复的天下大灾难啊。尉缭兄，您崇尚信义，以天下为己任，应该利用您的祖传所学，说服秦王，让他息兵罢战，厚待民众，这才是为王之道。"

尉缭笑了笑，说："那六国如果再次结盟，进攻秦国呢？"

水希站起来，声音铿锵："我这一年，先后拜访了齐、楚、燕、赵、韩、魏六国，六国皆同意罢兵息战，休养民众。只要兄能够说服秦王，我必定有办法稳住山东六国。"

尉缭摇头："水希还是务实些好，山东六国武力虽弱了些，可别以为他们就是一帮君子。只要有利可图，他们会忘记所有的承诺。水希信否？"

水希长叹一口气，说："确实如此。"

尉缭说："所以，只要列国并存，必然会有战争。要真正地罢兵息战，只有天下一统。"

水希摇头，说："即便是真的天下一统了，也不会没有战争。诸侯争雄，外族入侵，部下反叛，都是战争之源。要真正的没有战争，只能是众人都接受墨家的'非攻兼爱'之思想，则天下无虞矣。"

尉缭点头，说："此话有理。可是我看这普天之下，信奉墨家的人似乎越来越少了。"

水希神情黯然："此皆因我等能力有限，导致墨家后继乏人。"

尉缭摇头，说："水希兄，人非圣贤，皆有贪欲。墨家没有看到人贪欲的一面，是墨家之失啊。墨家赤胆忠心救天下，却无法给予追随者高官厚禄，如此必然无法聚集人才。墨家信徒越来越少，此是必然。"

水希说："墨家之说是救世之良策，墨家崇尚节俭，众人平等，自然要以身作则。"

尉缭喟叹："也正因为如此，墨家不如法家和儒家受君王喜欢。墨子在时，尚能受各诸侯之邀前去论道讲学。一百多年过去，法家和儒家依然是各君王座上宾，墨家如何？区别如此之大，皆因为这两家都知道如何讨君王百姓喜欢，其他皆虚也。人皆有欲，天下士子，言即百姓天下，其实皆为功名利禄！百年之前，各种学术岂止百家，为何独独儒家和法家越来越兴旺？皆因这两家能揣度君王之喜好，修整自己的学术……"

水希打断尉缭的话："兄长请勿再言！墨家宁可枝干脉断，也不可为讨君王之喜，躬身为奴！"

尉缭心里有些不高兴，嘴上说："水希如此说，尉缭也无话可说了。不过假如秦王真的如水希所言，重用在下，那在下少不得用尉缭之法，换天下太平。"

水希声音如铁："那墨家肯定会尽其所能，阻挡杀戮。"

尉缭："大秦带甲百万，据我所知，墨子如今不过几千人，几千人能挡住大秦百万铁骑？"

水希说："关键之时，用寸之巧，或能以一敌百，尉缭兄信否？"

02. 绿娘

水希入秦，李斯也听说了。李斯早年求学荀子时，曾经见过墨家巨子水希。那年荀子受苍山学馆之邀，赴苍山讲学，李斯跟随，苍山学馆邀请了儒、法、墨、阴阳、兵、杂等各派领袖人物辩论讲课，少年水希也随其师父前往。

荀子等大家在学堂大屋辩论讲习，李斯、水希等闲来无事，到街上闲逛，遇到几个当地恶少欺侮一个卖鱼的老汉。恶少嫌老汉挡了他的道，鱼腥味沾到他的绸子衣服上去了，逼老汉拿钱，他要另做一件。

老汉没钱，吓得缩成一团。恶少拳打脚踢，老汉连连哀叫。

众人皆少年冲动，要上前打抱不平。

李斯提议先去问个清楚，是否有别的原因，再动手不迟。另一法家弟子建议赶紧去报告官府，并围住打人的恶少。唯有水希挽袖子就上，将恶少打翻在地，然后再问他为何打人。

事情有些出人意料，恶少并不太恶，老汉也不是表面上看得那么软弱。原来这恶少想买鱼，与老汉两人讨价还价，价格本来已经谈好了，恶少又嫌他的鱼太瘦，不想要了。老人气愤，将鱼朝木桶放的时候用力大了些，水就从木桶溅了出来，溅了这个恶少一身。恶少自然没好话，两下就动了手，恶少手下有些功夫，老人就只有挨打的份儿了。

水希与众人将老汉与恶少都进行了一番批评，众人才继续逛街。边逛街，大家边就此事与众人将采取的解决办法辩论了一番，虽然各有千秋，李斯却对这个水希的口才和处理方式印象极深。

李斯上朝时，将水希入秦的事儿跟秦王说了。

秦王有些不以为然："水希？墨家的巨子？"

李斯躬身："正是。"

秦王皱着眉："这水希……来大秦何干？"

李斯说："墨家水希向来是深居简出，此番突然入秦，定然有其目的。但是其欲何为，臣下现在也猜不出来。"

秦王点头，说："墨家是当世最耿直之学家，值得敬仰。不过可惜不能为我所用，甚是可惜。"

秦王说"甚是可惜"的时候，声音陡然冷硬，吓了李斯一跳。按照以往，秦王用此声音说话，那就很有可能是他要杀人了。

秦王突然笑了笑，说："当然，水希是当世大贤，虽然不能为秦国所用，但是墨家如不跟大秦过不去，大秦自然也不会为难水希。"

李斯忙说："水希是当世大贤，无论与谁为敌，都是先警告之。水希此番没有拜见官员，应该与秦国无关。"

秦王说："派人盯着水希，水希在秦国见了何人、做了何事，要详细记录。着紧要的直接跟我说。"

李斯点头："是。臣下谨记。"

因为言语不合，尉缭没有留下来吃饭。他与水希的见面不欢而散。这无论对于水希还是对于尉缭，都是非常少见的。

送走尉缭，水希回到茅屋坐下。

甫飞进来，很惊讶："巨子，不是要留尉缭吃锅盔吗？"

水希脸色阴沉："我想留，尉缭却未必吃啊。这个尉缭进入秦国，山东诸国的好日子即将一去不复返矣。"

甫飞惊愕："此人这么厉害？"

水希说："秦国有李斯治国，有王翦、蒙恬等大将，已经是天下无双，加上兵法世家的尉缭，若论国力，山东六国谁可匹敌？"

甫飞问："那这么说，秦国很快就能进攻山东六国？"

水希摇头："这倒是未必。尉缭的兵法讲究出其不意攻其不备，然则……"

水希的话没有说完，突然听得外面一声大吼，一阵急促的脚步声远去。少顷，两个墨家武士押着一个平民打扮的年轻人走了进来。水希问："雷子枫，你们为何抓人？"

其中一个武士说："回巨子，上午我就发现此人在附近走动，没有在意。

他趁我们送尉缭之时，偷偷溜到屋后，耳朵贴在墙上，偷听屋内动静。我们就把他抓了回来。"

水希看了看面前的这个年轻人，对两个武士说："你们松手吧。小兄弟，你回去告诉李斯，如果秦国决意要对山东六国动手，那我们墨家绝不会袖手旁观。还有，他再派人监视我，就派个高手，否则让我抓住，我不会轻易放过。"

那人走了后，雷子枫问："巨子，您怎么知道他是李斯派来的？"

水希轻轻笑了笑，说："秦王手下两名高参，一是蒙恬，二是李斯。蒙恬是武将，如果他派人来监视我等，必派一高手，你等不会这么轻易抓得住。况且蒙恬是直爽之人，喜欢直来直去。这种勾当，一般都是李斯来做。"

雷子枫问："巨子，那我等怎么办？"

水希说："我等立即离开秦国。此人回去把我的话捎给李斯，必定添油加醋。李斯会火速上报秦王，嬴政狼子野心，虽不至于来此抓我，我留在秦地，却会让他坐卧不安。与其两下难受，不如我等离开秦国，我们也好早做准备。"

雷子枫答应一声，转身而出。

半炷香的工夫，雷子枫已经准备好了车马，等候在外面。甫飞等十几个墨家弟子送水希上马车，水希对众人说："尔等在秦国，勤习功课之外，须仔细打探秦国动向，特别是尉缭之策。如有任何动向，须马上传报与我。"

众人答应。甫飞眼泪汪汪："师父，您车马千里过来，才住了这几天，弟子们真是舍不得。"

水希笑了笑，说："甫飞，此次事情紧急，我等不得不马上出函谷关，否则秦王的快马送信到关，我们可就出不去了。你给李斯干完这批木匠活，速到韩国来找我，我教你几招好功夫。"

水希又抬头对众弟子说："大家可以跟甫飞一起，到韩国国都找我，大家共习经典，商讨救世之策，岂不快哉？"

众人齐声答应。

甫飞问："师父为何要去韩国？"

水希说："秦国如出关战六国，必定先灭韩国。我去韩国，早做准备而已。"

众人纷纷嘱咐水希小心，驾手放下车闸，刚要扬鞭驾车，突然后面传来一声女人的娇喝："水希休走！"

水希跺足："大事坏矣！"

随着一阵急促的马蹄声，一匹大红骏马打着响鼻停在水希的马车前面。马上一英姿飒爽女子勒马回头，质问水希："水希，为何要偷偷溜走?!"

水希叫苦不迭："绿娘，我家中有紧急事务，不得不提前赶回。我已经让甫飞等我走后，马上去告诉你一声，你若不信，可以问甫飞。"

绿娘看向甫飞，甫飞忙说："绿娘，这是真事。我这正想去告诉你呢。"

绿娘跳下马，跳上马车，边说："我跟你一起走。"

水希哭笑不得："绿娘，请你下去吧。这儿不是西域，这里是秦国。秦国虽然不如山东六国那么讲究，却也是男女授受不亲，你私自跳上我的马车，会让众人耻笑的。"

绿娘看了看围观的众人，很奇怪地问："你们看啥啊？我喜欢水希，我跟着他走有啥好看的？"

围观的众人中，也有犬戎族人。犬戎人哈哈大笑，说："好妹子，不愧是犬戎女杰，干得好！"

有人摇头："原来是犬戎人啊，怎么还一副大家小姐打扮？好像王府的小姐似的。"

有人悄声说："没错，这人是王府的小姐。你们不知道吧，她是老秦王嬴苏的老小姐，当年嬴苏带兵驻守犬戎，出去打仗，被犬戎抄了老窝，老婆女儿都下落不明。后来有个啥墨家巨子去犬戎，见到这女子，把她带回来了。刚回来不到半年呢，老嬴苏疼爱得捧在手心里。"

众人这才恍然明白，脸上耻笑的脸色变成了由衷的笑意，看着这个女孩子闹腾。

甫飞劝说绿娘："绿娘，你下来吧。师父有紧急事务，要去韩国……"

甫飞意识到自己话说多了，忙闭了嘴。绿娘哼了一声："我不管他去哪里，我都要跟着。不是说你们墨家最有担当吗？那就先把我担当了。"

众人惊愕："墨家？"

水希怕她说多了，又怕耽误时间，忙对众人抱拳说："绿娘在犬戎长大，不懂本地习俗，诸位见笑了。"

　　水希走不得，只得带着绿娘下了马车，进了锅盔店内。雷子枫让弩手暂且赶着马车离开，众人站在门前品评了一会儿，方才散去。

　　水希说服绿娘，说他要去忙大事，带着一个女人不方便。绿娘反问他，她能吃能喝能骑马，自己能跑，怎么就不方便了？水希知道用中原的礼教观念说服不了她，只能说她刚回家，刚见到父母，如此舍他们而去，是大不孝。绿娘说女大当嫁，在他们那儿，只要女子超过十五岁，就可以随便跟男人走了，超过十八岁还待在家里的，反而会让人笑话，她已经十七岁了，可以随任何一个男人走了。况且，她的母亲早就没了，现在的父亲妻妾成群，女儿二十多个，不缺人孝顺。

　　无论水希怎么说，绿娘都有话跟着。这个能言善辩的墨家巨子，竟然被她说得哑口无言。

　　水希让甫飞解决此事。甫飞让人送信给老秦王爷，说他的女儿要跟一个人跑到韩国去了。王爷大惊，让人找到锅盔店，将女儿强行接了回去。

　　绿娘临走，还转身对水希喊："水希，你走不了，我肯定会找到你的！"

　　老王爷的马车刚转过胡同，雷子枫就带着马车奔驰而来。水希上了马车，车夫快马加鞭，直驰而去。

03. 尉缭、李斯议水希

李斯派的刺探回去将水希的话告知李斯，李斯知道水希语言的分量，不敢怠慢，忙将此事禀告秦王。

秦王嬴政听了李斯的报告，看了看李斯，说："你是大秦廷尉，你给寡人说说，此事如何处理是好。"

李斯知道秦王会问他这个问题，在半路已经想明白。他躬身说："微臣与水希也算是故交，在此关乎大秦基业之事上，却不敢徇私。微臣以为，应该暂时留下水希，不能让其在六国中散布流言。"

嬴政说："那还不快去！"

李斯答应一声，转身下去，马上安排人去"请"水希。怕水希有所察觉，更兼惧怕水希手下皆是能文能武之才，他又安排人去找令尹蒙恬，让他后面接应。

为了权衡行事，李斯亲自随后赶往水希住的锅盔店。锅盔店老板告诉赶来的军士，说住店的那几个人都走了。众人不信，在锅盔店四处搜查，没找到人。李斯赶来时，众人已经搜查完毕，准备回去交差。

李斯听说水希走了，大吃一惊，派人将锅盔店老板捉到廷尉府，仔细询问了一番，知道水希已经走了大半天了。按照墨家的速度，他们即便是快马禀告函谷关守关人员，也来不及了，只得低着头来见秦王。

没想到秦王丝毫没有责怪李斯，听李斯说了经过，看了锅盔店老板的供词后，摇了摇头，说："李斯，此事不怪你。墨家水希是何等人物，我就知道你抓不住他。他能放人来给你送话，就已经想明白咱会派人去请他。他必定早就走了。"李斯恼恨："如果微臣当时果断一些，马上带人去抓他，他就走不了了。"

秦王摇头："他那几个手下，个个以一敌百，加上墨家独门武器，你那几个人抓不住他。"李斯跺脚："我真是没用。这不是放虎归山吗?！"

秦王笑了笑，说："虎就得在山上。当年墨子救宋，楚国王没有为难墨子，不是楚国王不想，也不是他没能耐，而是怕引起众国百姓愤怒，怕引起其他国君乘机找理由攻击楚国。儒、墨为当世之显学，即便是秦国，也应该对其毕恭毕敬。"

李斯诧异："既如此……君上为何还让微臣带人去抓他？"

秦王笑了笑，说："水希来到大秦，大秦的墨家弟子肯定会鼓噪。我让你带兵甲前去，不过是对那些墨家弟子的警诫，让他们知道，墨家在秦国并非可以任意妄为。"

李斯夜晚回到家中，先去见甫飞。甫飞居住的小厢房内灯光明亮，却没有人听他讲课。甫飞聚精会神，正在背诵《墨子》："之俯则俯，令之仰则仰，是似景也。处则静，呼则应，是似响也。君将何得于景与响哉？若以翟之所谓忠臣者，上有过则微之以谏，已有善，则访之上，而无敢以告外。匡其邪，而如其善，尚同而无下比，是以美善在上，而怨仇在下，安乐在上，而忧戚在臣。此翟之谓忠臣者……"

李斯一直走到门口，甫飞依然面对灯光，两眼微闭，似乎没发现他。李斯心下一笑，转身几步，隐于黑影中。甫飞果然睁开眼，停止背诵，起身要朝外走。

李斯转身，笑问："先生为何停止背诵？"

甫飞有些尴尬，呵呵笑了笑，说："不知大人回来，甫飞失礼了。"

李斯哈哈一笑，说："墨家高足客气了。先生近日进展如何？我要的书案做好没有？"

甫飞一愣，很是不安的样子，说："对……对不起大人，这两日我有急事，耽搁了两日。不过大人放心，我在后面的时日中，必定尽力把这两日耽误的工补上。如果大人急着要书案，甫飞可以通宵加工，明早必定做好。"

李斯笑了笑，说："那倒是不必。甫飞啊，能告诉我，你这两日忙了些什么吗？"

甫飞摇头："小事，小事，不必叨扰大人。"

李斯说："甫飞，听说墨家巨子水希来到秦国，你去见过师父没有啊？"

墨家子弟不可撒谎，因此甫飞只得说："见过。"

李斯笑了笑，说："见过也无妨。师父来此，不见反而失礼。"

甫飞无言。李斯问了几句家具的进展情况，转身离去。他从甫飞有些黯然的表情上已经看出来，墨家水希已经离开咸阳了。李斯有些失落，有些轻松，还有一丝丝的亢奋。

失落是因为对墨家的敬重。李斯出身于贱民家庭，自幼就从爷爷那儿听说过墨子的故事，觉得墨子伟大。他那时想，如果长大能成为铁肩担道义的墨家弟子，无论走到哪儿都受到百姓敬重，该有多么荣光！长大后，亲身感受到下层百姓的苦，看到官家和富豪的荣华富贵，他开始向往仕途，期望能有一日出将入相、车马威仪。在投奔荀子为师后，荀子问他对墨家的看法。李斯说墨家与儒家同出一辙，却在救世方略上偏差太大，墨家太过理想化。

荀子一语道破，说墨家是为了救民，儒家是为了救君。儒墨皆是大家，虽同出一辙，却相背而流，历时久了，必有一方兴旺、一方萎靡。

李斯问是哪一方萎靡。荀子不言。

李斯问学墨子还是学孔子能流芳百世，荀子摇头，却问他是否想此生富贵。李斯想了想，点头。

后来李斯细想与师父的一番对话，终于想明白。师父是非常尊敬墨子的。他对墨子的尊敬，甚至超越了对自己师父的尊敬。但是他还是不愿意学墨子，原因显而易见。

后来他想，如果人人或者大部分人都崇尚墨子，那这个世界是不是会更加美好呢？这种想法时不时地就出现在他的脑子里。即便是今天他带人打算去拘禁水希的时候，他都这么想过。

因了这种想法的骚扰，他时而就会觉得自己龌龊，觉得自己背离了小时候的梦想，常常觉得有些失落。轻松的是，墨家水希没有被自己抓住，否则自己真就成了千古罪人。

李斯心情复杂，朝住处疾走，走到自己的房前，才想起两日没有去见尉缭了。正待赶去，突然有人喊："是廷尉大人否？"

李斯听是尉缭的声音，有些小小的兴奋，转身对着远处的黑影说："尉缭兄，正是在下。我正待去找你呢。"

尉缭紧走过来，抱拳说："打扰大人了。夜里睡不着，出来溜达，没想到能遇到大人。"

李斯说："我刚回来，尉缭兄如果不想睡，就请进来坐一会儿。"

尉缭说："我就是睡不着，才出来溜达的。廷尉大人公务繁忙，怕是累了，就不打扰廷尉大人了吧。"

李斯摇头，说："咱是兄弟，请不要客气，我也正想找你呢。"

两人进了屋，分宾主坐下。李斯沏了茶，给尉缭倒了一杯，说："尉缭兄，咱是老朋友，不日就将同朝为臣，我说话也就不客气了。前两日，墨家水希来秦，你见过此人否？"

尉缭轻轻喝了一口水，放下杯子，理了理头发，说："见过。"

李斯点了点头，说："如果我没猜错，他应该就是为你而来的。"

尉缭皱着眉头："我也在想此事，只是不敢确定。廷尉大人为何如此说？"

李斯说："墨家虽然大名鼎鼎，但是墨家水希行动隐秘，他只要在某地出现，某地必然有大事件发生。秦国现在虽然有秦王与吕相在内斗，外界却并不知晓，况且墨子向不参与别国内政，他只关心战争。现在七国中的大事件，就是你入秦之事了，况且兵法世家入秦，被秦王接见，显然会让人想到战争。因此我觉得水希入秦，跟你有关。"

尉缭点头："有点道理。"

李斯强调说："不是有点道理，此事可以确定。我觉得以水希的聪明，他也应该知道劝你离开秦国无效，那么他来，就是探一探秦国对山东六国的口风了。"

尉缭摇头，说："水希没有劝我离开秦国，只是让我信奉墨家。"

李斯笑了笑："这是他的借口而已。他问你秦国对六国的态度否？"

尉缭说："问了。我如实说了，廷尉大人，这……有什么问题吗？"

李斯摇头："没有。即使兄长不说，也瞒不过他。他反应如何？"

尉缭说："一如既往。他还是墨家那一套。一百多年过去，墨家除了造出几台木车，治国之策毫无进展。"

李斯点头，笑了笑，说："墨家之说，虽然有些空乏，我对墨家子弟，却是非常敬佩。远的不说，即便是甫飞，木工如此之好，却毫不计较，其心性纯良，别说大秦百姓，即便是朝中官员像我们这些扛鼎大臣，也是难以望其项背。”

尉缭说：“可惜了，空有一番宏观大论，却于实际无用。”

李斯笑了笑，说：“兄与水希也算老友了，就没有对水希说点什么？”

尉缭一愣：“廷尉何意？尉缭虽然是素衣百姓，却知道忠臣不事二君的道理。尉缭既然来投了大秦，就必定对大秦一心一意！”

李斯忙说：“兄长多虑了。我的意思是，你是否劝水希改变一下想法。”

尉缭释然，摇头说：“说之无益，何必多言。”

李斯喟叹：“是啊。墨子之论浩浩荡荡，皆是为民请命之说。入了墨家，即便看清此论空大，如若退出，却也会招人非议。”

尉缭说：“是谓架起火烤。众口烁火，起来了，就难以落地。”

李斯呵呵笑了：“情同此理，情同此理。”

04. 水希说韩王

秦王两个多月没有见尉缭。尉缭从李斯的口中，得知秦王正在铲除吕不韦对秦国的影响，情势颇紧，秦王情绪不佳。尉缭知道此事急不得，想出去云游一番，又怕秦王临时起意召见，只得压住性子，等待秦王。

又住了一个多月，秦王才再次召见了尉缭。

此时，吕不韦被秦王赶到了河南封地，大秦王朝从老人政治的暮气中脱颖而出，一片生机勃勃。

秦王单独接见尉缭，与他畅聊兵法、刑罚、养民、练兵等各种为君之道、为臣之义，十分投机。

很自然，秦王说起了水希此番入秦。

尉缭经过这些日子的所见所闻，已经知道这个秦王不但心机老到，且洞察幽微。因此尉缭索性毫无保留，将水希派人约见自己，自己随人到了锅盔店，如何见到了水希，两人的对话，都一一告知了秦王。

秦王低头看着茶杯，尉缭却分明觉得秦王的眼睛从茶杯里看着自己，看得他额头上直冒虚汗。

尉缭将来龙去脉讲完，秦王才抬起头，看了看尉缭，说了一句话："水希乃圣人也，可惜不食人间烟火。"

尉缭低头说："是。"

秦王缓缓地说："寡人与水希，乃世间两极。水希以民为上，寡人以王权为上；水希认为应非攻兼爱，寡人以为应统一天下、严厉刑法。水希以为事无巨细，应该人人平等，寡人以为应当厚奖军功，奖勤罚懒。水希是圣人，寡人……"

秦王忽然止声，闭上了眼。

尉缭惶恐不安地看着秦王。

秦王呵呵笑了笑，说："水希以为人应皆为圣人，寡人以为人就是人，有欲有私，只有足其私欲，其才肯效力，豪言好听，然难以果腹养家。六国贤才悉归大秦，足见寡人之对，墨家日益式微，足见圣人之错。"

秦王一番分析，可谓精辟至极。尉缭脸上发红，却不由得点头："君上圣明。"

秦王说："人非圣贤也，岂能无欲。"

隔日上朝，秦王下诏，封尉缭为国尉，赐府邸一座。尉缭感激涕零，叩头谢恩。

此时，水希一行在韩国的备战工作，却陷入了无边无际的虚妄之中。

韩王安自因郑国疲秦案（韩国派郑国入秦，鼓动秦王大兴水利，以拖垮秦国经济），受到秦王严厉警告之后，每每想到秦国，便心惊肉跳、坐卧不安。水希找到丞相韩熙，说秦极有可能要进攻山东六国而韩国必首当其冲之后，韩熙大惊，忙带着水希找到韩王。

此时的韩国，已经是江山凋零，人心涣散。

韩王安每日苦思破秦妙计，想得人比黄花瘦，却无计可成。

正值此时，韩熙禀报水希来访，韩王大喜，忙宣水希觐见。

山东六国，特别是齐国和从晋分出来的韩、魏、赵和六国之外的小国卫，受周礼影响最深，礼仪繁多。不过这几个国家也最为尊重水希，知道墨子出儒的典故，对水希觐见，有独一无二的简单程序。

韩王安启动这一程序，让韩熙直接宣水希到书房觐见。

水希到了书房，依规矩，对韩王鞠躬。韩王安此时犹如火燎屁股，忙扶住水希，让其坐下。

双方尚未坐下，水希便开门见山："君上，韩国危矣！"

真是哪壶不开提哪壶，韩王安听了此话，当场一哆嗦，两腿一软，差点摔在地上。丞相韩熙忙过去扶着韩王，让他坐下。

韩熙哭丧着脸，说："巨子大贤，您慢慢说，韩国现在是残枝败叶，经不起多大的风啊。"

韩王定了定神，抖着手抹了下额头上的汗，说："请……巨子细说。"

水希说："秦王将重用尉缭，君上听说否？"

韩王安长出一口气，说："寡人只知道尉缭到了秦国。这个尉缭，性子生冷，秦王未必能用他。"

水希长叹一口气，说："君上啊，别说尉缭性子如何。先说郑国吧，郑国是韩国派去的间人，秦王明查之后，知道郑国现在一心想为百姓做事，不但不追究郑国间人之罪，反而封其高官，给予大权，让其为秦国效力，秦王之心胸可见一斑，秦王之野心也可见一斑。君上觉得此事无法与尉缭相比，那顿弱如何？秦王得知顿弱到了秦国，想见他。顿弱言其有一怪病，见到君王不参拜。秦王慨然应之。与顿弱一见之后，觉得顿弱可用，便不顾大臣反对，即刻封官加爵。尉缭性格之生冷，比顿弱如何？"

韩王的嘴巴随着水希的话语慢慢张大。水希语毕，韩王的嘴巴还没合上。他就这样张着嘴巴，转圈看了看水希和韩熙。

韩熙眼巴巴地看了看韩王，又看了看水希。

水希问韩熙："丞相，尉缭来过韩国否？"

韩熙忙点头："来过。"

水希问："见过君上否？"

韩熙答："见过。"

水希问："君上对之如何？"

韩熙的腰弯了，回答也不流利了："尉缭……他、他冲撞君上，被、被君上给轰了……出去。"

水希问："如何冲撞？"

韩熙看了看韩王。韩王依然有些气愤："这个尉缭，竟然敢对着满朝大臣，说韩国有旦夕之危……寡人自然不能容他。"

水希摇头："君上，尉缭之语，相比茅蕉当朝骂秦王，说他不忠不孝犹如禽兽，是尉缭语狠还是茅蕉语狠？"

韩王答："自然是茅蕉语狠。"

水希说："满天下皆知，秦王不但没有怪罪茅蕉，还封其官职，将之养起来。韩王之心胸相比秦王，如此之窄，怎无悔改之意？"

韩王一瞪眼，又想到面前的人是水希，便耷拉下眼皮，不说话了。

水希长叹一口气："尉缭已去秦国，悔之晚矣。"

韩王低下头。

韩熙问："巨子，你刚刚说韩国危矣，不知……此言何出？"

水希有些恼怒："何出？尔等还不知何出？嬴政为何广纳人才？因为其狼子野心，想剪灭六国，一统天下！尔等想一想，大秦兵出山东，将先灭谁？尉缭为世代兵家，秦王现在重用尉缭，其意如何？"

韩熙和韩王两人惶惶对视，韩王终于发声："韩国完矣，巨子救我！"

水希说："我救韩国，是为其子民！"

韩王哭丧着脸："寡人素来优厚百姓，救韩国便是救百姓也。"

水希长出一口气，说："要救韩国，君上要依我三件事。"

韩王忙答应："巨子放心，保得韩国无忧，三十件也无妨。"

水希说："不必。此三件事，君上只要做到，我保韩国无忧。"

韩王眼珠子放光："巨子快说。"

水希说："第一件事，君上立即下令，所有封地王爷开库分粮，号召百姓构建工事，置备守城工具。"

韩王为难了："这……巨子不知，韩国的这些老王爷，大都不听寡人号令，此事恐怕难。"

水希气愤："此第一件事君上都无法应允，韩国如何能保？"

韩王想了想，勉强应允："好吧，我派将军申犰前去督导此事。"

水希摇头，说："申犰将军虽然神勇，却分量不足，此事要成，须君上亲自去。"

韩王一颗头摇得像拨浪鼓："寡人不能去。很多世族封地，都要经过他国国土。本来是韩国之地，寡人却要别国同意，寡人每想至此，生不如死。"

水希哭笑不得："君上，躲避无益，不如忍辱负重，学勾践卧薪尝胆，渐图恢复。"

韩王惊愕："巨子，你觉得韩国还可恢复？"

水希点头："当然。韩国虽弱，国土尚有，宗室尚在，民众对君王尚有希望，这都是富强之根本。"

韩王点头："既如此，那我就听巨子真言，豁上受辱，去各世家巡视一番。"

水希笑了笑，说："此其一。其二，从今年开始，凡韩国土地，无论宗室、大臣领地，须减税两成两年，休养生息，养民富民。"

韩王摇头："宗室领地，寡人无权干涉，此事更难。"

水希冷冷地说："韩王下令，不奉令则杀之，勿论宗室大臣官僚。"

韩王颓然："此或引起叛乱，断不可为。"

水希叹气："也罢。其三，加强练兵，与周围诸国结盟，定互救盟约。"

韩王皱着眉头："诸国相救，须有好处。如他国索要土地，寡人如何处置？"

水希想了想，叹口气说："有求于人，有何办法？不过既然是互救，那就要平等些。何况即便是有些损失，总比亡国要好。"

韩王咬着牙，说："巨子此话有理。此事寡人答应。只是这些事做成，不是三五日可成，秦王素来鲁莽，恐怕时日不够。"

水希摇头："秦王如果真鲁莽，那倒不可怕。现在的秦王心机深重，况且刚亲政不久，国事未稳，人才虽多，历练尚缺，三五年之内秦王断然不会出兵。这三五年便是韩国生存之唯一机遇。国家社稷，生死存亡，唯此一线，望君上切记。"

到了午饭时分，韩王要宴请水希，被水希拒绝。水希问韩王，此番宴请需要花费多少。韩王有些不解，说大概十金足矣。水希跟韩王要十金，韩王问水希何用。水希说他从秦国至此，十多天路程，车马费加上几个人的吃食，花了不到一金。他们一餐饭就要十金，他不敢吃。他要这一餐饭，送给道家人，让他们给吃不上饭的人施粥。一路上，他们喝过很多次舍粥，这十金估计能供应一万碗粥吧。

韩王不语，让人给了水希十金。

水希捧着十金，回到了驿馆。

住在王城的老王爷们，听说水希来到韩国，又听说韩王几次与水希攀谈，怕水希侵犯到他们的利益，纷纷跑到韩王面前，抨击水希。说水希连平常礼仪都不懂，这种人浪得虚名而已，哪里会有什么才学？

韩王虽然无能，脑袋却清楚。他不敢得罪这些老王爷，挤出笑脸，好言好语哄走了这些老王爷。

韩国现在是战国七雄中最弱最无能的诸侯国。就像韩王安在老王爷们面前说的，如果秦国是一只大公鸡，我们韩国至多能算上是一条虫子。虫子能否活下去，只是取决于公鸡何时想吃饭，跟虫子关系不大。

水希听了此言后，求见韩王，狠狠训斥了韩王一番，说虫子自有生存之法，天下公鸡母鸡皆有，可是无论是公鸡还是母鸡，吃尽了天下虫子没有？虫子可以化茧成蝶，可以飞上天，公鸡能吗？天下万物相生相克，年有四季，人有生老病死，大可变小，小可变大，岂有定数？

　　韩王经过水希几番说辞，终于有了些精神。韩王见水希身边的人虽衣衫褴褛，却个个精神抖擞，让他也很感慨。韩国以及周围墨家子弟听说水希在韩国，纷至沓来。聚集在新郑的墨家子弟有上千之多，这些墨家子弟照顾贫弱，为穷人修缮房子，打击地痞恶霸，新郑一时间一片祥和安宁。

　　但是新郑毕竟是韩国老王城，王族势力庞大。有的王族养家兵几千上万。这些家兵的任务是保护老王爷，自然也是为了参与王族争斗。因此这些家兵虽不能上战场，欺负百姓耍威风却天下无二。因为有老王爷撑腰，王城的府衙守城兵士都不敢惹，是王城真正一霸。

　　水希护卫雷子枫，却刚好惹了王族中最有势力的老王爷韩庚的家兵。

　　韩庚家兵的一个头目看好了一个商铺，想将其买下。商铺老板仗着自己认识王城将军申犰，不肯就范。头目让手下砸了商铺，把老板打成残废。

　　老板派人找到申犰。申犰知道韩国这些老王爷无法无天，别说自己了，韩王都不敢惹他们，只能派人安抚商铺老板，另给他找了个铺面。

　　此事让水希知道后，水希自然不能容忍，让雷子枫带了几个人去那个商铺，逼小头目还钱，并给原老板赔礼道歉。

　　小头目自然不肯。并且当街辱骂墨家是一帮"穷寇、乞丐"。雷子枫愤怒，当场将小头目暴打了一顿。

　　此事惹怒了老王爷，几千家兵包围了水希住处。王城将军申犰听说之后，又以维护王城安定为由，包围了老王爷的家兵。

　　此事最终自然闹到了韩王安面前。一众世族早就对水希不满，趁机一起来找韩王，让韩王驱逐水希离开韩国。

　　韩王安不敢得罪老王爷，也不想开罪水希。况且民心向背在此一举，韩王成了热锅上的蚂蚁。

　　水希建议趁机教训一下老王爷，给久受这些世族压迫的老百姓出一口气，借机收服民心。韩王说那不是得罪老王爷了吗？老王爷有世袭土地，有百姓有兵，得罪了他们，谁来替他征兵打仗？

水希与韩王一番争辩，无奈这块烂泥总是贴不上墙。水希对韩国失望透顶，带着一众弟子，愤而离开了韩国。

老王爷们弹冠相庆。韩王安没有糊涂到底，他泪流满面，对老王爷说："尔等面临大难尚争强斗狠，将能保护韩国的大贤挤兑出去。韩国之危，汝等难脱干系！"

水希含恨离开韩国，韩王沮丧些时日之后，又迎来了一个希望。

此人不但学冠天下，而且是韩族贵胄，血脉正统。

这个人，便是名满天下的韩非子。

05. 青年当道说姚贾

秦王手下还有两个大名鼎鼎的人物，早就在山东六国开始了收集情报等各种活动。这两个人，一个是在行人署任职的姚贾，一个是暂归廷尉府管理的顿弱。

姚贾曾经是赵国大臣，此人行事机敏，早就看穿列国形势，力主联合攻秦。他对其时的赵悼襄王赵偃说，六国与秦，譬如武夫与儒生，儒生可赢得口舌之利，然若比武力，则儒生必须联合，单独决斗，儒生必输无疑。简单如此。惜众儒生钩心斗角，不能一意联合，灭亡之道也。

赵悼襄王赞同姚贾所说，封其为合纵专使，一应必用之物，无论金钱人力，皆随意支付。姚贾出身低贱，此时一心建功立业、光宗耀祖，却不想在他风雨兼程地奔波于六国之时，他的这一行为，被刚到秦国的顿弱看在了眼里。顿弱此时刚到秦国，亟待建功立业。他将此事禀告给李斯，李斯觉得事情严重，与秦王商量之后，派顿弱出使赵国行反间计。

顿弱相貌堂堂，却诡计多端，善于心计。

他来到赵国，先用重金贿赂赵国权臣郭开。对郭开讲说如姚贾得宠，必将危及郭的权势，然后，顿弱以个人身份，密会姚贾。

姚贾不知是计，带着金器准备贿赂顿弱，却被郭开的手下当场将两人擒获。在郭开的怂恿下，赵王亲自审讯顿弱。顿弱胆怯，供认姚贾是其故旧，姚贾入赵，是在其授意下，收集赵国情报。赵王又审讯姚贾，姚贾自然是痛骂顿弱，说秦国是怕六国合纵，故派顿弱来行离间之计。

赵王被搞糊涂了，不知如何是好，只得与郭开商量此事。郭开说既然无法定夺，也不敢完全相信谁，那就谁也别信，把姚贾驱逐出赵国算了。

赵王最终还是相信郭开，将姚贾罢官，驱逐出了赵国。

李斯比顿弱棋高一着，让人将姚贾请到了秦国，让其做了行人署副使，专门负责山东六国的情报收集。

水希入韩，以及其在韩国的大体行踪，姚贾手下的细作都掌握得清清楚楚，反馈到了秦国。之前就与姚贾有所交往的韩国老王爷，自然也被姚贾利用，在驱逐水希的行动中功劳卓著。

可怜一心为民、决心救韩的水希，就败在这样一群间人的诡计之下，韩国失去了一次绝地反击的好机会。

韩非子回到韩国，自然又是韩国的一次机会，也是秦国间人又一次战斗的开始。韩非子刚回到自己家的王府，韩王还没有得到韩非子回韩的禀告。姚贾手下的间人就飞马急报咸阳，通告姚贾，在姚贾的要人名单上的韩非子回到韩国了。

此时，尉缭已经上任国尉一职，行人署划归国尉府。尉缭招姚贾商量，觉得此事不可小觑，为稳妥起见，须得姚贾亲临韩国，相宜处理。

姚贾带了几个侍卫，星夜兼程，直奔新郑。

到了新郑之后，姚贾先拜见了丞相韩熙，递交国书。姚贾是以"交好"的名义来到韩国的。按他的级别和六国的规矩，像姚贾这样级别的人物，最多能由丞相接待一下就不错了。但是秦国可不是普通国家，丞相韩熙不敢擅自做主，将姚贾到韩的事情上报给韩王。韩王听说秦使来到，吓了一跳，待问明情况，得知秦使不过是来"交好"的，才长出一口气。

为示对秦使的特别尊重，韩王在王宫设宴，款待姚贾。

姚贾本来就是仰仗口舌机敏、察言观色的博巧之徒，恃强凌弱，胸无点墨，此时见韩国上下皆对自己俯首帖耳，不由得膨胀起来，对着韩国满朝文武肆意妄言，口出无状。韩国满朝文武皆吃瘪。

韩王安虽然窝囊，却也想法颇多，每日苦思怎么破秦。姚贾一个不学无术的弄潮小儿竟然羞辱了整个韩国，韩王心里无限憋屈，却也不敢发怒，只能忍气吞声，将眼泪咽进肚子里。

姚贾大吃大喝，大喊大嚷，把韩国当成了自己家的客厅，酒肉完毕之后，摇摇晃晃走出王宫，却被一个青衣年轻人拦住。

王宫侍卫要将年轻人撵走，被姚贾阻拦。

姚贾问："何人敢拦大秦使者？"

年轻人轻蔑地道："你就是姚贾？"

姚贾笑了笑，说："没错。我就是大秦使者姚贾。"

年轻人呵呵一笑，说："幸亏你还知道自己是大秦使者！使者之礼知道不？上恭下谨，言行有致，此基本礼仪，韩国六岁小儿人人皆知，使者知道乎？"

姚贾被年轻人说得目瞪口呆，无言以对。说知道吧，自己分明跋扈嚣张，毫无出使之德；说不知吧，作为一国使者，竟然不知使者之礼，岂不让人笑掉大牙？

姚贾不知如何应付，老王爷韩庚带着护卫过来，护卫将年轻人推到一边，姚贾方从尴尬中脱身，在众目睽睽之下转身走了。

姚贾回到驿馆，让人打听这个当场羞辱他的年轻人是谁。两天之后，在韩国的间人报上来，说这个年轻人叫张良，其父曾做过韩国丞相。张良机敏肯学，在一班年轻人中颇有些名气。

姚贾想了想，让人继续查访此人，掌握其行踪，如其再对秦国不利，可以杀之。

韩王安心情不好，宴会之后来到韩非子府邸，找他诉苦。

韩非子对韩王不冷不热。

韩王安的父亲韩桓惠王在世时，韩非子曾经对韩国饱含希望，鼓动变法改革，遭到韩桓惠王的嘲讽。韩王安那时候还是个热血青年，答应等他即位后，全力支持韩非子改革。

韩王安即位后，别说是利用韩非子改革变法，别说是推进国家进步，那些有权有势的老王爷，眼里根本就没有这个新韩王，应上缴国家的税赋都不肯按数缴纳。韩王上朝，老王爷们都由着自己的性子，爱来就来，不爱来就不来。

韩王安还不敢逼这些王爷太紧。这些王爷都有自己的封地，各自拥兵自重，如果惹得他们不高兴，他们真能举兵造反。韩国本来已经支离破碎，怎么能再经得起兵变？

韩王安顾虑重重，每日小心翼翼，就盼望突然天降吉祥，大秦灭亡，韩国能将就着活下去。

韩非子是何等人物，知道韩王安这种人物即便是变法，也是必然失败，因此绝望之余，对之不理不睬。

韩王来到已经因为没有人修葺、变得破破烂烂的韩非子府上，韩非子正在饮酒。韩非子看到韩安，没有理睬他，继续喝酒。

韩安躬身，眼泪滂沱："韩国式微，人人皆可欺也。秦国使者，竟敢当朝嘲讽韩国，委实可恨。"

韩非子斜着眼看了看韩安，说："相比亡国，此为大幸也。"

韩非子从来没把韩安当成一国之君，韩安习以为常，在韩非子面前也就不摆君王的架子了。他在韩非子对面坐下，说："秦使如此，韩国危急不远矣。非子当救韩国。"

韩非子摇头："君臣异梦，王族通敌，韩国无救。"

韩王眼泪哗哗："非子忍看韩国灭亡乎？"

韩非子端着酒爵，沉吟良久，把一爵酒一饮而尽，闭眼不言。良久，他长叹一口气，说："救天下易，救韩难矣！"

06. 姚贾见韩非子

当天晚上，姚贾换装出门，连同三千两黄金一起，上了老王爷韩庚来接他的马车。

夜晚的新郑，街道空阔，行人稀少。与繁华的咸阳相比，真是天上地下。在进入咸阳之前，姚贾也曾经多次来到新郑。不过那时候的姚贾像一条寻找骨头的狗，寻找各种晋身的机会。假如当时韩王能收留他，那他现在就是韩国的臣子了。姚贾看着冷落的新郑大街，心中的苦辣酸甜无可言状。

转过两条胡同，经过狭长的南北长街，马车停在空阔的福王王府前。

有人过来，扶着姚贾下了马车，上了台阶。大门洞开，门里的灯光和乐器的声音一齐扑了出来，仿佛门里门外是两个世界。

姚贾心里感叹，这老王爷还真是不一般。国家将亡，本国最德高望重的老王爷依然在寻欢作乐，真是一奇也。

老王爷韩庚从大门口出来，将姚贾让进院子，院门关上。老王爷将姚贾让进正房大厅。

二人分宾主坐下，姚贾笑了笑，说："王爷家里好热闹。"

韩庚说："大人见笑了。今日夫人寿辰，故此稍作庆贺。"

姚贾忙抱拳："原来如此。姚贾不知夫人贵诞，王爷见谅。"

韩庚说："今日大人光临寒舍，便是贱荆之荣。大人请勿客气。"

姚贾笑了笑，说："姚贾不过一监门之后，王爷高看姚贾了。"

韩庚亲自给姚贾倒了一杯茶水，问："姚大人，秦王……打算如何对韩国？"

姚贾看了老王爷一眼，端起杯子，喝了一口水，缓缓地说："如何对待韩国，这是秦王之事，姚贾不知，王爷何必多问。无论如何，王爷对秦王之忠心，有姚贾为证，即便韩国不存，也少不了王爷的荣华富贵。"

老王爷长叹一口气："大人，韩国果真要亡乎？"

姚贾说："世事变化无常，姚贾不好断言。不过，我看这韩王都成了孤家寡人了，这韩国……不灭也难。即便秦国不动手，韩国也难苟存。姚贾与王爷故交，还劝王爷早做打算。"

韩庚两眼含泪："可惜啊……想当年，韩国被称为'劲韩'，无人敢惹。现在，韩国成了软柿子，人皆可欺。我韩庚卖国求荣，实是无可奈何之举。"

姚贾呵呵笑了笑，说："老王爷祖上当年也是韩国猛将，为韩国立下汗马功劳。姚贾认为，相比韩安，老王爷对韩国感情更深。老王爷此举，是无奈之举。"

韩庚说："韩国山河破碎，人心相背，韩安无能，韩国之安危，全靠秦王和大人。韩庚身为韩国世族，不能为韩国效力疆场，只求大人和秦王能饶过韩国，保全韩国宗祠社稷。"

姚贾点头："姚贾定将老王爷之托说与秦王。老王爷，听说韩非子归国，你觉得此人如何？"

韩庚咬着牙："此贼不提也罢。韩非子枉为韩国贵胄，却一意撺弄韩王变法。韩国之富强，在于军队强盛、百姓安心。此人竟然要剥夺王族大臣封地，分明就是想扰乱韩国，陷韩国于万劫不复。"

姚贾点头，说："听说韩王很信任这个韩非子，此人不可小觑啊。"

韩庚摇头："未必。韩安固然信任此人，却未必敢用。依韩王胆量，他不敢得罪一众王公大臣。"

姚贾笑了笑，说："韩国众公皆看王爷脸色行事，韩非子成事与否，只在王爷一身。"

韩庚摇头，说："非也。丞相韩熙、大将军申犰，皆韩王信任之人。老夫不过是其一也。"

姚贾说："韩熙谨小慎微，不足成事。申犰身世卑微，势单力薄，更不足惧。王爷只要力拒韩非子，韩国则无韩非子立足之地。"

韩庚轻轻点头，说："韩庚一息尚存，韩国绝无韩非子立足之地。"

次日早朝，韩国文武大臣只有寥寥十多个人上朝。让韩王没有想到的是，久不上朝的老王爷韩庚竟然也破例上朝议政。韩王很感动，特意让人给老王爷看座。

众人参拜完毕，韩王语气沉重："韩国败落至此，诸位还能上朝议政，寡人甚是感动。韩国自先祖景侯立国，至今已一百六十余年。一百多年中，韩国曾经被称为'劲韩'，各国不敢侧目。可惜寡人无能，现在的韩国人心涣散，诸事不能。而韩的宿敌秦国，却日益强大，秦与韩，如顽石覆于卵，有顷刻之危。昨日寡人与韩非子倾谈，非子欲献治国之策，寡人亦欲痛下决心，剜疮疗毒。诸位皆韩国柱石，设若同意，则韩国大治，或日兴旺，则基业长青，国之大幸也。兴废大事，诸位请踊跃发言。"

诸位大臣心里都明白，韩王之言绝对是大实话。但是他们也都清楚，如果任由韩非子变法，这些王公大臣的利益都将受到严重的冲击。韩非子在韩桓王惠之时，曾经屡屡上书，陈述变法之要。其中最重要几条，便是削减王公世族的利益，收回其封地，加强君王权力。封地，无疑是韩国王公世族最核心的利益，因此韩非子给韩王的上书被当朝宣读后，即满朝大哗，人人咒骂韩非子。

此时韩王提起韩非子，无疑是对这些王公大臣失望了，他动了得罪他们以博天下的念头。

众人不吭声。韩王憋了好长时间，刚要发脾气，韩庚站起来，拱手说："君上，老臣有话说。"

韩王轻轻叹了一口气，说："王爷请讲。"

韩庚说："君上以及诸位都知道，韩国历经战败，国土破碎，人心颓唐，犹如病重之躯，须慢火细药，缓缓调理。韩非子徒有虚名，不知轻重，所谓治国之策，皆虎狼之药，到时举国大乱，可就回天乏术了。"

韩庚所说，正是韩王之忧。韩王拍了拍腿："老王爷，秦国虎视眈眈盯着韩国，韩国如何是好？"

韩庚说："秦国虽然强大，却也不能恣意妄行。韩国乃众诸侯之一，秦国如何对待韩国，诸国必然关注。秦王聪明至极，决然不会对韩国痛下杀手，而惹诸国愤怒。老臣之见，不如派人随秦国使者入秦，以示友好，兼听秦王语气，或做他策。"

韩王眼睛一亮："此是一法。诸位请议，此法可行否？"

满朝大臣大都有封地，对韩非子的变法持否定态度，因而皆支持老王爷。持反对意见的，只有以申犰为首的几个年轻臣子。可这些人人微言轻，别说不敢说，即便是说了，韩王也不当回事。

因此除了附和老王爷的声音，也就没有人反对。

韩王无奈，只得同意老王爷意见，宣布不日将择人入秦。

韩王上朝当日，姚贾拜访了韩非子。

听说姚贾来访，韩非子让老管家将姚贾请进了屋子。

姚贾与韩非子一番寒暄，两人坐下。

姚贾见韩非子一脸冷漠，有些不悦，便问："先生似乎心情不佳，不知所为何事？"

韩非子苦笑，说："大人千里来韩，虽冠冕堂皇，所为不过是谋韩而已。韩非子是韩国世族，大人来访，不得不见，却怎么能高兴呢？"

姚贾一阵尴尬，呵呵一笑说："姚贾是秦之臣子，自然要为大秦谋事。不过姚贾拜见先生，却是仰慕先生大名，敬重先生学问，与国事无关。"

韩非子点头，说："既与国事无关，那就请大人出去吧。韩非子虽是韩国世家，却无官无职，大人在此耽误时间，于公事无补。韩非子要陪大人喝茶，勉为其难，如此两下无益，何必耽误时间。"

姚贾冷冷地问："先生如此讨厌姚贾？"

韩非子摇头，说："算不上讨厌，却也不喜欢。大人是为大秦到韩国行事，韩王见大人，是不得不见，有人见大人，是为利益而见。韩非子不须为国事见大人，更不想在大人身上得到利益，因此大人还是忙你的国事去吧。"

姚贾笑了笑，说："姚贾虽然是秦国区区小吏，背后却是秦王。韩国……呵呵，先生乃当世大家，就不想到大秦谋一出路？"

韩非子哼了一声，说："人各有志，并非人人都想高官厚禄。多谢大人了。"

姚贾见韩非子对自己敌意颇深，实在无法待下去，只得告辞。

07. 庞暖献计

水希一行离开韩国之后，径直奔赴赵国都城邯郸。

战国时代，列国对墨家虽然不如春秋时那般恭敬，但是列国依然沿袭了春秋时尊崇墨家的习惯。这一习惯最重要的标志就是墨家巨子可以随时求见各国君王，且没有哪一国君王拒绝召见墨家巨子。因此说春秋战国是中国历史上最开明最尊重文化学术的时代，此言不虚。

此时的赵悼襄王已经五十多岁，且身体多病，赵国大小事务，主要由郭开处置，军务除外。

为显示尊重，赵悼襄王特意在处理公务的东殿接见了水希。

水希看着脸色蜡黄、靠在王座上的赵悼襄王，心里叹了一口气，说："君上，秦国有虎狼之心，赵国有何应对之策呢？"

赵悼襄王说："巨子，秦国虽然强大，赵国却也不弱，秦不敢轻易东出。"

水希讶异："君上，此言差矣！赵国论国力论武力，虽然在六国之上，却难以与秦国相比。且秦国现在人才济济，文有李斯、尉缭，武有蒙恬、王翦，两国相争，国力是其一，武力是其一，而人才却是重中之重啊。"

赵悼襄王笑了笑，说："论文才，李斯、尉缭不及郭开；论武功，蒙恬、王翦不如李牧。赵有郭开和李牧，寡人高枕无忧。"

水希着急："君上有此念头，正是取败之道！人才是其一，却不是完全。还须百姓家中有粮、兵马训练有素、国家富足强盛，此为根本。否则，即便人才济济，也是无处着力，如何面对大秦的虎狼之师？"

水希这一番说辞，终于触动了赵悼襄王。赵悼襄王坐正身子，说："巨子此话有理。寡人听说巨子从秦国而韩国，又来到赵国，不知道巨子此番有何教我？"

水希痛心地说："秦国有虎狼之师，有虎狼之人才，却兢兢业业，奋发向上，山东诸国兵不如秦、民不如秦，臣子消沉，君王混沌，唯赵国尚有锋芒，阻秦屠戮，唯有君上了。如赵国不济，秦国不日东出，则山东六国，皆成齑粉，六国百姓，皆遭涂炭矣。"

赵悼襄王疑问："嬴政即将东出？秦王亲政不久，嫪毐刚灭，局势不稳，秦王自保尚难，哪里还顾得东出？"

水希抱拳："君上，此言差矣！秦王虽然亲政不久，却聪敏能干，野心勃勃。何时出兵山东，秦国已经有了详细谋划。君上如果不早做准备，到时悔之晚矣。"

赵悼襄王缓缓点头，说："没想到这个嬴政还真有些头脑。巨子，寡人最相信你，你给寡人说说，赵国该如何准备？"

水希说："素常强国之策，君上了若指掌，水希就不啰唆了。听说这次秦王任用尉缭，尉缭献了离间之计，君上须多加防范。"

赵悼襄王笑了："离间之计古已有之。凡是离间，必有所图，须有的放矢。现在秦、赵两国无冲突，亦无战争，此时用间，图谋赵国何？"

水希点头，说："君上一语中的！秦国所谋，正是赵国！"

赵悼襄王惊愕道："啥？用间谋国？此间大矣。只怕用之不当，白费力气。"

水希说："恐怕未必！秦用间韩国，韩国世族与韩王离心离德，韩王如今一事不成、独木难支，韩国虽在，其实已亡矣。"

赵悼襄王点头："寡人明白。巨子拳拳之心，寡人永世难忘。"

水希因为劳累，与赵悼襄王聊了一会儿，就告辞出来，回到住处。水希很少住各国的驿馆，每到一处，都是找最便宜的客栈住下，吃用简朴。

水希刚到客栈坐下，客栈门口突然人声嘈杂，车马鼎沸。

雷子枫跑了出去，一会儿，一个衣着鲜亮、相貌堂堂却脸带媚相的中年男子走进来。

男子对水希行礼："郭开拜见巨子。巨子光临赵国，郭开照顾不周，请巨子恕罪。"

水希听说此人是郭开，勉强站起来，抱拳说："不知大人光临，水希有失远迎。"

郭开笑了笑，说："巨子客气了。我已经命人在驿馆收拾了一套上好的房间，请巨子移驾过去，郭开也方便随时听巨子教诲。"

水希忙说："不麻烦大人。墨家规矩，无论到哪个国家，不住驿馆，不吃宴席，水希难以从命，望大人谅解。"

郭开有些不解："墨家不是提倡节俭吗？赵国驿馆，本来就是给来往臣僚住宿之用，巨子不去，驿馆闲着，岂不是一种浪费？巨子跑到这里花钱，又是一种浪费。巨子若去住下，两下方便，何苦而不为？"

水希正色说："大人差矣。大人说的浪费，根源在于国家。邯郸客栈随处可见，何必花钱建驿站？官员来往，住在客栈之中，还能促进生意；驿馆之费用，用在民生，百姓多些收益，用在军队，军中添置武器。建了驿馆，徒增花费，于国于民无济于事也。"

郭开被水希说得无话可说，只得呵呵一笑，说："巨子爱民如子，郭开佩服至极。既如此，那郭开就送点银子给巨子，权作车马之资。"

郭开一转身，后面的人端着木盘进来。雷子枫看了看水希。水希摇头，叹气说："水希来赵，为的是赵国百姓安好，钱财之物，在水希眼里，是灾祸之根源，尽量少用。水希多谢大人好意，如果大人真的体谅水希，那就勤政爱民，多为赵国百姓做点好事吧。"

郭开躬身："巨子真乃圣人。既如此，郭开就不打扰巨子了。"

水希躬身施礼："大人慢走。"

郭开带着手下，转身离去。雷子枫将众人送至客栈门口，转身回来说："师父，我们费用拮据，郭开富可敌国，他既然给钱，咱何不收下？"

水希摇头，说："此人一脸媚骨，心性奸猾，不可与交，他的钱，我们不能收。子枫，墨家固穷，是墨家之节俭精神，墨家之穷是甘愿与民同甘苦，不可改变。"

雷子枫躬身："多谢师父教诲，弟子谨记。师父，这个郭开搜刮民脂民膏，为害不少，却又是赵国第一宠臣。若秦国用离间之计，此人必反。"

水希眼神冰冷："此人日后必成赵国之祸害，应想法除之。"

当天晚上半夜时分，水希尿醒，听得屋顶之上有脚步声音，忙下床拔剑。水希正要推门而出，突然听得旁边屋子里雷子枫破门而出。随即，院子里传来一阵兵刃撞击的声音。

水希静静倾听，雷子枫与对方皆不声不响，只是搏斗。

夜色迷离，只有刀剑划开黑夜的风声，和双方兵刃相交的声音。屋顶上那个人似乎也在观看院子里的搏斗，不声不响。

水希坐在床边，仔细倾听着屋顶的动静。

院子里突然传来一声惨叫。然后是踉踉跄跄的脚步声远去。

屋顶依然声息皆无。水希对走到门口的脚步声说："子枫，不要伤着屋顶之人，让他走便是。"

外面的雷子枫答应一声，陡然起身，跃上屋顶。

而此时，屋顶那人已经从另一边跃下，一溜脚步声渐渐远去。

雷子枫要追，水希说："去便是了，子枫勿追。"

雷子枫从屋顶跃下，在门外躬身："师父受惊了。"

水希淡淡地说："无妨。小人之技而已。睡吧，半夜惊梦，实在可恨。"

雷子枫说："师父先睡，弟子稍作警戒。"

水希说："他们不会再来了。他们不是来杀人的，只是来惊扰一下而已，想把我等赶出赵国。放心睡吧。"

雷子枫坚持："师父先睡，弟子白天可以睡一会儿。"

水希说："也好。如果他们再来，不要伤害他们，赶走即可。"

第二天早上，雷子枫给水希请早安。水希正在翻阅竹简，雷子枫说："师父真是神人，昨夜他们没有再来。"

水希说："三五天他们不会来了。旬日之后，必定还会再来。"

雷子枫惊讶："还会再来？您说他们不是来杀人的，那他们来此何为？"

水希站起来，活动了几下腰，说："是来吓人的。我等在赵国，有人惧怕，故此欲赶我等离开。他们不知，墨家人死不旋踵，这等伎俩，实在可笑至极。"

雷子枫咬牙："他们再来，我必杀之。让他们知道，墨家也不是只会救人危难，也会杀人。"

水希摇头，说："此人是谁，尚未可知，杀人则树敌。我等来赵国，是为黎民百姓计，有人恨我等，可以理解。"

早饭过后，水希正准备再去拜见赵悼襄王，突然客栈的老板跑了进来。老板昨夜受到惊吓，早上被水希安抚一番，心神刚定，这时候却浑身发抖，似乎那些人又杀了进来。

雷子枫站起来，手按剑柄，问："何事惊慌？"

客栈老板声音发抖："客……客官，大将军……大将军来了。"

水希皱眉："大将军？哪个大将军？"

老板说："庞大将军，庞暖大将军，他……他……"

水希见老板吓得口齿都不利落了，就对雷子枫说："子枫，你去看看。"

雷子枫转身出去，一会儿便转身回来了。他的后面，跟着一个须发皆白却精神抖擞的老将军。老将军见到水希，老远就鞠躬："庞暖见巨子。"

水希忙走过来，扶起庞暖，大喜："原来是老将军！楚国一别，二十年矣！"

庞暖直起身，拉着水希的手说："当年巨子尚且年轻，老巨子与庞暖一席真言，庞暖至今不忘。庞暖不是墨家人，心却在墨家。巨子年轻有为，墨家后继有人也。"

水希拉着庞暖坐下，摇头："惭愧！墨家日益凋零，水希无能也。听说将军在邯郸，水希还没有准备去拜见将军，将军却先来了，水希失礼了！"

庞暖呵呵一笑，说："巨子客气了。巨子来邯郸，是为赵国社稷谋，为黎民百姓计，庞暖敬服，理应过来拜访。巨子如果有何需求，请尽管提，庞暖虽无能，照顾好巨子，却能做到。"

水希说："将军知道水希最烦奢华，此事请勿再提。"

庞暖点头，说："庞暖谨遵巨子教诲。听说巨子到过秦国，不知秦国局势如何，请巨子指教。"

水希说："水希此番正是为此而来。秦国嬴政狼子野心，亲政以后，积极准备东进，企图统一天下，为此，嬴政招募了善间者姚贾、顿弱等徒，重用尉缭，准备在六国动用离间之计，分化诸国君臣关系，然后一举消灭之。此计效果缓慢，却是歹毒异常，六国若想逃过此劫，须针锋相对，对秦国来使，严加监控，若其用间，须驱逐出境，或者动用刑法。"

庞暖点头，说："秦国日益强大，必有图谋之心。末将曾经合纵六国伐秦，意图削弱秦之兵力，可惜功亏一篑。能抵制秦者，不是将间人拒之门外，而是削弱秦之兵力，合纵抗秦。如果各诸侯国能全力合作，谅秦绝不敢东出。"

水希点头，说："合纵抗秦，此为上计也。可惜诸国各有算计，合纵往往以失败告终。"

庞暖点头："以往之合纵，皆为一时之需。各国临时凑起之人马，未经整合，临战之时，又各有打算，而秦军向来勇猛刁钻，此种合纵对秦，怎能取胜？"

水希看着庞暖，问："那依将军看，如何才能胜过秦军呢？"

庞暖说："如山东六国真想齐心协力，战胜秦国也不难。六国成立联军，平常一起训练吃住，时间久了，互相了解，战力配备得当，秦国如东出，必定有来无回！"

水希点头："好主意！今见将军，水希大长见识！此事我当禀明赵王，然后奔走各国。各国皆怕秦国，此计一招定乾坤，各国皆有益，我就不信各国君王傻。"

庞暖苦笑："若真傻倒是好说，就怕他们聪明。聪明反被聪明误。"

水希见了赵悼襄王，将庞暖的想法说出。赵悼襄王称赞说："此谋甚好。只是不知诸国同意否？"

水希说："如赵王同意，我愿意游说各国，达成此事。"

赵悼襄王点头，说："那就有劳巨子了。"

08. 尉缭之危

水希要合纵抗秦，此事很快传到了秦国。秦王大惊，忙派人找李斯、尉缭等人商量。

此时的尉缭却陷入了一桩麻烦之中。

事情的起因是因为李斯。李斯主查的无头凶杀案，经过尉缭敲山震虎之计，抓了二十多个各国细作。细作们都有防范经验，大都一口咬定自己是普通商人，李斯等人也不想深究此事，就借坡下驴，将他们驱逐出秦国了事。

却偏偏有一人，本不是什么正儿八经细作，是魏国商社的杂役。此人受魏国细作的指派，曾经跟秦国老王爷暗中通联，筹划谋杀之事。杂役胆小怕事，没等审问，便吓尿了裤子，将他所知之事和盘托出。李斯暗中扣下此份记录，命人将此人杀掉灭口。没想到这个老王爷在李斯廷尉府也有耳目。老王爷听说此人招供之事后，买通了监狱小头目做内应，派了两个高手伪装成狱卒，冲进大牢里救人。

最不巧的是，此事刚好被廷尉府巡狱的军士发现，士卒拦住询问，救人的自知无法应对，挥刀砍人。

最最不巧的是，尉缭来找李斯，李斯不在廷尉府中，尉缭知道李斯这些天常到大牢突击审问，就信步来到大牢。尉缭看到廷尉府的巡狱士卒在围住两个穿着狱卒衣服的厮杀，而两人在死命保护着一个穿着囚服的犯人，知道是有人劫狱，就让手下帮忙，将这三人抓起来。

李斯要陪着秦王上水渠查看施工情况，顾不上处理此事，临走之前他嘱咐手下，如有紧急事务，可找尉缭帮忙处理。

李斯走后，王爷派人找廷尉要人。廷尉府不敢做主，就找到尉缭商量此事。尉缭知道秦王不想得罪这些老王爷，但是他又不能不明不白就这么放人，就对老王爷派来的人说，这两人图谋劫狱，要等廷尉大人回来审问清楚之后，再行定夺。

老王爷早就对李斯、尉缭等一众"客国"大臣不满。况尉缭用计破了老王爷企图嫁祸异国的"凶杀案"，老王爷对尉缭怀恨在心，听说李斯不在，尉缭替李斯如此答复，恼怒异常，亲自带人来到国尉府，拿出大秦老王爷的威风，将尉缭狠狠地羞辱了一番。

尉缭此时已经是大秦国尉，自然不能像以前那样一走了之。但是，尉缭跟李斯性格不同。李斯性格阴沉，喜怒不形于色；尉缭相比李斯，却暴躁了一些。尉缭忍受不了羞辱，当场怒斥老王爷"为老不尊"，给刚亲政的秦王设置难题，"为祸秦国"。

老王爷暴怒，气得差点一口气背过去。要不是丞相王绾及时赶到，将老王爷劝走，老王爷能跟尉缭拼命。

老王爷回到王府，发动一众王族，上书秦王，要求秦王驱逐尉缭。

秦王从水渠巡视回来，正雄心勃勃，兴奋不已，看到一众王爷的上书，头疼不已。水希在赵国活动的情报也送到了秦王的案头。秦王召集李斯和蒙恬、尉缭商量此事。

尉缭因为与老王爷之事，情绪不佳。他低着头，说："微臣行事不力，给君上惹了麻烦，请君上降罪。"

秦王摇头，苦笑一声："此事寡人心里清楚。王族因为驱客令被取消，一直对寡人有看法，尔等不过是替寡人受罪而已。无头案之初，寡人一味忍让，企望老王爷能见好就收，现在看，寡人错了。这个脓包，须得寡人将之挑开了。此事须得寡人解决，尔等不要再提。今日之议，是水希游赵，说服赵王，要重启合纵之事。"

蒙恬启奏："君上，六国合纵已不新鲜。合纵对秦，大都以失败告终。况大秦暂时不想东出，六国如果敢合纵攻秦，大秦将士必然让之有来无回，何惧之有？"

秦王摇头："蒙恬，你将水希看轻了。秦军在函谷关内，六国来攻，是取败之道，赵王岂能不知？水希岂能不知？此次赵王欲启动合纵，是为长久之计。水希启奏赵王，将诸国之兵聚集一起，吃住训练如一国无异，如秦国东出，联军则共同对敌。"

蒙恬大惊："何人出此毒计？此是绝秦之谋啊！"

秦王点头："山东六国真能如此，则六国将士如一国，秦国永无出头之日也。水希在赵国，庞暖曾拜访于他。庞暖曾经是六国合纵主将，被秦军击败，合纵谋秦，一直是庞暖之期望，可惜赵王对之已经失望，庞暖重出无期。水希之谋，必定有庞暖之术。庞暖乃庞涓之后，兵法世家也。"

李斯看了看尉缭，说："君上且宽心。赵国合纵，秦国亦可连横。燕与赵是宿敌，韩国与赵国也素有罅隙，且与秦相接。如秦派人说韩，韩国必不敢加入赵之合纵。"

秦王点头："虽如斯，却不敢小觑此事。秦国日益强大，诸国不能没有觉察。且有水希从中鼓噪，如诸国真铁心抗秦，合纵必成，秦国必危也。"

蒙恬心急，他看了看一直在低头沉思的尉缭，说："国尉大人，您也是兵法世家，想必知晓庞暖，此人若何，此事何解，国尉大人为何一直不语？"

尉缭长出一口气，说："君上之虑非常有理。尉缭入秦之前，曾经在山东六国游荡多年，现在的山东六国，已非当年苏秦、张仪时的六国。六国与秦皆有征战，对秦最有畏惧。现在六国势力都大不如前，皆有危急之感。因此，六国合纵能成，与秦连横很难，何况有墨家巨子出面……"

蒙恬打断尉缭的话："国尉之说毫无道理！七国皆有吞并之心，山东六国各自征战不休，为何要独防秦国？"

李斯对蒙恬说："将军别急，先让国尉说完。"

尉缭长出一口气，说："蒙将军此言有理，各国也是互相攻伐，皆有吞并之心，却为何要独防秦国？因为秦之国力兵力，现在六国无人可敌。唯赵国或可与秦一战，赵之大将却只有李牧与庞暖。李牧要防备匈奴，庞暖虽有谋略，却不是一国大将之才，其余各国皆无扛鼎之将。秦国老将宝刀不老，青年将才辈出，六国皆防秦，此为其一也。"

蒙恬又要插嘴，被尉缭用手势制止："还有其二。秦有君上，有勇有谋，不拘小节用人才，山东六国或被王族势力拖累，国无锐气，或耽溺权势之争，无力富强。各国与秦，犹如众卵顶石，诸国是防身边之卵还是防顶上之石呢？"

秦王点头，说："国尉之说有理。国尉专研兵法，足智多谋，此事如何应对，还请国尉教我。"

尉缭躬身："此事虽危，君上却不必着急。姚贾和顿弱在山东六国活动，水希一行俱在我大秦的监视之下。臣子之意，先让水希等人在山东诸国活动，微臣加派人手，监视其所见之人。待机缘成熟，微臣亲赴山东诸国，能收买者则用黄金，顽固不通者可用武力除之，以绝后患！"

李斯和蒙恬互相看了一眼，皆露惊讶之色。秦王缓缓点头："国尉之策出乎寡人意料之外，上上之策也！大秦有国尉，实大秦之幸，天下之幸也！"

尉缭忙说："君上谬奖也！大秦人才济济，微臣之才微不足道。"

秦王看了看李斯和蒙恬，说："廷尉和蒙将军，皆是我大秦之栋梁。寡人有汝等，如不统一天下，岂不枉费人才乎？"

09. 水希说申犰

水希与赵悼襄王商定合纵事宜后，不敢怠慢，轻车快马返回韩国。

水希明白，秦国东出，必先从韩国下手。其因有二：其一，韩国地势重要，得了韩国，则犹如在楚、魏两国身边插了两把刀子；其二，韩国势力最弱，对于强大的秦国来说，韩国可以说是手到擒来。

水希自然不知，在他从邯郸起行之初，就有一车一马，紧紧地跟着他。

水希的马车经过魏国，在魏都大梁休息两日。水希日常在魏国居住时间较多，大梁的学生听说水希回到大梁，都来拜见水希，听水希讲课。

魏景愍王听说水希从列国回来，派人去请水希。水希觉得早晚要与魏王谈合纵之事，就收拾了一下，徒步来见魏王。

在此时的诸国国君中，魏景愍王行事沉稳，颇有振兴魏国之志。年前庞暖合纵攻秦，魏景愍王最早响应，并亲自派心腹大臣，去说服齐王田建和田建的母亲君王后。齐国发兵，六国合纵才得以成功。

可惜魏景愍王时运不济，此时的魏国经过与秦国的几次败仗，已经民心涣散，加上人才不济，魏景愍王勉力支撑，疲惫不堪。

水希来到魏峨的王宫，魏景愍王出宫迎接。两人进入偏殿坐下，侍者奉上茶水。魏王说："巨子此番游历各国归来，必有教益于我。"

水希拱手说"君上，秦王嬴政野心勃勃，山东六国危矣。"

魏王一愣，身子朝后仰靠在椅背上，缓缓地说："嬴政虎狼之心，寡人早就预料到了。可惜诸国一盘散沙，秦国东出，恐无人能敌。诸国几百年根基，毁于一旦矣。"

水希说："水希正是为此事奔走于诸国。六国要想对抗强秦，只有合纵一法，否则被秦各个击破，诸国不复存矣。"

魏王摇头："诸国都知道，合纵是唯一之策。可惜诸国各存心思，合纵对秦，胜少败多，别说诸国，寡人业已对合纵失望，合纵求生，怕是很难。"

水希点头，说："魏王之言有理。如何合纵，是合纵之要。水希在赵，与庞将军讨论合纵抗秦之事。庞将军言，故之合纵是草草成军，非但各怀心事，且指挥混乱，各自为战，百万大军反而不如秦兵十万。此番合纵，须提早准备，各国兵力聚集一处，吃住一起，训练一处，选一统军大将，六国之兵如一国，即便秦国不发兵，也须日夜在一起，如此日久，方能与秦军一战。"

魏王眼睛一亮，坐直了身体，说："此法甚好！甚好！巨子如见庞将军，请务必告知，魏国愿将十万兵马交给庞将军率领！"

水希笑着说："君上英明。庞将军刚有谋划，草民正欲去韩国禀告韩王，谁担纲统军大将，还须从长计议。庞将军年近八十，垂垂老矣，统军大将一职恐难胜任。"魏王点头，说："此番合纵，须好好计议，一旦失败，六国必万劫不复也。"

水希给魏王带来如此重要的一条好消息，魏王振奋不已，挽留水希一起用饭。水希推辞不过，只得答应。

让水希没有想到的是，一起赴宴的，竟然还有秦国的使者。

使者姓王名敖，王敖貌似忠厚，却言语机敏，眼神似刀。

水希强压着性子，吃完宴席，找了个机会，对魏王说："君上，秦王启用尉缭，尉缭献离间之计。嬴政派人拨金，以使者名义到各国离间大臣，君上千万注意。"

魏王笑了笑，说："多谢巨子提醒。秦王之策，寡人早就听说，并有应对之法，巨子放心便是。"

水希回到住处，想到席间王敖种种，不由感叹：秦王雷厉风行，敢作敢为，六国君王无人能与之敌。

当天晚上，雷子枫悄悄告诉水希，他们的住处外有人监视。看情形，应该是秦王之人。

水希笑说，七国皆细作成堆，往来商人皆义报，咱们一言一行，恐怕早就有人报告给秦王了。有人监视，不足为怪，更不必关心。

离开魏国后，水希一行快马加鞭，到了韩国。水希先找了力主自强抗秦的王城将军申犾。韩国自韩桓惠王时起，就被一班老王族左右王朝权势，文武大臣皆是从王族中近亲繁殖，别说是引进人才，就是韩国人才也都闲置不用，因此整个国家暮气垂垂，浑浑噩噩，内斗不止。

丞相韩熙是王族中有德行的，却有德无才，谨小慎微，以致韩国国政日益萎缩，整个韩国像极了一个垂危老人，没有活力。

王城将军申狄，是韩国唯一一个平民出身、身份显赫的大臣，也是水希所知唯一一个尚有锐气的韩国官员。

平民出身的申狄对水希自然恭敬异常。水希见申狄官邸简陋、用具简朴，想到在秦国的李斯大肆修葺，对申狄印象颇佳。

当申狄听水希说到庞暖将军的联军集训之法，非常兴奋，说："庞老将军不愧是兵家之后，此招足以制秦也！"

水希点头，说："将军所言极是。不过六国想合纵，秦国必然想破坏合纵。秦国间人已经进入山东六国，据说秦王动用一百万两黄金贿赂六国重臣，贿赂不成者，可动用杀手暗中除之。嬴政此招，可谓狠毒。"

申狄惊愕："百万两黄金?！大秦如此富足？"

水希叹气："若论富足，秦不如楚，不如齐。可是秦王之心胸非一般人可比也。将军，你是王城将军，位置显赫，年俸可折几金？"

申狄笑了笑，说："年俸可折金十两。"

水希缓缓点头，说："十……两。申狄将军，你见过一千两黄金吗？"

申狄笑了笑，说："自然见过。国库给军士发饷，每次需两千两黄金。"

水希问："将军手下士卒多少？"

申狄说："六万。"

水希说："六万之众，发饷不过两千两。将军想过没有，如果一万两黄金归属将军，将军有何感想？"

申狄瞪大眼睛，张开嘴巴，愣了一会儿，方说："不敢想。"

水希笑了笑，说："如果有人给将军黄金万两，让将军出卖韩国，将军肯否？"

申狄摇头："别说万两，十万两申狄也不会出卖韩国。"

水希点头，说："我相信将军之言。可是将军不会出卖韩国，不等于别的王公大臣不会出卖韩国，将军信否？"

申狄点头，说："水希此言极是。"

水希说："树倒猢狲散，很多聪明的猢狲，在树还未倒之时，便作鸟兽散了。鸟兽此举是明智之举，人若如此，则何其无情无义也。韩国有些王族，眼见韩国不保，已经暗中投靠了秦国，韩王心知，却无可奈何。我等要设法合纵成功，助韩国渡过危机。等韩王缓过气来，设法让韩王去除内患，削弱王族势力，韩国方能再成'劲韩'，振兴有望矣。"

申犰拱手："申犰虽人微言轻，却一心振兴韩国。此番如何行动，申犰但听水希差遣！"

水希点头，说："要想让韩王力排众议，一心合纵，必须如此如此……"

10. 暗中较量

夜深人静的韩国王城新郑，灯光稀疏，大街上行人稀少。

老王爷韩庚的府邸门口，灯光明亮。一辆豪华的青铜马车停在老王爷的门前，一白一红两匹骏马拴在门口的拴马桩上。

府邸内隐隐有丝竹之声跃出高墙，仿佛经受不住初冬的凛冽，又跌了进去。偶有行人从王府前经过，王府前的带甲守卫都忙着打起精神，警惕地盯着从他们面前经过的人。

在离王府不远的一条小胡同里，水希和申狄缩在一辆马车里。单薄的布帘挡不住凛冽的寒风，端坐的水希不由得连打寒战。

申狄小声说："巨子，你回去吧。有我申狄在，还抓不住几个小奸细？"

水希摇头，说："此事不可大意。我不是不相信将军，我得亲眼看到是谁半夜了，还陪老王爷玩乐。姚贾之奸猾非将军之想象，须得万分小心才是。"

申狄点头，说："那就有劳巨子了。"

等了一会儿，有个低头走路的黑衣人匆匆走过来，对着轿帘说："将军，人出来了。"

申狄说："知道了。按计行事。"

黑衣人轻声答应一声，匆匆出了胡同，顺着大街朝前走去。

申狄和水希依然静静地在车里坐着，一直等到马蹄脆响，车辆辚辚的声音传来，申狄才掀开轿帘，两人侧身朝街上看去。

先是依稀的灯光渐近，随着一阵急骤的马蹄声，一辆前面挂了两盏灯笼的马车划过胡同口，马蹄声音渐渐远去。

申狄低声说："行动！"

蹲在前面的车夫轻轻拍了一下马屁股，马车缓缓驶出胡同，跟在前面的马车后面。申狄看前面的马车相隔不远，让车夫先压着速度，慢慢跟了一会儿，一直等到两辆马车拉开了距离，才让马车匀速跟上。

两辆马车一前一后，在东西大街上跑了一会儿，拐弯，经过齐国商社门前，右拐，按照申狁的手下侦探到的路线，驶进了狭长的南北胡同。

从这条胡同跑一会儿，出胡同左拐，不远就是很气派的秦国商社。秦国大商人白起在此经营盐铁生意，同时有几幢大房子供秦国商人居住。

自然，这里也是秦国细作的藏身之所。申狁的手下在此暗中侦探多日，探得姚贾与商社往来非常密切。水希估计，姚贾在韩国行贿的大量黄金，就是通过商社从秦国倒运过来的。

韩国供各国使者居住的驿馆在另一个方向。显然，马车上的人是奔商社而来的。申狁早就怀疑白起是秦国人派来的细作。这辆马车，似乎也证明了申狁的推测。这些间谍利用商人身份，结交各国权贵，打探消息，然后通过往来商旅，将消息送回国内。但是商社都非常小心，各国都心照不宣，互相提防，商社也很少能让所在国抓住把柄。

像这种胆大妄为的行为，一般商社是绝对不敢做的。

申狁看着前面马车，对水希说："我没有猜错。白起必定是秦之细作。"

水希摇头，很怀疑地说："如白起真是秦之细作，那他更不能如此胆大妄为。要知道，各国都有规定，如各国商社与所在国官员来往，刺探情报，商社会被没收财物，商社头目要被驱逐抑或坐牢的。"

申狁点头，说："虽如此，各国商社哪家不跟官员往来密切？"

水希皱着眉头："此事太顺。姚贾素来奸猾，怎会毫无察觉？申将军，近日你手下来此探查，是否被人发现过？"

申狁摇头："巨子放心。新郑是韩国国都，末将所派，皆精明伶俐之人，秦国间人怎会发现？"

水希说："申将军，咱俩有所疏忽。大秦细作，皆训练有素之徒，异常奸猾，将军所派，虽然也是能征善战之人，但勇猛有余却精明不足。此事或被秦国间人发觉，暗中布下陷阱，否则，此马车不会直奔商社！世人皆知，商社乃一国细作集结之地，秦国间人，比他国间人更小心才是。在此关键之时，引得我等去商社，其中必有缘故！"

申狁也有些犹豫起来："巨子之说也有些道理。只是……事已至此，无法更改矣。"

申犰话音刚落，前面的马车已经出了胡同。马车出了胡同后左拐进入大街，刚跑出不远，前面突然出现一队黑衣人。申犰的马车停在胡同口，看到前面的马车陡然转头，朝着另一方向奔突。

马车跑了不远，前面又出现一队黑衣人。马车被夹在两队人马之中，进退不得。两边人马合拢，围上前去，马车上的人却静止不动。

申犰也觉出了问题，惊呼："此事不妙！"

申犰话音未落，从大街一侧突然冲出一标人马。这队人马全副武装，呼啦啦就冲了过来。车上的人突然喊道："王城有贼，速来保护王爷车驾！"

水希一惊，申犰失声："怪不得车驾眼熟！原来是王爷座驾。"

申犰想制止两下冲突，已经来不及了，后来的这一队人马挥刀冲着申犰的人就冲了上去。申犰的人还没从惊愕中反应过来，受到冲击，不得不挥刀迎击。

老王爷的那些人马是府兵，申犰的人马是受过训练的正规部队，老王爷的人虽然来势汹汹，却因势力相差太大，一会儿就被申犰的人马打败。申犰命令身边的人去通知众人撤退。两队人马正要撤离，突然从大街两边传来一阵铺天盖地的马蹄声响。

申犰大惊。两队待要撤离的人马大惊，不得不做好拼杀的准备。

申犰正惊讶，突然从一侧屋顶上飞下一人，朝着探头朝外看的申犰挥刀刺来。

申犰听得风声，忙缩身进轿厢内。两边的屋顶上，骤然出现十多人，朝着马车就扑了过来。

申犰拔刀迎敌。水希也站起来，抽出佩剑。

这十多人皆武功高强，下手狠辣。申犰怕伤了水希，左支右绌，狼狈不堪。水希冷眼看着这些杀手，有欲冲上来的，水希就出手将之砍下。

大街上，老王爷的马队与申犰的手下杀在一处。有军士认出是老王爷的人，大喊"误会"，说他们是守城军士不是盗贼，老王爷的府兵装作没听见，继续砍杀。

申犰趁对方停止攻击的间隙，对水希说："巨子速走！此地危险！"

水希说："老王爷是冲着我来的。我走了，将军在君上面前无法自辩。

此种事变，水希经历多矣，将军不必忧虑。"

申犾身边的几个侍卫已经全部躺在地上。十多个黑衣人摆开队形，朝着水希和申犾围拢过来。

申犾看着周围十多把闪着寒光的刀锋，恨恨地说："巨子，此为绝杀之队形。前赴后继，不死不退，王爷这是要杀人灭口啊！"

水希说："这些人皆秦国万中挑一的杀手，将军千万小心。"

申犾哼了一声，说："老王爷与秦国勾结，欲害韩国，今日我捉一个活口，韩国有望矣！"

申犾正要冲出，突然有人朝着两人放箭，申犾和水希跃下马车，两人合力，朝着大街方向冲杀过去。

更多的人堵在两人面前。墨家弟子个个都是武林高手，水希自然武功也不弱。申犾是韩国第一猛将，两人互相配合，连杀多人。秦国的这些武士竟然没有一人后退，人越来越多。

两人继续挥舞兵器砍杀。胡同狭窄，杀手们的攻伐阵法在胡同里施展不开，申犾和水希互相配合，两人的面前刀枪铿锵，血肉横飞，两人累得气喘吁吁，但是两人面前的人墙依然看不到头。他们的后面横着尸体，前面横着尸体，隔着尸体，依然是丛林一般的刀枪。

胡同外，大街上，也是一片喊杀之声和惨叫声。

申犾和水希皆一身鲜血。两人背靠背站着。申犾抬头看了看天上的星星，说："申犾无能，连累了巨子。"

水希说："人生短暂，死有何惧。可惜水希之死，合纵必然落空，六国无救矣。"

申犾咬牙切齿："韩庚老奸巨猾，封锁了附近，王城守军不知就里，无法营救。申犾无以为报，只能先死于巨子矣。"

水希呵呵一笑，说："还未到绝境，将军何必如此悲观。我等小心迎敌，或有变化。"

水希话音刚落，两边杀手一声呐喊，朝着两人冲杀过来。

申犾一声暴叫，骂道："秦国奸贼，拿命过来！"申犾边骂，边挥舞大刀，奋力砍杀。水希持剑，静静地注视着对面的杀手，犹如一段岩石。

杀手们冲到水希面前，看到水希依然一动不动，似乎觉得不可思议，都站住了。

有人悄声说："此人好像是墨家水希。"

听人说是水希，很多人都朝后退了退。

有人问："你……真的是墨家水希？"

水希缓缓地说："我是墨家水希。"

那人说："你既然是墨家水希，为何要为害秦国？"

水希喟叹，说："墨家一心为百姓，国乃百姓之国，水希怎么能害秦国？水希来韩，为的是合纵抗秦。所抗之秦，不是百姓之秦。即便是秦国百姓，皆以安居乐业为生活，岂能去他国杀戮？凡兴兵杀人者，皆是以本国百姓之命，去杀他国百姓之命。诸位别忘了，即便是尔等，也是出身百姓，为国君卖命。天下者，乃民之天下，六国国土，尔等可随便来去，汝等所争之国土，不过是君王之权力，与尔等何干？水希为墨家巨子，奔波六国，非为害秦，而是让六国合纵，让秦不敢东出杀人。嬴政为君王，鼓噪尔等杀他国百姓，尔等亦为他国百姓所杀，百姓之白骨累累、尸体遍野，民众凄惶无日，君王笙歌燕舞，酒池肉林。胜利乃君王之胜利、百姓之灾祸。失败是君王之失败，亦是百姓之灾祸，尔等为君王而战，死自己之命，何其不幸！水希欲阻止绝世之杀戮，何谈为害秦国？"

水希一番慷慨陈词，杀手们有些振动，大都静立不语。

有人喊："勿听此人愚弄！秦乃我等之国土，吾等为大秦而战，为君王而战，死有何惧？"

水希说："此语是鼓动众人卖死也！大秦之土地，是民众之土地；大秦之国土，是民众之国土，非秦之国土也。秦不过几百年，秦之先祖，在此秦地居住几千年，能说秦不在，国土便不在乎？民为根本，再有社稷。为君之社稷，让民众互为绞杀，此君为虎狼之辈也！"

有人喊："秦王分给我等土地，发给我等饷银，不为秦王效力，我等为谁效力？莫听此人胡言乱语，此人为害秦国，杀之为秦除害。"

很多人随之鼓噪，几个人冲上前来，挥刀杀向水希。水希长叹一口气，挥剑欲上。

正在危急之时，突然从附近屋顶跳下十多人，站在水希前面，为首的正是雷子枫。雷子枫朝水希抱拳："弟子来迟，师父恕罪。"

水希说："救申将军出去。少杀为上。"

雷子枫答应一声，兵分两路，一路挡着攻过来的秦杀手，一路保护着水希和申犰，朝胡同外冲。

11. 韩王之取舍

墨家弟子保护着水希和申犰从胡同一端冲出，上了墨家弟子在街上准备的马车，申犰亲自驾车，打马飞奔而去。

申犰绕开老王爷府兵的围追堵截，回到兵营，火速调动守城军队，一路飞奔，赶回拼杀之地。路上，申犰遇到突围出来的部分士卒。众人会合一处，赶到厮杀之地，却是满地尸首，老王爷的府兵已经全部撤离。

申犰让士兵收拾战场。手下报告，老王爷的手下和秦国被杀士卒的尸首全部不见了。申犰惊讶，亲自验看，果然，在地上躺着的，只有他的士卒。老王爷和秦国杀手尸体全都消失了。

水希感叹："老王爷老谋深算。申将军，老王爷捉了你的兵士，肯定会在君上面前大做文章。我等须做好准备。"

申犰愤怒："庚王爷勾结秦奸，谋害韩国，我虽无证据，却亲眼所见。我申犰此次必定禀明君上，将王爷绳之以法，他还做何文章?!"

水希摇头，说："将军差矣。此次没有抓到秦国间人，无法在君上面前控告老王爷。别说扳倒老王爷，这次我等能全身而退，便是大胜。"

申犰惊讶："啥? 老王爷府兵绞杀守城军士，此便是大罪。还有那些秦国杀手，很多军士都亲眼见过，老王爷带着府兵和秦国杀手，攻击我等。此等大罪，还无法治老王爷之罪?"

水希说："老王爷暗通秦国，君上不能没有耳闻。君上没有治老王爷之罪，一是老王爷根基深厚，不可妄动；二是君上没有抓住老王爷通敌证据，动之于理不通。此番拼杀，我等没有抓住老王爷把柄，却有士卒落入老王爷之手。况老王爷事先准备，将军士卒截住的并非间人车驾，而是老王爷车驾。韩国之法，截王爷车驾，罪同谋反，将军不可大意。"

申犰被水希最后一句话震住，呆了一会儿，问水希："巨子有何计谋教我?"

水希想了想，说："此事须提前告知君上，防备老王爷恶人先告状。"

申狈点头，说："君上虽然懦弱，心中却有分寸。我即刻便去求见君上，禀明原委。"

水希点头："此事只能如此了。但愿君上能看在将军一心为国之情分，不追究将军之过。"

申狈嘱咐手下加快收拾残局，他则骑马，直奔王宫。

申狈黾夜求见韩王，韩王虽然不爽，却见了申狈。

申狈匆匆行过大礼，将跟踪秦王间人、设计抓人，被王爷府兵截杀之事详细说了。韩王颇为不满，说此事申狈应该先禀告上来，再行定夺。

申狈说："末将只是想抓住间人，再行禀告君上。此事不成，反而惹了王爷，末将之罪也。"

韩王摇头，说："申狈啊，这老王爷根基深厚，便是寡人，也得让他三分。你敢监视王府，实在是胆子不小。"

申狈说："君上明查，末将是为了抓捕秦国细作……"

韩王拍了拍头，说："你不必再言，寡人俱都明白。下去吧，等明日再说吧。"

申狈还要再申述一番，韩王站起来，在内侍的扶持下，摇摇晃晃便走了。申狈只得退出。

第二日早上，老王爷韩庚果然早早就跑到王宫，状告申狈。说申狈带人劫持王爷车驾，意图谋害王爷，有谋反之心。

老王爷故意披头散发，涕泪滂沱，匍匐在地，一副可怜之相。他说申狈现在位高权重，拥兵自重，不把一班王爷放在眼里，也就是不把韩国社稷放在眼里。这种人如果任其胡作非为，必定会危害大韩，须杀之。

韩王安对韩庚的所作所为也有些了解，加上昨天晚上申狈的提前造访，他也就明白了其中缘故。

韩庚收受秦国贿赂，韩王早有耳闻。韩王也明白，朝中很多大臣都接受过秦国财神爷姚贾的钱财，韩王对此却无可奈何。

韩王并非无能到连一般大臣都无法管制，而是因为韩国很多税收都无法收上来。有些王公大臣甚至多年都不到王城来，大有一方小诸侯的意思，他们是否上供、上供多少，要看他们的心情。这些土地很多都是韩国的飞地，要去这些地方催收钱粮，需经过别国的国土。税官要去这些韩国的土地收税，来回经过别国的国土，人家的官员再一盘剥，收上来的税钱也就所剩无几。国库空虚，还要养活军队，官员们的俸禄就一减再减。官员们所得俸禄不够养活家小，就得想法子搞点外捞。因此，韩王对大臣收受秦国贿赂一事，就只能睁一只眼闭一只眼了。

韩非子痛恨王爷和大臣们的这种做法，曾经在韩王面前痛斥这种满朝文武皆卖国的奇观，让韩王采取办法，整治这种行为。韩王却明白，卖国求财，是韩国许多臣工的生存之道，法不责众，特别有老韩王在这儿做卖国之中流砥柱，他真是无可奈何。

韩王虽然洞悉其中幽微，奈何老王爷韩庚联合了一班韩国贵胄大臣，集体参奏申犹。韩王现在又不敢说老王爷私通大秦之事，只得让申犹上朝申辩。申犹经过水希指点，没提韩庚私通秦国之事，只是说据线报，秦国细作以国事为由进入老王爷府邸，准备在摸清底细之后谋杀老王爷，他就派人监视这几个细作，并在细作从老王爷府出来之后，准备进行捕拿。

没想到从老王爷府中出来的是老王爷的人，申犹的手下没经过细查，准备捕拿，却与老王爷的府兵发生了冲突。申犹没查明情况，手下冲撞了老王爷的马车，请老王爷恕罪。

老王爷本以为申犹会为了自保，向君上控告他收受秦国贿赂一事，没想到申犹对此事绝口不提。老王爷精神松弛下来，也就没有过于追究申犹"谋反"之事。

申犹被降爵一级，依然是王城将军。

虽然没有降罪，但是水希企图通过此事打击老王爷，让老王爷不要干预六国合纵的计划失败。水希在朝堂之上，提出六国合纵、共同抗秦之事，老王爷极力反对。说各国之中，唯有韩国力量最弱，最不堪折腾，韩不可与六国合力抗秦，惹恼了秦国，是自取灭亡，不如与秦交好。秦最怕六国合纵，而六国合纵，皆是因为秦攻击某国，众诸侯国怕唇亡齿寒，才合纵抗秦。秦王嬴政异常聪明，秦如何对韩，必然影响山东六国对秦的态度。如秦对韩友好，六国看在眼里，就不会合纵抗秦；如秦攻韩，六国必然合纵。故此，韩若对秦示好，秦必友好对韩。秦与韩交好，诸国必然不会对韩动武。此为长久之计，万望君上三思。

韩王又犹豫了。韩王明知老王爷已经被秦国收买，却总是以为老王爷不会害韩。老王爷毕竟是大韩国的王爷，韩国社稷不存，老王爷也就没了价值。六国合纵，胜少败多，万一失败，韩国必然先被秦国灭亡。因此，合纵是韩王最无路可走的时候才愿意走的一条路。现在老王爷给他指了一条光明大道，韩王虽然知道这条光明大道或会有陷阱，但相比更加凶险的合纵抗秦，他还是喜欢老王爷的这条光明大道。

申犰站出来反对王爷的观点。申犰说，秦王非山东六国之王，秦王相比山东六国，野蛮凶残，不讲规则。秦王亲政以来，囚禁亲母，驱逐吕不韦，所作所为，皆是乖张蛮横、不讲道义，与秦王睦邻，等于与虎谋皮、必为所害，不如与诸国结盟，韩国或有生机。

韩庚反唇相讥，说自苏秦以来，六国多次合纵，却大多以失败而告终。每次失败，韩国必首当其冲，深受其害，此次如若再次合纵，韩国离亡国不远矣。

有一班惧怕秦国的老臣赞同老王爷，也有一班人微言轻的小官员表示赞同申犰。双方各执一词，皆有道理，韩王左右摇摆，不知听谁的是好。

韩王无奈，再次找到韩非子，听韩非子的意见。韩非子最理解韩王，叹气说："合纵是一时之策，却非治韩之根本也。合纵难以救韩，亦非亡韩之路。要救韩，须从根本做起，刮骨疗毒，剪老枝发新芽，韩国才能大治。否则，合纵也好睦秦也罢，最终都是枉送了韩国。"

韩王在韩非子处得不到答案，心烦意乱，经过又一次朝议之后，决定暂时搁置合纵之论。

水希闻之大惊，几次拜见韩王，解释合纵之必要，韩王被说烦了，最终将水希拒之门外。水希望宫门喟叹不已，只得告辞申犰，离开了韩国。

第三章 王敖入赵

01. 边境绝杀

水希车马离开新郑，直奔赵国。赵国虽然有庞暖支持合纵，水希却还摸不清赵悼襄王的意思。在韩国一番思量，水希觉得须先稳定赵国，只要赵、魏、燕、楚能合纵成功，韩国夹在中间，则不得不与诸国齐心抗秦。

此事重大，水希一改往日行动之前，需与众人一一告别之惯例，只与申狄说了一声，就秘密离开新郑，直奔赵国。

水希一行风餐露宿，三天之后到达赵魏边境处的集镇八家坟。此处据说是当年商周交战时的一处战场，虽不是兵家必争之地，却也是一条交通要道，常有各国细作于此居住，互相打探买卖情报。

此处自然也有墨家的弟子驻扎。水希等人找到客栈住下，有弟子来见，说最近八家坟出现很多佩带武器的精壮之人，不知是何方人士。

水希仔细询问了一下这些人的穿着打扮，断定这些人大部分是秦国的杀手。雷子枫惊讶，说此处虽然比较繁华，却毕竟是偏僻之地，秦国杀手集聚于此，难道是想行刺水希不成？

水希笑了笑，说："非也。嬴政虽然讨厌我等，却顾忌墨家声望，为秦国利益，断不肯刺杀我等。秦之杀手聚集此地，或有他图。"

水希让雷子枫暗中打听，这些秦国的杀手集聚于此，目的何在。

雷子枫打扮成一个富商，住进了杀手们集聚的一家客栈，每日与这些杀手喝酒赌钱，经过几天打探，终于零星听到一些消息。

他趁夜找到水希，告诉他，秦国的这些杀手集聚此地，好像是等一个人。此人从秦国而来，直接到此地。

这些人在此地等候此人，好像有极重要之任务。

"此事与墨家无关。"雷子枫告诉水希。

水希点头，说："墨家之行动，皆告世人，因此我等之行踪，几乎人人皆知。不过唯有这次从韩至赵，我等没有张扬。现在我等在何处，秦人或许不知。否则，我们也看不到此种场面。"

雷子枫点头，说："秦国这么多高手集聚此地，必有行动。师父，我等是按计划赴赵，还是在此地观察此事？"

水希说："稍等几天，看看秦国要做何事。集结高手秘密行动，恐无好事，墨家不能坐视不管。"

雷子枫回到住处后，继续隐蔽观察这些秦国杀手的行动。

让雷子枫和水希都没有想到的是，秦国杀手竟然越聚越多，两天之后竟然有二百多个精壮男子住在了小镇上。这些人进入小镇后，皆隐蔽不出，如果不是特别注意，看不出小镇跟别的日子有什么不同之处。

这些杀手行事如此诡秘，让水希惊讶无比。

他们又在小镇住了三五天，小镇依然平静如初。那些隐蔽的杀手不见行动，也不见有什么奇特之人来到小镇。镇上只是来了一个算命的老道士。老道士相貌丑陋，破衣烂衫，也住进了雷子枫住的那个客栈。

老道士酒肉不戒，很快就与住在旅馆里的秦国杀手们混熟了。老道士每日出去算命，赚回的钱就请众人喝酒。众人几乎每天都要把老道士的钱花个精光。有时候钱财不够，老道士就让旅馆的老板先记着账，他第二天出去赚了钱，回来就先把欠的账还上。

相处几天之后，杀手们闲得无聊，就请老道士给他们算命。老道士推辞一番后，欣然从命。

他算出其中一个是这些人的头儿。他告诉这个头儿，他们这次生意不好做，如果相信他老道士，那就赶紧回家，别赔了本。

被算命的杀手一愣，追问详情，老道士却不往深里说了，只说算命不过是为了糊口，众人信也罢不信也罢，权作一笑吧。

算命的在此住了七八天后，来了两辆马车。其中一辆马车上坐了四个护卫，从另一辆马车上下来一个中等身材、满面胡须的壮汉。一行人匆匆进了另一家酒店，就再也没有出来。

雷子枫想尽办法，也没有打听出这些神秘人物究竟姓甚名谁。

雷子枫安排人日夜盯着那个中等身材的壮汉，三天后的一个晚上，壮汉终于出动。他带着两个手下，牵着马出了镇子，然后上马，三人打马而去。

负责监视壮汉的墨家弟子将此消息告知雷子枫，雷子枫让人继续跟踪壮汉，他则监视道士和众多大秦杀手。

雷子枫以为那个道士就是为壮汉而来的，没想到壮汉带人走后，道士却依旧纹丝不动。直到半夜时分，杀手们纷纷走出旅馆，道士才尾随而去。

雷子枫来不及告知水希，自己带了一个师弟跟在道士之后。

前面的杀手们奔突了一会儿之后，包围了一个不大的小村子。二百多个凌厉的杀手仿佛黑夜一样，骤然消失在了夜色中。

杀手们刚刚隐蔽好，突然从小村里冲出几匹骏马。马上几个人俯身弓腰，紧贴马背，朝着杀手们埋伏的地方就冲过来。

这显然是有些出乎杀手们的意料。几匹骏马一直将要冲到杀手们面前，众人才乱哄哄地跳出来，想挡住这几个骑手。

这几个骑手陡然亮出了赵军惯常用于马战的长刀，几个人摆开队形，朝着挡在路中的秦国杀手们就冲了过去。

快到面前，雷子枫才发现这些战马皆戴着护甲，连马腿都被软甲给包了起来。显然人家是做好了准备，专门来杀人的。

杀手们挥舞大刀，与这几个骑兵战在了一处。

秦军杀手皆万中挑一之勇士，一二百人冲出来，在狭长的小路上摆了好长的一队，骑兵冲将过来，大刀上下翻飞，竟如猛虎入羊群，上百名大秦高手没能挡住骏马的铁蹄。一会儿工夫，几个人就从众人的包围中冲了出来。他们的后面躺满了或死或伤的大秦杀手。

更让雷子枫惊愕的是，这几个人冲出来之后，竟然掉转马头，又杀了回去。这时候，有人突然喊道："这是李牧边军！快撤！"

雷子枫惊讶至极：李牧边军？李牧边军不是在北边防备匈奴了吗？怎么到了这里？

几匹战马冲到重新集结的大秦杀手面前，这些杀手果然厉害，明知不敌，却没有一个后退，皆严阵以待，准备厮杀。

铜锣突然响起。众人一怔，那几个骑兵听到铜锣声响，精神更加振奋："杀啊！……"

从村子里陡然冲出几十匹战马。战马后面，是看不清人数、黑压压的一片步兵。

有人指挥秦国的这些杀手朝外冲。杀手们躲过战马的冲杀，刚跑出不远，前面又黑压压冲上来一片人马。

杀手们有些惊慌。此时，那个雷子枫一直没有寻到的中年壮汉不知从哪儿冲出来，对着众杀手喊道："后面骑兵是李牧边军，前方之众是当地守城之军，勿碰边军，随我杀出去！"

众人随着这壮汉朝前冲。他们的脚力虽然厉害，却终究不如李牧的骑兵，几十人眨眼间冲过来，在抱成团朝外冲杀的杀手们之间冲杀了几个来回。秦国的这些杀手就不成气候了，零零散散剩下几十人，眨眼间就在赵国的步骑配合之下，被杀了个精光。

那个道士带着几个士兵，打着火把到处寻找那个中年男子。道士说此人叫王敖，乃秦国国尉尉缭的心腹。雷子枫暗中听到，这才知道那人的身份。

在一片嘈杂之中，雷子枫终于听明白，那个王敖竟然不见了。活捉的人里没有他，被杀的人里也没有他。王敖竟然从包围圈中逃了出去。

雷子枫带人悄悄离开战场，跑到水希居住的旅馆，去见水希。

水希的房间里灯光明亮。雷子枫怕水希有危险，忙带人冲进房间。

让他惊愕的是，水希和一书生模样的人，正坐在房间里喝茶。

水希见雷子枫等几个人冲进来，笑了笑，说："子枫，不好好睡觉，跑这里做甚？"

雷子枫打量了一下坐在水希面前的这个书生。书生朝着雷子枫抱拳，朗声说："原来是子枫先生，久仰久仰，在下司马尚，见过先生。"

雷子枫早就听说司马尚之名。此人乃楚国人，勇武善战，足智多谋，是李牧最得力的心腹。

但是，司马尚不是在协助李牧防备匈奴吗？此地离北方边境有上千里路，他怎么会在这里？不是假货吧？

雷子枫心下怀疑，脸上却笑了笑，抱拳，说："雷子枫见过将军。将军应该在边疆带兵防备匈奴，为何到了此地？"

司马尚笑了笑，说："司马尚受将军之托，到此地拜见巨子，不知子枫先生有何见教？"

雷子枫抱拳："原来如此。在下还有一事请教，秦国杀手刚刚在一处山村被绞杀，可跟将军有关？"

司马尚喝了口茶，笑着看了看水希。水希对雷子枫说："子枫，此事之原委为师已经明了，你且退下。我与将军有事要谈，余事以后再说不迟。"

雷子枫带着众人退出，水希说："将军此番虽然剿灭了秦国杀手，却也得罪了秦国。尉缭素有报复之心，或对将军和李牧将军不利。"

司马尚笑了笑，说："李将军与司马尚是赵国之将，秦与赵向为死敌。敌对之国本无情谊，何来得罪一说？巨子尚且不惧秦王，司马尚与李将军怕甚？"

水希说："将军好气概。唯如此，才能有慷慨之心，有杀敌于千里之外之豪气。惜诸国文武大臣皆怕得罪秦王，就如将军所说，一国之将，竟怕得罪敌国，国有此臣，甚为不幸也。"

司马尚说："巨子体察甚是。自古武卫边疆文治国。武惧敌，则边疆日退；文惧敌，则国家日衰。文武皆惧，则国运衰竭。今秦动用黄金加匕首，李将军之边军乃铜墙铁壁，秦间难以用力。只是邯郸之百官，恐怕难过秦王此关。现赵王身边之宠臣郭开，贪财贪色，素与边军不睦，如其为秦所用，李将军必有危险。李将军为赵国之栋梁，李将军危险，则赵国危矣。六国之中，唯有赵可与秦一敌，赵亡，诸国则必亡。将军听说尉缭之手下奔走各国，知情况危急，特让我来见巨子，期讨一策，或能救赵国。"

水希点头，说："李将军之虑甚有道理。秦国在诸国物色卖国求荣之徒，水希亦在寻找此种人物。韩之韩庚已被秦国间人姚贾拿下，韩国……唉，郭开如被秦人拿下，则六国危矣。"

司马尚抱拳，说："巨子或许不知，秦人王敖已然入赵活动。李将军得信，王敖数次拜访郭开，所谈如何，尚不得知。"

水希叹气，说："既如此……如郭开被秦国间人利用，唯有一法可用……"

02. 王敖之败

矮胖中年男子，正是尉缭心腹王敖。

王敖是正宗秦国人，细作，随商社侦探魏国时，常以大商人身份与魏国士子交往。其时，尉缭还同父母住在魏国，在一次酒宴上认识了王敖。

王敖表面为人爽直。因为与人赌酒，连喝三大碗烧酒，倒地不省人事。被郎中救醒后，想起还缺人家一碗酒，当场挣扎饮下，昏迷了两天。

王敖狂饮名震大梁。尉缭心细，发现王敖每次饮酒，都会偷偷地吃点东西，还非常善于装醉。尉缭在一次酒宴上，当场揭穿了王敖的诡计，两人大吵一架。

尉缭其时正是困顿之时，恰逢老母得病，尉缭变卖家财，为老母治病。后来老母病故，尉缭已经家徒四壁，连给老母买棺材的钱都没有了。

让尉缭非常意外的是，王敖听说此事后，特意登门，给尉缭道歉的同时，送给他一锭金子，让其安葬老母。

之后，尉缭再没有见到王敖。直到尉缭来到秦国，在行人署见到王敖，才得知故人竟然是秦之细作。尉缭终于明白，当年的王敖为何要强作酒徒。尉缭感慨不已，将之要到了国尉府，并委以重任。

王敖作为特使出使赵国，表面上是为了两国交好，其实目的是用黄金加匕首，瓦解赵国的君臣关系。

赵国君臣中，最让秦国忌讳的，便是赵国大将李牧。李牧屡次大败秦军，秦军要东出与诸国决战，李牧不除，秦军难有胜算。

王敖出使赵国之前，曾与尉缭有过一番详谈。秦之劲敌，唯赵之李牧：李牧若除，则秦出山东无敌手；李牧若存，成败未知。故，王敖若能说服李牧事秦，则为开国大功，若能杀了李牧，也是居功甚伟。如无法撼动李牧，也是情理之中。不过若真如此，大秦东出，则须等得李牧老死，否则难矣。

王敖做了二十多年细作，历经艰险，功劳卓著，却一直没有晋身的机

大秦谍局第一部·灭强赵

会，此番尉缭将之委以重任，王敖信心满满，在尉缭面前发誓，两年之内一定拿下李牧，为大秦东出扫清障碍。

王敖打扮成商人，带了随从，直奔李牧边军驻扎的边境。

王敖在秦国商社的支持下，专门供应李牧边军急需的盐和铁，很快就与边军的军需官建立起了牢固的关系。王敖通过贿赂军需官，又跟李牧将军的心腹司马尚搭上了关系。

王敖先试探性地给司马尚送了几次礼品，司马尚都欣然接受。王敖觉得有戏，就在一次单独拜访司马尚的时候，给司马尚送了一锭黄金。让王敖没有想到的是，司马尚竟然也欣然接受了这一锭黄金。

王敖很高兴，觉得李牧和司马尚不像别人口中传说的那么难以接近。在跟司马尚接触了几次之后，王敖准备了黄金千两，让司马尚带着他去见李牧。更让王敖异常惊讶的是，李牧也接受了他的一千两黄金。虽然李牧对王敖不冷不热，但是王敖明白，只要李牧接受他的黄金，就算被他用金项圈给套住了。

在他又送了几次黄金之后，李牧单独请王敖喝酒。两人酒量相当，言语投机。酒过三巡，李牧言语中露出对王敖这种富商的艳羡，抱怨自己常年居住在这寒冷干燥之地，赵王听信郭开，对之将信将疑，而秦王用人大气、秦兵勇猛，身为赵国大将，李牧身心疲惫，觉得前途渺茫。

王敖趁机称赞秦王用人之胆略，秦国国力增长之快，秦王的雄心伟略，等等。李牧听得很用心，虽没有明确之表示，对大秦的兴趣却是异常明确。

王敖异常兴奋，回到秦国，向尉缭汇报与李牧相见之情形。

尉缭何等聪明，他断定李牧是在对王敖用诈，并严令王敖不得再去找李牧。王敖前思后想，觉得自己并没有暴露自己的身份，就明里答应尉缭，来到邯郸之后又装扮成富商，赶赴边军驻扎之地。

王敖是个老细作，来边境之前，他做了两手准备。如果李牧表示想做秦国内应，那他就派个心腹安插在李牧身边，一是协助李牧，二是监督之。如果李牧真的是玩自己，那他就不能白花了那么多金子，要找机会干掉李牧和司马尚。

故此，王敖带了十多个高手赶赴边境。

他没有想到，李牧早就派了司马尚在半路等他，准备将之捉拿归案。

当然，李牧和司马尚也没有想到，王敖临走之前，还在他们身边安排了一名眼线。这个眼线明的是为边军供应青菜，暗地却通过各种渠道，打探边军消息。

按常规来说，司马尚带着手下抓捕王敖，王敖的眼线不可能知道，凑巧的是，司马尚等人暗中出动，刚好被眼线看到。眼线又知道这一两天王敖回来，此人也是机敏，怕司马尚于王敖不利，飞马去给王敖报信。

眼线飞马直奔，堪堪抢在司马尚的马队前遇到王敖。王敖听说司马尚带着马队来了，知道大事不好，带着众人扭头便跑。

司马尚追赶不及，只得原路返回。

赵国边军之厉害，连匈奴人都唯恐避之不及，王敖等人屁滚尿流，就差一点跑出赵国边境了。听说司马尚收兵回去了，王敖等人才长出一口气，找地方住了下来。

王敖此番入赵本来信心十足，以为黄金加匕首总会有点收成，没想到却差点成了李牧边军刀下之鬼。又想到临行之际在尉缭面前的一番大话，更是无地自容。王敖咽不下这口恶气，众人计议一番，决定先在赵国潜伏下来，住些日子之后，再回到边军处，设法除掉李牧或者司马尚。

住了一段时间之后，王敖终于设法回到李牧边军驻扎之地。王敖花钱买通了司马尚身边的一个护卫，通过护卫秘密接收李牧的各种消息。

此时，李牧与郭开正斗得不可开交。

李牧与一班青年将领参奏郭开收受贿赂，阻塞上听，甚至故意耽误边军粮饷，要求赵王严惩郭开，以振军心民心。

郭开得知此事之后，大为惊慌，赶紧让手下罗列李牧等人的各种罪状。李牧是众青年将领之头目，罪名自然最为厉害。郭开给李牧罗织的罪名是结党营私、图谋不轨。郭开还找了几个证人，并拉了一众大臣，证明李牧确实有图谋不轨之情节。赵悼襄王素来将郭开的话当作金科玉律，郭开说李牧功高盖主，有谋反之心，赵王虽然不敢全信，也不敢不信，想将李牧调回审查，怕匈奴乘机杀过来，不闻不问，又怕果有此事。

昏聩的赵悼襄王左右为难，茫茫然不知如何是好。郭开加强攻势，联合众大臣，日日参奏李牧蓄意谋反。王敖听说此事后，又回到邯郸，以秦使身份见到郭开，献计让郭开想法调李牧回邯郸，王敖则想法将之杀死。

此时的郭开虽然贪腐荒糜，却也知道，与秦人合作杀死本国大将，是卖国死罪。郭开断然拒绝了王敖。

王敖决定利用这个机会，自己想法干掉李牧。他带着几个得力手下，回到边军所住之地，设法贿赂了李牧身边的几个下级将领，给他通风报信。

王敖让人给尉缭送信，说他利用李牧与郭开的矛盾，让郭开上奏李牧有谋反之心，现在两人撕扯日甚，不日或有结果。

但是郭开让王敖失望了。李牧与郭开内斗得不可开交之际，匈奴突袭赵国。李牧率领众将大败匈奴。赵悼襄王意识到赵国离不开李牧，训斥了郭开，以体察不清之罪罚俸半年，李郭之争告一段落。

水希四处奔走，呼吁合纵抗秦。李牧听庞暖说了此事之后，非常感兴趣，派司马尚联系水希，欲与其商讨合纵事宜。

司马尚尚未动身，王敖就通过线人得知了此事。

司马尚得知水希欲从韩国到邯郸，准备去半路拜见水希。王敖得知此事，觉得杀了司马尚也算是大功一件，就召集杀手，准备半路截杀司马尚。

给王敖报信的李牧身边将领，其实是李牧所派之卧底。王敖虽然狡猾，没有透露截杀司马尚之意，李牧却从将领汇报王敖的言语中，分析出王敖意欲加害司马尚，就派人一路监视王敖，并将计就计，让司马尚顺便消灭这些加害赵国的秦国杀手。

雷子枫一直怀疑的老道士，便是司马尚一路所派监视王敖者之一。

小镇一役，王敖所带在赵魏的杀手几乎损失殆尽。众人拼死保护王敖从凶狠的边军手里逃出来，逃到山里歇下发现，王敖所带二百多杀手，只剩下了三人。

王敖朝着战士们被杀之地跪下，发誓一定要手刃李牧和司马尚，为被杀的秦国勇士们报仇。

03. 李牧将军

水希与司马尚在八家坟畅谈天下大事，李牧在雁门关凛冽的寒风中，亲自带人巡夜。

从塞北之地扑来的冷风削在脸上，如刀割斧劈，李牧与巡关军士骑着马奔跑一会儿，就下马牵着马跑一会儿，以此取暖。

北地这两年大旱，往年水草茂盛的草原上，今年大片的草竟然干枯而死。夏天奇热，许多匈奴牧民迁徙到内地做点小生意谋生。草原上很多区域渺无人烟，各种奇禽异兽、毒虫怪物不知从何处冒出来，袭击偶尔经过的人和牲畜。

李牧的边军粮草有三种供应方式。最主要的自然是朝廷粮仓。赵国有三大五小共八个主要粮仓。离雁门关最近的大粮仓是安平粮仓。安平粮仓最主要的任务，就是供应李牧边军粮仓之用。但是今年北地干旱，安平粮仓附近土地也受影响，粮仓本来就没有按平常数量装满。李牧听说附近百姓多有饿死，下令开仓放粮，放粮救济了当地百姓，却惹恼了当地官员。安平令是郭开心腹，平日善于搜刮民财，多次受到李牧训斥，本就与李牧不睦。李牧下令开仓放粮接济百姓，百姓皆对李牧感激涕零，两下对比，对只知盘剥的安平令更加痛恨，民怨沸腾。安平令一怒之下，将李牧不经朝廷同意、开仓放粮之事禀告给了郭开。郭开将之演绎成李牧为收买人心，不惜私自动用边军粮草，周济流民。

此事暂且不提。安平粮仓放粮，李牧其实并不莽撞，离安平二百多里远的驿站粮仓，是李牧边军的备用粮仓。驿站粮仓属李牧大军直接管辖，粮食一直满仓。驿站粮仓虽是小粮仓，粮食除了供应驿站及本地官员所用之外，余粮可供李牧边军三个月之用。让李牧没有想到的是，正在安平粮仓供应将要枯竭、边军即将动用驿站粮仓之时，驿站粮仓突起大火。虽经边军奋力抢救，粮仓粮食却已经烧毁了一半。李牧让司马尚查办至今，都不知道粮仓是被何人放火所烧。

边军粮食吃紧，李牧只得从匈奴人身上打主意。匈奴人旱情更甚，也正想从赵、秦、燕等国身上打主意呢。两下冲突，甚于往年。最终匈奴人吃败，白白扔下了许多粮食辎重，边军勉强过了粮食大关。

对于李牧来说，除了粮食和匈奴人的攻击，还有虎视眈眈的郭开。对于匈奴人来说，除了李牧，还有粮的威胁。对于双方来说，今年除了百年未遇的大旱，除了双方的厮杀，还有共同的敌人——奇寒。

匈奴人的帐篷中间，虽然烧着牛粪，但是依然抵挡不住寒风肆虐。很多匈奴家庭在帐篷中睡觉，第二天一早却一个也没有醒来，全部被冻死。

边军在往年穿的冬衣外面又加了两层皮袄，才能勉强抵挡住风寒。巡逻途中，边军常常遇到被冻死的匈奴老百姓，甚至还有被冻死的匈奴士兵。

匈奴人非常自大，哪怕被冻死，也不愿意倒在地上被狼吃掉。士兵临死之际，会拼尽最后一丝力气将自己绑在树上，并大睁双眼，手按在刀把上。老远看去，似乎那人正盯着自己，随时准备冲杀之态。草原狼不知就里，只远远看着，不敢上去撕扯。边军老兵知道匈奴人之本性，会上去将之放下，就地掩埋。如果遇到新兵巡逻，以为遇到匈奴散兵，就会摆开队形，包抄过去。最终发现龇牙咧嘴的匈奴人已经被冻成了冰棒，都惊愕异常。

匈奴老百姓，如果行进中，被冻死的人有壮男，则会先找地方将妇孺捆在树上，再将自己绑上，挡在妇孺之前。那种悲壮和护犊之情，常常让边军为之动容。

此种情况之下，李牧下令，如果遇到匈奴百姓，边军要想法将之送到安全之地；如果遇到冻僵的匈奴士兵，只要他们已经失去了战斗力，那就不能杀他们。应该想法救护他们，给他们粮食和衣服，使他们脱离危险。

李牧的政策一度受到边军众将领的怀疑。后来郭开也将之列为李牧十大罪状之一：收买匈奴人，为自己预留后路。

很多匈奴百姓受到边军救助，再遇到边军之时他们就不害怕了。还有百姓实在无法活下去，就找到边军，让边军收留他们。

李牧特下令，在雁门关外，用木材挡风，建了十多个大帐篷，专供匈奴百姓居住。出乎赵国将士意料的是，有匈奴百姓竟然勾结匈奴士兵，企图利用雁门关开关之际，攻进关内。幸亏有几个善良的匈奴百姓暗中通知了巡逻的边军士兵，边军将计就计，将这些企图偷袭的匈奴士兵全部抓获。

边军将士哗然。众将士找到李牧，强烈建议驱逐匈奴百姓。

李牧不同意。他说军人之战，为的就是百姓。一个好的将军，应该胸怀天下百姓，才能战之有为、战之有局。现在的雁门关，曾经是匈奴之地，赵军打过来之后，众多匈奴百姓成了赵国之百姓。所以，百姓是天下之百姓，国之有德，别国百姓会望德而归；国之无义，国之百姓也会另投他国。胸怀天下者，则有天下；胸有一地者，则只可有一地。匈奴百姓今日暗中通告匈奴之谋，便是边军对百姓之德感化了百姓。如此下去，匈奴之百姓，可变为赵国之百姓也。

众人对于李牧的话将信将疑。然而，后来几次有饿坏了的匈奴士兵企图偷袭巡逻的边军，都被事先得到消息的匈奴百姓劝阻了回去，或者事先通知了李牧的边军。往年每年冬季，都会有冻饿得受不了的小股匈奴士兵突然闯进赵国境内劫掠，然而在这个大寒之后，匈奴人竟然没有进行过一次像样的劫掠，这实在让众将包括李牧都感到惊愕。

得知匈奴百姓曾经阻止了几次有组织的劫掠，李牧与众将都惊叹不已。

然而，李牧对付得了匈奴的利箭，却疲于应付郭开的攻击。郭开本来有意拉拢李牧，成为他的羽翼，并派人试探李牧的口风，被李牧严词拒绝。

当然，郭开没有想到李牧会参奏他结党营私，搜刮民脂民膏。郭开愤恨之余，明白了一个道理。他郭开如果想在赵国风光下去，就必须除掉李牧。在赵国，有李牧则没有郭开，有郭开则没有李牧。

郭开参奏李牧收买人心，有造反之心，虽然赵悼襄王最终没有处置李牧，却派了郭开的心腹孙聪为监军，到边军监督李牧。

监军不参与军政管理，却拥有大权，随时可以叫停李牧的各种指令，凡军事行动以外之事，须向监军请示。

监军受郭开暗中指挥，与李牧龃龉不断，李牧的边军大受影响。司马尚向李牧请命，想设计弄死此人，被李牧制止。

当然，李牧没有想到，正是这个孙聪会被王敖收买，帮助王敖成功拿下了郭开，为赵国的灭亡铺平了道路。

04. 尉缭说甫飞

顿弱受命出使齐、燕两国，半年多收效甚微，回来向尉缭复命。

尉缭听了顿弱的报告之后，缓缓点头，让顿弱下去。

顿弱很泄气。他在燕国遭遇燕国人的暗杀，在齐国行贿齐国将军的部下，差点被其部下送到将军处治罪。此番回来，顿弱本来以为尉缭会安慰他一顿，没想到尉缭什么话都不说，一副讳莫如深的样子，让他不知就里。

顿弱此时当然不知道，王敖在赵国差点被司马尚所杀，所带二百多人的暗杀团几乎全军覆灭。王敖跟尉缭失去了联系，尉缭数次派人去赵国找人，都没有找到。而之前不久，王敖在尉缭面前夸下海口，说李牧已经成为其囊中之物。尉缭知道王敖素来喜欢夸大事实。对于李牧这种人才，尉缭明白很难用金钱收买，他的策略是离间。

尉缭在赵国游历之时，曾经与李牧有过几次畅谈。两人惺惺相惜，李牧亲自书信，在赵王面前举荐尉缭。赵悼襄王问了郭开之后，给了尉缭一个千总的差事。

尉缭没把这个小差事看在眼里，坚辞不受。赵悼襄王大概也没把他太看在眼里，尉缭辞官，赵悼襄王就同意了，赏了他一锭金子，送他走了。

其实当时的尉缭是想在李牧帐下谋一职位。自己千里迢迢从魏国大梁奔赴雁门关，李牧不应该不明白自己的意思，可是这个李牧为何不收留自己呢？此事尉缭至今都想不明白。

有一点他可以确定，李牧很欣赏自己的才华。那他不愿意收留自己……是觉得自己不可相信？

做了国尉之后，本来一直很疑惑的尉缭，突然觉得自己应该与李牧将此事撕扯明白。他派王敖和二百多高手攻坚李牧，就是因为这个念头。他想拿下李牧，让他明白，李牧并不是一个高高在上的君子，尉缭也不是乞人口食的可怜虫。

他没有想到，李牧的边军如此凶狠。他二百多个杀手竟然被他们轻易就消灭了。

尉缭一番思索之后，决定再下狠手。他让蒙恬帮忙在军中招募高手，加紧训练，等王敖归来后，让他带人再去赵国。

尉缭相信，王敖肯定没死，他还会回来。

年底，秦王在东书房特意召见尉缭、李斯和蒙恬三人，边喝酒，边谈论当前诸国形势。

尉缭将顿弱、姚贾等人在诸国的情况详细向秦王汇报。姚贾在韩国功绩斐然，利用老韩王韩庚等一班人马，将一班企图改革变法的新派势力完全打压了下去。姚贾几次去见韩非子，表面是向他请教问题，其实是探讨他对韩国局势的态度。韩非子对韩王安失望至极，觉得韩国没有东山再起之希望，故此毫无参与韩国朝政的想法。现在的韩国，只剩下一具空皮囊，秦国要做的，只是挑开这具皮囊而已。

秦王说："韩国虽朽，韩非子却是韩国之宝，惜韩王舍宝不用，却用朽木，还想用术谋秦，实在大谬。国尉，寡人仰慕韩非之才已久，其人不可伤害，等候机缘，寡人要见此人。"

尉缭拱手："微臣谨记。君上，墨家水希等人在山东诸国游说诸国合纵，诸国似皆有此意，水希影响颇大，假如合纵成功，则是秦国之大敌也。微臣情知无法说服水希，如何处置此事，请君上明示。"

秦王笑了笑，说："水希乃当世大贤。其反对寡人，是因为寡人统一六国之念与墨家非攻兼爱之说相背。水希或为寡人之大患。然，寡人敬重墨家，不到万分危急，不可加害水希。水希有合纵之法，寡人用一国之力支持国尉，国尉当有法破之。"

国事谈完之后，李斯邀请尉缭到他家中饮茶。李斯问尉缭："兄果有除水希之意否？"

尉缭长出一口气，点头，说："水希虽为当世之大贤，与尉缭也略有交往，却愚顽不化，屡屡与尉缭作对。尉缭现为秦国国尉，受秦王之命，应为大秦建功立业，却因水希之因，屡屡不成。此人不除，尉缭大功难成。"

李斯低垂着头，喝了一口茶，说："水希虽然与秦作对，却是举世公认之大贤。兄如此嫉恨，李斯觉得……有些不妥。"

尉缭冷冷一笑，说："我等皆俗人，与水希无法可比。为秦建功立业，我等可有荣华富贵，豪言壮语好说，做起来却难。李大人如此说，有投奔墨家之意否？"

李斯笑了笑，解释说："兄长误解李斯也。李斯投奔秦国，无非也是觉得秦国可以给李斯一碗饭吃。我如真有墨家之高尚，何须投奔秦王？我是劝兄应该有所为有所不为。众人虽然觉得墨家空乏，却对墨家弟子十分恭敬。别的不说，在我家做工的甫飞，从我家忙完之后，很多官宦之家都请他去。很多人宁肯听他解说墨家，也要请他做工。此不只是甫飞手艺好，墨家之名声也是其一。我等为秦王做事，可尽心尽意，却不可与墨家为敌，何也？墨家之贤天下皆知，与墨家为敌，岂不是自取骂名？君上尚不肯背此骂名，我等不过一臣子，背此骂名，不但于己不利，于君上亦是麻烦。"

尉缭深深点头，说："尉缭误解李大人，在此赔罪了。大人一番话，胜读十年书，尉缭豁然开朗。"

李斯笑了笑，说："兄长明白就好。兄台与李斯皆大秦肱股之臣，荣辱与共，既要忠心耿耿，亦要趋利避害，方为为臣之根本。"

从李斯家出来，尉缭回想与李斯和君上的一番谈话，觉得自己确实有些偏颇。但是想到最近李斯和蒙恬等人皆有大功，唯自己功劳甚微，想想赵有李牧、列国有水希，皆是高股巨臂，凭他尉缭之力，恐很难取胜。又觉得水希与李牧皆应速死。两人虽然厚重有德，却耽误自己大好前程，此德与自己何益？

尉缭前思后想，突然想到了甫飞。这个墨家的弟子，应该还在秦国。而他早就觉得，这个甫飞不只是墨家的弟子这么简单，此人在秦国，或负有打探秦国消息之责任。自己是秦国国尉，是不是应该会一会此人呢？

想到此，尉缭好像在漫天迷雾中看到了一缕霞光，心情舒爽起来。

第二日，尉缭就派人打听到了甫飞的下落。

甫飞在咸阳城的一户小生意人家里打家具。顿弱带着人找到他的时候，他正在空阔的院子里很认真地给一口箱子雕花。甫飞看了看围着他的十几个人，扭头对顿弱说："你就是顿弱？"

顿弱诧异："你如何知道？"

甫飞一笑："靠口舌吃饭者，必然嘴贫。嘴贫者必然菲薄，观先生嘴皮薄如蝉翼，知先生必然是翻飞高手。秦之高手，莫如顿弱，天下皆知。"

顿弱笑了："墨家弟子舌如毒剑，不比顿弱差。"

甫飞说："墨家之剑，专杀奸佞恶霸，不似大人，专攀高权富贵。"

顿弱冷冷地说："今日是我等这奸佞小人来捉你这墨家之剑，先生，请吧。"

甫飞随顿弱来见尉缭。尉缭很客气，屏退左右，亲自给甫飞斟茶。甫飞笑了笑，说："果然是兵法世家，大人合该为官。"

尉缭放下茶壶，微微一笑，说："先生的意思是尉缭是贪图富贵之徒？尔为墨家，当为民请命；尉缭乃兵家，当为君效力。人各有志，先生莫逞口舌之快。"

甫飞说："大人谬误。我等即为墨家子弟，便视众生如父母，为父母做事，人生一大快事。大人乃兵法世家，自然应该入朝为官，为君奔赴沙场。人生皆有使命，尽力而为是人之本分，甫飞绝无他意。"

尉缭点头，说："如此便好。兵家为君为国，岂不是为民乎？国家太平，百姓安乐，此是兵家之望。先生是墨家高足，应该明白。"

甫飞点头，说："草民明白。"

尉缭说："周自三家分晋以来，混战已二百多年，诸多诸侯小国被灭，数不清的百姓流离失所，多少青春少年战死沙场。诸国皆有雄心，互相攻伐，要想天下太平，须天下一统。天下一统，则没有了战争，百姓安居乐业，此才是兵家的爱民之道。"

甫飞摇头，说："天下者，百姓的天下，君临天下之根本，就是百姓之举荐。惜如今的君王，将天下视为自己的天下，此为大谬，亦是战火不断之根源。故，若真爱百姓，则应让君王还权于民，君王之责，不过代民众管理资产事务，尽管家之职。若其无能，则民众有权将之撤换。百姓安家乐业，君王勤勤恳恳，如此之天下，何战之有？此为真正的爱民之道也。"

尉缭冷笑："蛇无头不行，鸟无头不飞。偌大一国，若没有君主，国家何人治理？边疆何人守卫？墨家之言，可见也有荒诞之处。"

甫飞笑了笑，说："若天下大同，百姓可随意迁徙居住，居者皆有其屋，耕者皆有其地，要边疆何用？百姓可自由结盟，盟主可随时撤换，此盟进出自由，想结便结，想散便散，要国家何用？"

尉缭说："先生之说越来越可笑。如别国来侵，何人来保护百姓？"

甫飞说："届天下皆自由联盟，何来别国？"

尉缭摇头，说："此为虚幻之想，可谈可想，不可为也。"

甫飞点头，说："此时谈此事，是为虚幻。若众人皆以此为信，便可实现。"

尉缭冷冷一笑，说："墨家之初，门徒有几万人，曾与儒家并称两大显学。现在儒家日益兴盛，墨家却凋零至此，先生以为墨家之幻想，何时能够实现？"

甫飞说："儒家之所以如此，不过是上迎君王治国之策，下顺民众臣服之心。如此下去，民为愚民，君为霸主，实非学术之正道。"

尉缭说："非也。如此则国家有治、君臣有序，国家井井有条，儒学大家，可入朝廷为官，可光宗耀祖，可家族兴旺。墨之大家，须以身作则，草履破衣，如乞丐无异，此学术正道乎？甫飞先生，墨家有惠世救民之心，其心良苦，却无救民之道也。民心所向，是富强兴旺，而不是凄凄如丧家……哦，而不是像先生这般清苦。人皆有欲，给百姓希望，百姓才能归心，若不懂此道，学术则无意义也。"

甫飞说："大人所言极是。若论希望，墨家给百姓的是没有强权压制、没有豪强压迫之光华盛世，比当下君王如天、百姓如猪狗要祥和何止千倍万倍！"

尉缭呵呵一笑，说："君王之道，就是让百姓如猪狗而不自知，杀之不敢反抗，饿之理所当然，恩之则感恩戴德。不止君王如此，诸百姓也甘愿如此。否则人人皆平等，君王何以能治？"

甫飞说："草民与大人所愿不同，无法统一。大人是明君愚民，草民是众人平等。草民实在不明白，都是肉体凡胎，怎么君成了天、臣成了狗、百姓成了草乎？草民虽自称草民，却自觉与君王同为人也。大人，今日唤草民前来，不知有何指教？"

尉缭脸色阴沉，说："甫飞，汝辱骂本官，本官不与汝计较。君臣有别，君若为人，臣便是猪狗。君要臣死，臣不得不死。普天之下，哪有那么多平等？同理，臣与民亦无平等之说，比方本官今日若要汝死，汝便不得不死。本官是猪狗，汝便是草木。"

甫飞坦然一笑，说："墨家从古至今，尚无无辜受死者。大人若赐甫飞一死，大人与甫飞必然名昭天下，甫飞荣幸之至。"

尉缭哼了一声，说："巧舌之徒！甫飞，本官没时间陪你闲聊。汝给本官说实话，水希留你在秦，意欲何为？"

甫飞说："甫飞是秦人，为何说水希留甫飞在秦？"

尉缭一愣，说："汝是秦人？有何为证？"

甫飞说："自然有官府颁发的照身为证。"

甫飞从怀里掏出照身帖，递给尉缭。尉缭看了看，点头，说："汝既为秦人，便应为大秦效力，听秦王之命，效犬马之劳。汝竟然信口开河，说什么众人平等，汝可与秦王平等乎？甫飞，本官怀疑你在秦国，是为水希在秦刺探情报，汝敢承认否？"

甫飞笑了笑，说："大人高看甫飞了。甫飞不过一介木工，木工技艺虽是师父所传，却只能糊口。甫飞无官无职，现为一生意人做做家具，且平日不与官府中人来往，如何刺探情报？大人日后说话，要有根有据，否则，便不是甫飞信口开河，是大人信口开河了。甫飞一向规矩老实，大人不信，可问李斯大人。"

尉缭冷冷一笑，说："本官知道你曾给李斯做过家具，故此认得李斯。不过不要以为如此，便可唬住本官。汝日后如再给水希刺探情报，被本官抓住，定会重判！今日本官唤汝至此，不过是好言相劝，汝好自为之！"

05. 墨家弟子在咸阳

甫飞确实在为水希搜集秦国情报。他当然不知道，尉缭找他，其实是敲山震虎之计。

甫飞从国尉府出来，穿过咸阳大街，回到他做工的生意人家里。生意人叫熊只，也是个墨家弟子。熊只的生意是把在咸阳收集的皮货，贩运至楚、魏等国，换取盐铁，在咸阳销售。

在当时，这算是大生意了。不过战国时期的生意结构已经很成熟了。熊只很少亲自到各国去。与各国生意交流，都是通过书信商谈，商谈好了之后，熊只这边通过马队将货物发送过去。马队有账房，到了交货地点，账房代替熊只发货收货，再将货物运回秦国。熊只在秦国交货，付给马队相应的费用便可。当然，马队也顺便把甫飞收集到的情报通过马队送到水希的手里。很紧急的情报，甫飞就得跑出咸阳，找到在咸阳城外的另一个墨家弟子。此墨家弟子用飞鸽传书，将情报送到大梁，大梁的墨家弟子再将情报飞马送给水希。

熊只的家，是咸阳城中墨家弟子的集聚之地。墨家弟子每月三次聚会，都在熊只家里举行。所有吃喝费用，都由熊只支付。其实熊只的生意也就是墨家的生意。在墨家子弟中，大家都是有钱一起花，有饭一起吃。熊只赚的钱，也大都上缴给了水希，水希用之救济贫民，或各种花销之用。

甫飞将尉缭找他之事告诉熊只，熊只说："自墨家存世，各国皆对墨家礼让三分，还没有人敢随便对墨家弟子动手。尉缭是兵法世家，其先祖就与墨家交好，尉缭也算是才德兼备，不会对墨家不利吧。"

甫飞点头，说："但愿如此。不过世事难料，嬴政有统一天下之野心，必有不同常人之策略。世人皆知，墨家反对各国互相攻伐，提倡平等交往，秦国必将墨家视为其统一天下之障碍。如若他想扫除障碍，必先从咸阳之墨家弟子下手。故不得不防。"

熊只听从甫飞意见，所作所为更加谨慎。墨家弟子须遵守各国法律，故墨家所得各国情报，大都是通过收集而来，没有什么价值。唯一比较有价值的情报，是从各国间人手里间接买来的。水希通过这些情报，分析各国动向，想法协调各国关系，避免一国独大之局面。

现在诸国皆弱，秦一国独强，且秦人才济济，秦王有东出之野心。水希加强了对秦的监视，没想到，对间人之事非常看重的尉缭盯上了此事。

熊只再次将秦国动向的报告写在羊皮纸上，夹在货物中让马队捎到大梁，却在雁门关外，被顿弱带人拦下了马队。

顿弱问明哪些是熊只的货物后，将货物进行了大检查，找到了甫飞抄写的关于秦国动向的情报。

第二天傍晚，这份情报就被送到了尉缭的案头上。

尉缭拿起来看了看，羊皮纸上所写皆是在秦国人人皆知之事，对于任何一个国家来说，这份情报都毫无价值。

第二天，尉缭带着这份情报求见秦王。秦王看了看，笑了笑，说："水希不过如此。"

尉缭拱手，说："君上差矣。此事不应看情报之重要与否，而是应该看此事之动向。水希派人刺探秦国情报，按法应当治罪。"

秦王摇头，说："如此便是小题大做也。各国在秦国皆有细作，秦在各国也都有细作。这些细作或与要害官员交好，或在官府中设有耳目，其所得情报比此重要多了。即便是这些细作，如被抓住，也大都驱逐出去了事。各国皆如此。墨家与之相比，实在是不可一提。况墨家乃当世大贤，动之枉招非议，此无意义之事，为之何用？"

尉缭口气坚决："有大用！君上既然决意统一天下，便不可与平日一般，诸事皆小心翼翼。这般中庸之道，不是雄心勃勃之君应该为之的。"

秦王一愣："如国尉所说，寡人应该如何？"

尉缭说："墨家之说，蛊惑民众，反对君王之道。天下纷乱之时，百家争鸣，诸国对墨家之说皆敬而远之，墨家之说也只是一种说法而已。如秦统一六国，墨家之说则成了秦之死敌，君上如还似以往宽容对之，墨家大可集各国军队，与君上为敌。"

秦王长叹一口气，说："国尉之话有理。可墨家乃当世大贤，如要动之，须万分谨慎。"

　　尉缭点头，说："尉缭心中有数。"

　　熊只货物被搜，马队派人将此事告诉了熊只。

　　熊只大惊，忙找甫飞商量此事。甫飞很冷静，说："尉缭果然开始了。"

　　熊只有些慌，说："师兄，尉缭是否能抓人？我等该如何是好？"

　　甫飞笑了笑，说："即便抓人，他也得多找些理由。上次所送情报，还不足以让国尉动手。兄弟勿慌，以后小心便是。"

　　甫飞等人行动更加小心，尉缭却铁了心要收拾一下在秦国的墨家弟子，他派人以崇拜墨子的名义加入墨家，在熊只等人身边埋了一颗钉子。

　　几个月后，尉缭的这颗钉子想法混进了熊只在咸阳的店铺中，成了一名伙计。熊只得知这名刚进来的伙计竟然也是一名墨家弟子，自然非常高兴，咸阳的墨家弟子到熊只家聚会，这个叫森平的细作便随着熊只参与进来。

　　熊只等人的活动情况，甫飞与水希的来信内容等消息，便源源不断地通过珍贵的羊皮纸，汇聚到了尉缭的案头。

06. 将计就计

诸国之中，秦略有胡风，却也是男尊女卑，女人不可以抛头露面。绿娘是大秦王爷之女，却在犬戎之地长大，性格刚烈，我行我素。水希西行犬戎，将之带回秦国，绿娘与水希一路同行，竟然对水希暗生情愫。此番水希入秦，绿娘本以为可以跟着水希浪迹天涯，没想到水希竟然不要她，更没想到会被老王爷因此关了起来。绿娘心意已决，为了能找机会跑出去，她假意听从老王爷的劝告，答应嫁给一个王族公子。老王爷大喜，放松了对绿娘的监管，绿娘趁机逃了出去。绿娘想找水希，却不知道水希去了哪里。她只能凭着记忆，找到水希曾经待过的锅盔店，打听水希到哪里去了。

锅盔店老板也是墨家弟子，此人不知道水希与这女子是什么关系，就找到甫飞，将绿娘在锅盔店的事儿跟甫飞说了。

甫飞和熊只去见绿娘。绿娘认识甫飞，知道他是水希的手下，当下便跟定他了，无论甫飞走到哪里，她都要跟着。甫飞只要露出一点想将她送回老王爷家的意思，绿娘就不依不饶，以死相逼。

甫飞知道现在尉缭正在盯着他们。他不想因为绿娘之事，再惹得众人注意墨家，但是又不知道如何处理此事，就暂时将绿娘安置在熊只店内，嘱咐她不可乱跑，他先设法找到师父，再将绿娘送到师父处。

尉缭的细作森平将此事汇报给尉缭，尉缭让森平密切注意绿娘的动向，有情况随时向他汇报。

甫飞与熊只等人为此事焦头烂额，几天纠缠之后，还是决定将绿娘送到老王爷处。

森平得知此事后，忙将甫飞的决定告知尉缭。尉缭与李斯商量，决定让森平带此女去找水希。

当天夜里，森平将甫飞的决定告诉了绿娘，在绿娘惶恐无助时，森平又跟她说，他可以带她去找她的心上人。绿娘大喜。两人偷偷跑出去，上了尉缭给他们准备的马车。尉缭手下带着蒙恬手令，让守城士兵开了城门，马车直奔函谷关。

此时的水希正在赵国，为说服赵王带头合纵之事愁破了脑袋。

赵悼襄王本来同意合纵抗秦，郭开对此不发表意见。但是，郭开与李牧一番对阵之后，郭开发现自己暂且动不了李牧，就把除掉李牧的希望寄托在了秦国大军上。郭开明白，庞暖的提前训练之合纵之法，绝对可以对付秦国军队。因此合纵成功，借秦之手除掉李牧的机会就没有了。赵国军队虽强，但是与秦国对阵却没有优势，如果秦、赵两国军队对垒，自己再趁机想法，当赵军大败，不说能马上除掉李牧，起码可以让李牧丢官卸职，为下一步除掉他创造机会。

郭开因此找到赵悼襄王，说："赵与秦是宿敌，赵兵虽强，与秦军对阵，赢少输多。然，在六国之中，赵终是强国，秦若东出，必先动弱韩，赵国则有时间准备，以赢得战机。如赵国再次带头合纵，必惹恼秦国。秦王睚眦必报，如出兵直奔赵国，六国合纵也胜负难料，此取败之道也。"

赵悼襄王又怕了："如此说来……如何是好？"

郭开说："赵国不参加合纵，如此可保赵国。"

赵悼襄王本来就主意不定，听了郭开之说后，也觉得得罪秦王是件很冒险之事，就在水希又一次上朝之时，说赵国尚可自保，诸国合纵各怀心事，大都失败，因此赵国就不参加合纵了。

水希与庞暖等一帮主张合纵的大臣惊愕，一齐上本劝赵王三思。无奈赵王素来最信郭开，郭开率不主张合纵的一派人马与庞暖等一班人在朝堂之上吵闹不休，惹恼了赵王。

赵王下令，此事不许再提，无论是主张合纵者还是反对合纵者，再提此事，便是死罪。

众人自然不敢再提。水希看情形，知道多说无益，也就没再坚持。

从朝堂下来，庞暖等人聚集到水希住处，商讨对策。众人商量半天，觉得只有让李牧回来劝说赵王，事情或许会有转机。

庞暖派人带着水希亲笔信，奔赴雁门关，去请李牧。

信使刚出邯郸，就被王敖的手下盯上了。

王敖自八家坟一战失败之后，忍辱负重，尾随水希来到邯郸埋伏下来。他将所有人马都集中起来，监视水希和他的手下。王敖相信，既然司马尚能到八家坟等候水希，他肯定还会来跟水希联系。他的手下通过买通庞暖身边人，得知庞暖和水希要派人去请李牧，说服赵王带头合纵。

王敖等人抢在信使之前，埋伏在信使必经之路上。信使匆匆打马过来，埋伏在路边的杀手们一跃而出。赵之信使亦是勇士，见有人拦路，拔刀就冲了过来。信使虽然勇猛，却怎是经过特殊训练的秦国杀手之敌手？信使虽拼死抵抗，却只伤了一名杀手，就被众人乱刀砍成了肉酱。

回到住处，王敖拆开信件，内容为：李牧将军亲启，合纵之事因郭开与随众反对，赵王亦悔，无策矣。若将军方便，请回邯郸计议。签名两个人，庞暖和水希。

王敖想了想，将信件原样封好，让手下取了信使的腰牌扮成信使，驰马直奔雁门关。

李牧见信之后，召司马尚商量此事。

司马尚觉得合纵之事乃当前大事。秦王亲政以来，利用郑国，集全国之力，已建成了郑国渠，现在秦国上下一心，日益富强，秦王又重用蒙恬等一班年轻将军，秦军战斗力大增，秦军已经做好了随时东出的准备。而山东六国国君浑浑噩噩，文武大臣各有打算，民心涣散，任何一国都无法单独与秦国抗衡，如果不合纵抗秦，六国必被秦逐一攻破。

李牧顾虑的是边境安全。匈奴人非常精明，每次赵国国内有何异动，他们都能提前知道，并相应行动。他们似乎知道秦国要对六国采取行动，如果行动有赵国参与，匈奴必定会做好准备，随时准备入侵赵国边境。

每次边军行动，李牧都要提前做好应对措施。同样，每次李牧离开雁门关，他也都要做好各种防范。

两人商量了一会儿，决定将信使叫来，详细打听一下邯郸城内的状况。

庞暖与李牧交情甚好，两人书信往来频繁，因此庞暖的信使李牧大都认识。此人进来后，一直低着头，李牧让其抬头，司马尚发现信使表情很不自然。司马尚看了看李牧，李牧似乎没什么反应。

司马尚问他："信使，庞将军最近好否？"

信使说："回将军，庞将军最近……身体安好。"

司马尚点头，继续说："上次庞将军派来的信使，你可认识？"

信使问："不知司马将军说的是哪位信使？"

司马尚看了看李牧，又看向信使，说："姓李，好像叫李光吧。以前司马将军都是派他来送信。"

信使脸色冒汗了，说："认识。李光父亲病重，他回去伺候父亲，庞将军因此派我来。"

李牧接话说："辛苦了。回去替我和司马将军向庞将军问好。我与庞将军是故交，可惜多年不见了。今晚我将写好回信，信使一路小心。"

信使长出一口气，抱拳说："将军没有别的吩咐，在下退下了。"

李牧点头，信使退下。

司马尚对李牧说："此人竟然不是庞将军所派之人，难道这名字是别人替庞将军签的？"

李牧说："应该是庞将军的签名。水希的字我没见过，可是庞将军的字我是认识的。此字必定是庞将军所写无疑。"

司马尚惊讶："如果签名果然是庞将军亲笔，那信也必然是水希所写了。可是……此信使不是庞将军所派，此是为何？"

李牧问："你说上次来的信使叫李光，你知道李光否？"

司马尚笑了笑，说："将军如此聪明之人，看不出我在试探此人吗？那几次来的信使都是同一个人，驿馆应该知道此人名字，我却不知。所谓李光，只是我信口说了一个名字而已，不会如此之巧。信使没有否定此名字，说明此信使必为假货。"

李牧点头，说："此人用间未免有些轻率。"

司马尚说："也不尽然。此人有庞将军所发腰牌，一路无人怀疑。如果不是将军想多知道些都城之事，也不会叫此人相见，那他便无法暴露。此是天意也，亦是将军之福。"

李牧苦笑："何福之有？司马将军，此事如何是好？"

司马尚说："我安排人将此人严加监视，别让其逃跑。如此人无逃跑之意，将军可按常回书一封，此书必定无法回到庞将军手中，我派人跟踪此人，看此人与谁联系，诸事清楚之后，在当地调动兵马，将此伙人马尽皆捉拿归案。将军可另修书一封，我派人送与庞将军，让庞将军彻查此事。”

李牧点头，说：“如此甚好。司马将军以为此事是何人所为？”

司马尚笑了笑，说：“窃以为还应是王敖所为。在八家坟让此人逃脱，实为遗憾。王敖诡计多端，乃尉缭之心腹，此人曾以使者名义出使赵国，在都城颇有些人缘。”

李牧说：“此人阴险，不除必为后患。”

司马尚点头，说：“在下此番必定小心，定将此人除掉。”

07. 阴阳师

却说森平保护着绿娘，一路风餐露宿，利用自己墨家弟子的身份，打听到水希在邯郸，便直奔邯郸而来。

森平此行，还肩负着寻找王敖之责。因此森平一路打听，边找人边朝着邯郸行进。

在离邯郸不远的一个小镇住宿的时候，他们遇到了一个阴阳师。

很不巧，阴阳师就在他们要住宿的客栈门前作法。阴阳师用燃料画出了一个彩色的阴阳八卦阵，他坐八卦阵正中，单掌立在胸前，正在回答围观众人的问卦。

战国之时的阴阳师分两种。一种是学术派。此派的代表人物是邹衍。邹衍乃齐国人，儒家为底，阴阳家为后发之学。邹衍以"五德"之说，让诸国国王不得不服。五德之说推演至君王，设若君王属木，则为木德，如君王势弱，便会有火德之人替之。此说一出，各国君王皆将邹衍奉若上宾。请其为自己分析五行阴德。邹衍后有弟子琴青、句广等。邹衍一派承袭传统，注重思想和学术性，且邹衍曾为稷下学宫学士，故邹衍一派被称为官学。与官学相对的，便是诞生于乡野的民间一派了。

民间一派则主要是从巫师演化而来。古之巫师除了类似萨满的通神术之外，也占卜算命，不过算命之法乱七八糟，有用龟裂之法的，有看天象的，有用面相之术的。周文王推演出阴阳八卦之后，民间的这些巫师也与时俱进，各自学习揣摩，将阴阳八卦之术与巫术糅合在一起，既可通神，又可看风水治病，甚至给死人送葬，因此在民间颇受欢迎。

民间派还未完全脱离巫师的角色，他们头顶五颜六色的羽毛，身穿绘有阴阳图案的皂衣，口中念念有词。与巫师不同的是，他们不是手舞足蹈、摇铃打鼓，而是坐在地上数着指头即可。

森平是官府中人，对阴阳玄术印象不佳，因此下车后拽着绿娘就朝客栈走。绿娘却被吸引住了。

绿娘在西域长大，西域文化最主要的特色便是巫术。巫师在西域地位颇高，一人之下万人之上的国师都是本国巫师中集大成者。

秦国自商鞅变法后，巫术被贬为邪术，巫师大都离开秦国，因此绿娘在秦一年多，从来没有在街头看到过巫师表演，此番看到巫师，自然不肯离开。森平没法，只得陪着绿娘站在街头观看。

绿娘人长得漂亮，又是一身王府小姐之打扮，身边又跟了森平等两个保镖，在这个小镇上一站，自然就成了一道风景。围观阴阳师的众人很多把目光转向了绿娘，看阴阳师的人反而少了。

绿娘掏出一块碎银，放在了阴阳师前的木碗里。

阴阳师不睁眼，问绿娘："这位小姐所问何事？"

绿娘有些好奇，问："师父为何不跳舞呢？绿娘所见巫师皆要跳舞摇铃、通天问神，师父这么坐着，天神能知道师父吗？"

阴阳师微微一笑，说："我是阴阳师，非巫师也。巫师凡事要问天神，阴阳师却只需问自己便可。小姐想问何事，尽管问吧。"

绿娘将信将疑："真……的？我想找到我的夫君，师父能告诉我他在何处吗？"

阴阳师拿起一个竹筒，对绿娘说："小姐请抽签。"

绿娘抽了一支竹签，看了看，她不识字，只得递给阴阳师。阴阳师看了看，对着绿娘拱手，说："临物易与，天地人合；一到春风，百祥骈集。小姐恭喜了。"

绿娘一愣："喜？何喜之有？！"

阴阳师说："盘古初开，万事未齐，凡事求得此签者，春未到，定半途阻滞耳。而今刚好是仲春，定诸事遂意，大吉大利了。"

绿娘高兴了："真的？那太好了！这些银子我留着没用，都赏给你了！"

绿娘从怀里掏出一把碎银子，放在了阴阳师面前的木碗里，木碗差一点就满了。阴阳师不敢相信自己的眼睛，两眼大睁，脸都绿了。围观众人齐齐惊呼。森平扯着绿娘就要走，阴阳师反应过来，忙站起来，端着木碗追上绿娘，说："小姐，这……这也太多了。财神爷也没您这么大方。我一个穷阴阳师，可受不起您这么多的银子。"

绿娘转身："咦，银子多了不好吗？"

阴阳师说："好，当然是好。不过凡事皆有法度，不过区区一签，小姐赏了这么多的钱，如我收下，坏了法度，会损阴德的。因此，请小姐将银两拿回去，我拿一块也不少了。"

绿娘呵呵笑了，说："还有此种说法？那我就成全你了。"

阴阳师把木碗里的银子都拿出来，递给绿娘，自己只取了最少的一块，然后抱拳躬身，说："这一块银子，也够小人一年吃喝的了。小姐贵姓？此等大恩大德，也许小人会有报答之日。"

绿娘刚要说话，森平抢先开口了，说："走吧，走吧，别啰唆了。小姐乃万金之躯，何用你报答？"

森平扯着绿娘进了客栈。众人围在客栈门口，议论不休。

客栈老板自然也看到了这一幕，知道这女子不是一般人物，忙亲自上前接待。森平一行四人，森平等三人一间中房，给绿娘要了一间上房。众人住下。还有人待在门口，好奇地朝客栈里看。有人说："此女必定是大家小姐，可是怪了，如此大家小姐，竟然没有个丫鬟跟着，实在是闻所未闻。"

安顿好之后，森平从房间出来跟老板闲聊，得知此地离邯郸已经不足一百里路，而邯郸驻军庞暖部在离此地不远处，驻扎了一部分人马。

森平还得知，附近虽然村镇密集，他们下榻之处，却是附近百里最大的集镇。森平曾是王敖手下，当年也曾随着王敖奔走于各国。他明白，按照秦国行人署之规定，这个小镇上应该有秦国的细作。细作会以商铺老板的身份，在此地长期驻扎，还会有联络人员定期来取各种资料信息。尉缭主管行人署之后，对赵国的间人事务都由王敖所管，故而此处的细作非常有可能是王敖之手下。但是，如何才能找到此人呢？

按照森平的经验，秦国细作在别国所开商铺，一般都不是很大，但是也不能太小。太大惹眼，太小则让人小瞧，无法与当地官员搞好关系。最主要的是，行人署对这种稳定的细作资助很少，店铺开张之后必须盈利，必须能养活自己。这是行人署对这种细作最起码的要求。因为如果你的店铺不赚钱，却还能跟当地官员搞好关系，那必定会引起所属国家细作的怀疑。

森平特地找理由，敷衍住心急如焚的绿娘，在小镇多住了两天。

森平先在镇上转了一天，找符合他标准的店铺。让他惊讶的是，小小的镇子上两条大街，竟然排满了店铺。他悄悄数了数，符合他心中标准的，竟然有六十多家。

森平暗暗惊讶。此地有如此多的店铺，显然跟不远处驻扎的赵国军队有关。如果王敖还活着，此地必然有他的眼线。但是这么多的店铺，哪一家是秦人细作开的呢？傍晚之时，森平硬着头皮，进去了几家，并试探性地问了问，可是十多家店铺，无论是老板还是伙计，皆一脸茫然，对于森平曾经用过的暗语毫无反应。

晚饭时，绿娘问森平他要找的人找到没有，何时启程。

森平说还没有，打听了不少人，都没找到，明天再找一天吧。

绿娘不高兴，但是想到人家森平是帮自己来找心上人的，也不好太为难人家，只得答应。

看着绿娘回到房间，森平心情郁闷，让其余两人负责保护绿娘，自己走出客栈，在大街上闲逛。

夜幕降临，小镇上却灯火辉煌，众多店铺已经打烊，酒肆茶楼却正是生意兴旺之际。卖唱的小曲儿和喝彩声不断从酒肆里漫延出来，森平不由得受到感染，走到一处卖小吃的酒肆，要了两个小菜一碗酒，慢慢喝起来。

森平正喝得滋润，突然有一个人来到他对面坐了下来。森平一愣，抬头看，竟然是那个退了一大把银子的阴阳先生。

阴阳先生显然也认得森平，他朝着森平抱拳，笑了笑，说："墨家弟子，别来无恙？"

森平一愣："你如何得知我是墨家弟子？"

阴阳先生笑了笑，对店小二喊："兄弟，给我来一壶烧酒，一碟小菜。"转身，对森平说："这个简单，我一算便知。"

o8. 过招

森平看着阴阳先生，心里盘算此人是敌还是友，阴阳先生又笑了，说："先生莫慌，墨家弟子在赵国最受尊敬。先生只管饮酒，酒资都不用先生付。"森平看对方应该是不知道自己的真实身份，心情放松下来，冷冷地说："本人既然来饮酒，自然有钱付酒资。"

阴阳先生笑呵呵点头，说："看来我是多管闲事了。"

小二送过一壶烧酒、一碟小菜，阴阳先生给自己倒满一碗酒，端起酒碗，说："今日得先生之福，小可发了大财，小可敬先生一杯。"

森平端起碗，对阴阳师略微举了举，却没有与之碰杯。阴阳先生微微一笑，自己咕嘟咕嘟将一碗酒一饮而尽。

森平有些惊讶。阴阳先生也不吃菜，兀自又倒了一碗酒，端起来对森平略微一示意，又咕咕喝了。

只一会儿工夫，阴阳先生竟然将一壶酒喝光了。阴阳先生面不变色，又要了一壶酒。森平觉得此人不简单，站起来，对阴阳先生抱了抱拳，便去结账走人。

从酒肆走出，森平回头看，那个阴阳先生竟然没影了。森平大惊，忙加快步伐，匆匆朝前走。

刚走了不远，森平就发现前面站了一个人。森平走过去，阴阳先生呵呵一笑，说："墨家弟子，不陪小可喝酒也就算了，何必走得如此匆忙？"

森平暗中攥住短刀，问："先生到底何人？为何一再侵扰森平？"

阴阳先生说："素闻墨家弟子高德大道，苦心救世，见酒者必劝，与人坐必讲墨子，小可坐于先生面前，先生不闻不问，如此墨家弟子，未尝闻也。"森平心中惊愕，脸上不动声色，说："墨家弟子也有不讲墨子之时。先生所说之墨家，未免过于偏颇。"

阴阳先生笑，说："如此说来，先生不是真正的墨家了。墨家信誉卓著，水希对弟子要求甚严，三讲一做天下闻名，先生不讲不做，恐非真正墨家弟子也。"

森平冷冷地说："我是否是墨家弟子，与先生何干？先生尽管喝自己的酒，我走自己的路就是。先生如此乖张，挡我去路，就不怕坏了自己性命？"

阴阳先生大笑："是了，墨家弟子必不会言语威胁。先生何人，为何冒称墨家弟子？"

森平大怒："爷爷何人，与你何干？今日不给你个教训，看来你是不会罢休了。也罢，今日爷爷就替你家先人教训你一下！"

森平说话之时，脚下偷着朝前挪动，已经离此人不远了，此时短刀猛然拔出，朝着此人喉咙便划了过去。

森平不是秦国专业杀手，但是作为行人署的斥候，武功也算是其中高手了，对付一般人三五个不在话下。他这一招早做好了准备，是抓住了此人身子朝前探的时候猛然出手的。不是森平毒辣，他是看出来了，此人不是一般人物。不是墨家高手，也定然是赵国细作，这种人必杀之，否则必为大祸。

森平以为出手必得，却没想到，自己的这一刀竟然落空了。

眼看刀锋就要划过此人喉咙，此人却陡然不见了踪影。森平怕有危险，硬生生收住势，转眼四顾，远处偶尔有人走过，阴阳先生空气一般消失不见了。森平知道不好，紧握刀子，转身就跑。

刚跑了两步，他听到身后有声音，想躲避，已经来不及。他只觉得背后受到重重一击，人朝前猛冲几步，扑通就倒在地上。

森平忍着疼爬起来，阴阳先生已经抱着手站在他面前。森平手里握着的短刀摔没了，他低头找刀子，阴阳先生阴阴地一笑，说："先生手段好狠，幸亏我司徒子早做了准备，否则现在已经躺在地上捣气儿了。"

森平忍气吞声，说："司徒子先生是当世高人，森平认输。"

司徒子哼了一声，说："高人算不上，不过对付你这种货色，还没啥问题。说吧，你到底是什么人。"

森平说："在下不过是大户人家的护卫，您也看见过，我等护卫我家小姐经过宝地，不是什么墨家弟子。"

司徒子说："既如此，那你为何穿着墨家的牛鼻草鞋？"

森平一愣，陡然想起，这双鞋确实是甫飞给自己的。但是在咸阳的时候，他很少穿过，这次以墨家弟子身份送绿娘找水希，他觉得自己平时在咸阳的衣冠鞋帽有些不合时宜，就随便找出这双鞋穿上了。他虽然知道墨家弟子常常是草履破衣，却没想到墨家的鞋还会有什么专门的标志。

森平不想多跟司徒子纠缠，就说："草鞋是在下买的，不知道此鞋跟墨家有关。"司徒子说："那你为何进出那么多的店铺？莫非你是冒充墨家弟子找什么人吗？"

森平心提了起来。此人既然这么说，那他如果不是秦国细作，便是赵国或者他国之细作。

森平说："先生如此关心此事，不知先生是什么人？"

司徒子说："司徒子是阴阳先生，方圆百里人人皆知。"

森平笑了笑，说："阴阳先生为人占卦看风水，为何却来关心我是不是墨家弟子，关心我怎么出入那么多的店铺。你这个阴阳先生是不是管得太多了？"

司徒子说："司徒子虽然是民间阴阳师，却尊崇邹衍为先师。阴阳先生看风水不假，不过我等既然受一方百姓食禄，就要保一方百姓平安。凡是从本地经过之人，本阴阳先生皆有盘查之责。"

森平说："阴阳先生倒是比墨家弟子更有爱民之心，在下佩服至极。可惜在下不过是大户人家一下人而已，先生白费力气了。"

司徒子哼了一声说："既如此，那就别让我费劲，请跟我去何千总处走一番便是。"

森平恼怒："你我不过是一平常百姓，为何要跟你去找什么千总？你脑子有病吧？"

司徒子手中不知何时多了一根木棍，他突然出招，木棍朝着森平就砸了过来。森平早有防备，忙扭身躲过。让他没有想到的是，这个司徒子武功怪异，那棍子突然半路变招，朝着他的头就扫了过来，森平躲闪不及，被重重击中，摇晃了几下身子，就倒在了地上。

09. 神秘人

森平醒过来的时候，感觉头痛欲裂。

他艰难地睁开眼，看到面前烛光晃动，许多蜡烛晃成了一片。他无力细看，又闭上了眼睛。

他听到耳边有人说："醒了。"

森平心里叹了口气，想把事情想清楚，却又昏睡了过去。等他醒来，已经是下半夜了。他睁开眼，看到身旁的桌子旁有两个小伙子正在打瞌睡。桌子上的蜡烛已经只剩下了不到一半，在微微的风中轻轻摇曳。

森平坐起来，想趁两人瞌睡之际杀了他们，从这里逃出去。没想到他还没来得及下床，两个年轻人中有一个醒了。年轻人扭头看了看森平，猛然坐了起来，喊道："你要做啥？"

森平忙把腿挪上床，说："敢问兄弟，此为何处？"另一个年轻人也醒了，对醒得早的这个年轻人说："你快去把胡老板喊来。"

那个年轻人答应一声，跑了出去。剩下这个手握刀把，警惕地看着森平，不说话。

森平笑了笑，说："兄弟，请问，这里是何……何千总的兵营吗？"

年轻人冷冷地问："你认识何千总？"

森平忙摇头："不认识。我是一个普通老百姓，怎么能认识千总大人？"

年轻人说："既如此，那就不要随便乱问。你想要问什么，等我们老板来了再说吧。"

森平一愣："你们老板？这里不是兵营？"

年轻人满脸敌意，不搭腔。森平也只得坐着，等老板过来。

老板是个矮胖子，笑面虎模样，典型的生意人形象。他被人带着，来到森平面前，仔细打量了一下森平，竟然直接问他："先生是秦国人吗？"

森平愣了一会儿，没有回答，而是问："请问老板，此为何处？是何千总的兵营否？"

老板倒是一愣，摇头说："此处是我家，先生为何说是兵营？"

森平有些疑惑，难道那个司徒子没有将自己送到兵营？那这是到了何处？森平略微一顿，方问："请问送我来的那位阴阳先生呢？噢，就是叫司徒子的那位。"

老板一副恍然大悟的样子，点了点头，说："我明白了。司徒子是不是说要将你送往何千总的兵营？"

森平点头，说："正是。"

老板挥手让众人退下，他来到森平面前，看着他说："先生请说实话，司徒子为何要袭击先生？"

森平看了看老板，说："那个阴阳先生……问我为何穿梭于各家店铺，问我找何人。"

老板紧紧盯着森平，问："先生找何人？"

森平看了看老板，说："敢问老板做何生意？"

老板笑了笑，说："从秦地贩卖毛皮，从此地贩回铁器，小本生意，仅够温饱。"

森平点头，问："是那个阴阳先生把我送至此地的吗？"

老板摇头，说："应该说是我们从司徒子手里把先生救了出来的。那个司徒子行事蹊跷，似乎是赵国细作。"

森平点了点头，问："既如此，老板应该是常到秦国了？"

老板说："确实如此。本人虽然是小本买卖，在秦国也有三两朋友，到了秦国之后，常到三里居喝酒，先生知道此地否？"

森平从怀里掏出一块铁牌，递给老板，问："老板识得此物？"

老板看了看，朝后退了一步，对着森平深鞠了一躬，说："大人在上，小的不知是大人，请大人恕罪。"

森平长出一口气，摇头说："知道就行，千万别如此称呼。我是受命至邯郸，顺路寻找王敖大人。老板贵姓，知道王敖大人下落否？"

老板拱手说："小人姓于，单名冲。自去年冬，上头也让寻找王敖大人下落，小的一直在暗中访听，却一直没有王敖大人消息。小的猜测，王敖大人是故意躲着小人。"

森平点头，问："他知道此处否？"

于老板说："自然知道。"

森平说："那他早晚会来。于老板，假如有王敖大人消息，一定尽快派人到邯郸驿馆找我，我找王敖大人有要事。"

于老板躬身："谨遵大人吩咐。"

森平问："那个阴阳师是怎么回事？他为何要将我送往何千总处？"

于老板摇头，说："小的查过，此人祖辈确是巫师，也没见过他与赵国官府有来往。此人……确实有些神秘，小的也发现他行事诡秘，这次他竟敢与大人动手，大人放心，我一定找人教训此人！"

森平摇头，说："那倒不必。你等在异国，行事要三思而行，不过我觉得此人必有些来头，你等要小心。"

于老板点头："多谢大人提醒。"

森平告辞众人，回到客栈，那两个手下正在客栈大厅里等着他。看到他回来，都站起来。森平走过来坐下，手下给他倒了一杯茶。

森平喝了一口，问："怎么还不睡？"

其中一个手下说："大人没回来，小的不放心。"

森平挥手说："回去睡觉，明天一早还要赶路呢。"

两人告辞，各自回房间歇息。森平也进了房间。进入房间后，森平吹熄灯，稍停了一会儿，又溜了出来。他悄悄推开对面的房间门，走了进去。这个房间没有客人，他早就侦察过了。

森平推开房间窗户，从窗户跳了出来。客栈这边窗外是一条小巷。小巷细长，在深夜里，两端皆黑洞洞不见尽头。森平辨别了一下方向，朝着右侧走了过去。

一直走到小巷尽头，森平见到一队黑衣人整齐排列在小巷两侧。森平一惊，忙掏出短刀。带头的那个却对他鞠躬，说："原来是大人，我等奉命保护大人，请大人吩咐。"

森平走近了些，看清带头的竟然是在于老板家的那个年轻人。森平有些惊讶："你等如何在此？"

年轻人说："老板让我等保护大人，我们奉命一路跟随大人到客栈。在客栈外看到有人，就一直暗中监视，此人刚刚从客栈外逃到此地，我们一路跟随，刚刚跑过来，听到有人走过来，以为是被监视之人，没想到是大人。"

森平惊愕："如此说来……此人应该是跑进了这条胡同？"

年轻人说："应该如此。"

森平惊讶："我怎么就没有看到人影？一个影子都没有看到。"

年轻人犹豫了一下，说："或许……夜晚太黑了吧。这条小巷，又曲曲折折，门户参差不齐，躲个人也容易。大人，您放心回去，我等一定找到此人，严加审问。"

森平摇头，说："不必了。此人是谁，我心中有数。我等身在异国，还是收敛些好。如果诸位有意，在客栈外守护即可。"

年轻人躬身："在下谨遵大人教诲。"

第四章 王敖之死

01. 救命的小树林

却说王敖派手下冒称庞暖信使，到得雁门关，虽然被司马尚识破其真相，但是李牧等人却并没有说破，而是复信一封，让其带着书信出关，直奔邯郸而去。

身为细作，此人自然十分谨慎。出关奔驰半日后，此人陡然下马，藏身山坡之后，观察是否有人跟踪。看了好长时间，一直等太阳挨到了山头，也没人过来，信使才放心赶路。

到了邯郸之后，信使将李牧复信递给王敖。王敖拆开，一张小小的羊皮纸看了好长时间，皱着眉头一言不发。

旁边的人问他："大人，有何问题？"

王敖将羊皮纸放下，仰头看着屋顶，说："此事蹊跷。庞暖和水希发信让李牧回来议事，李牧是边关大将，即便要回来，也得做许多安排。按赵国惯常做法，李牧要回邯郸，须经过赵王同意。就算这次是秘密回来，不须经过赵王，他也不可能见信即告回来日子。何况此日子非常紧迫，按照行路时间计算，他差不多今天就要上路，此种做法，非一个边疆大将之所宜。何况，李牧行事之周密细致，天下少见。"

旁边的人说："或者……是他怀疑送信的有问题？"

王敖拿起羊皮纸信又看了看，说："如此……则不是怀疑的问题，而是确认送信人是咱的人了。如其怀疑送信人有问题，信中内容则更会不确定时间，而是让庞暖再派人去。李牧曾经怀疑过有人假传圣旨，他收下圣旨后，派人跟随下圣旨的人……不好，假如李牧再用此招，我等暴露了！"

旁边的人有些不相信，说："大人，这个李牧不会这么厉害吧？只凭着怀疑就派人过来了？情况如何，可以找咱的信使一问啊。"

王敖忙喊："速将赵行喊来。"

有人答应出去，一会儿给李牧送信之人便跑了进来。

王敖问道："赵行，此番你见李牧，李牧是否怀疑过你？"

赵行想了想，摇头，说："没有。回程半路，我特意在路上埋伏了半日，观察是否有人跟踪，但我没有看到人。"

王敖摇头："李牧非比常人，他若想找人跟踪你，绝不会从雁门关就开始跟踪。边军虽远在边关，李牧的细作却遍布赵国。他如怀疑你，则可让人提前赶至你所经之地，甚或直接派人赶到邯郸，在半路跟踪你便是。"

赵行说："在下愚钝，没有想到此，请大人责罚。"

王敖摇头："跟你无关。对了，李牧与司马尚两人是否召见过你？"

赵行说："召见过。"

王敖一愣，问："所问何事？"

赵行说："李牧将军说上次庞暖将军派了一个叫李光之人来给他送信，问我是否认识此人……"

王敖急问："你如何回答？"

赵行说："我说认识，其父病重，李光回家照顾父亲，故此次便由我来送信。"

王敖缓缓点头，说："此李光必是虚名。诸位，马上收拾，即可启程。如果我没有猜错，李牧的手下正调集人马，奔向此处。"

旁边的人一下子愣住了："大人，李牧有如此之神？"

王敖点头，说："幸亏他不是太神，信中露出了问题，否则我等万劫不复也。"

王敖率仅剩的八个手下刚从租住的屋里走出，李牧手下一个副将带着庞暖的一百多精兵，由雷子枫率领六个墨家弟子为先锋，包围了王敖等人的住处。雷子枫等人一马当先，冲进屋子，发现屋里已经人去屋空。屋子里衣物乱丢，一片乱象，显然刚走不久。

庞暖的手下忙让众人分散，分别朝着四个城门追了过去。

雷子枫分析王敖会走西门。出了西门之后，地形复杂，且集镇繁荣，不远便有一支赵国军队驻扎。这种地方是各国细作集聚之地，这种事儿秦国从来不甘落后。王敖等人逃至此地，便于驻扎的同时收集情报，且可以利用秦国的情报网，监控邯郸城内各种动向，利于随时进城。

雷子枫带着两个墨家弟子和二十多个庞暖军士，直奔西门。

此时，已是傍晚时分，太阳西斜，阳光打在一排排两层楼房破旧的木头门窗上，像是谁不小心泼出的水，将这个充满杀戮的世界冲刷得明亮而耀眼。

四队人上马，皆杀气腾腾，直奔四门。秦国为赵国之宿敌，两下战争无数，秦胜略多。让赵国人尤为难以忘记的，便是发生在二十多年前的长平之战。在这次让赵国人世代难忘的战争中，秦将白起坑杀四十万赵军降卒，使得赵国从一个可以与秦国抗衡的一流强国，变成了二流国家。赵人自古刚烈，无论是民众还是官军，皆有杀秦再起之雄心，因此赵人最恨秦人。各国在邯郸皆有细作活动，赵国官军对别国细作皆不以为然，独对秦国细作，但凡有了线索，必除之而后快。

因此，此番听说秦国间人王敖企图算计赵国柱石李牧，众人皆血脉偾张，发誓定要将之擒住，割其头喝其血，纪念与秦战而亡的赵国将士。

大家都知道王敖之众有近十人，却没有想到，王敖也会化整为零，分别朝着四门而去。

王敖在街上买了一担蔬菜，买了两只鸡，将鸡缚住，系于扁担上，挑着担子，直奔城门而来。

雷子枫与众人站在离城门稍远处，看着来往众人。

王敖与两个手下，皆是老农装扮，他的两个手下先出了城，王敖才挑着担子走出来。

守门官兵接到指示，注意一队八九个人的精壮男子出城，因此对挑着菜担子的王敖只是略加盘问，就放行了。

雷子枫站在守门军士旁边，看到了王敖。他觉得此人有些不太对劲，却一时想不出哪儿不对劲。直到王敖挑着担子，要走出他的视野了，他才猛然想起来，这人挑着满满一担子菜和两只鸡出城，显然有问题。老农进城，大都是为了兜售农产品，临出城时一般都会把剩下的东西减价卖光，挑着空担子出城，怎么会挑着满满一担子菜，还有两只鸡呢？

雷子枫终于明白过来，带着两个手下猛追王敖。王敖正得意扬扬，挑着担子与两个手下边说笑边悠然前行，其中一个手下转身看到雷子枫等人追过来，忙告诉王敖。王敖转身，看到凶神恶煞一般的雷子枫等人，骂了一声，扔了担子便跑。

追了一会儿，天黑了下来。王敖和两个手下拼命奔跑，雷子枫带着两个墨家弟子和几个官兵越追越近。

看到路边有片小树林，王敖带着两人钻了进去。

雷子枫在后面也看到了那片小树林，心中暗暗叫苦。天已黑，如果他们钻进树林，就很难找到了。真是越怕什么越来什么，雷子枫的想法刚冒头，王敖就带着两人一头钻了进去。

雷子枫无奈，只得带着人也钻进去，在后面搜索。

小树林不大，出了树林就是一面山坡。山坡草木稀疏，却因为黑夜的掩护，看起来黑茫茫一片。

众人在树林里一番寻找，终于找到一个细作。雷子枫与众人猛追，就在大家将之围住，即将得手之时，这个细作突然大喊一声，操起短刀，自己抹了脖子。

02. 阴阳家与墨家

负责守候在东门的官兵发现了两个企图出门的秦国细作，官兵们试图捉拿，这两个细作竟然互相割喉而亡。

此次千里追杀，只消灭了三个不知名的秦国细作，王敖再次下落不明。水希与庞暖遗憾之余，派人四处搜寻，同时贴出告示，悬赏捉拿王敖。

最近几天，水希总是烦躁不安。每天清晨，他从驿馆醒来，看着院子里开始泛绿的树枝，看着轮流在光秃秃树枝上停落的麻雀，心情哀伤。

水希知道，这是一种不好的预兆，也是他的三十年生命中第一次出现此种现象。从小，他就被选为墨家巨子的继承人，在享受众人拥戴的同时，他也经历了同年龄的人无法承受的苦难磨炼。

五六岁时，水希被单独放在一小黑屋子里，一待就是十多天。无论他如何哭闹，如何嘶叫，都无人管他。

习惯了黑暗和孤独之后，他要背诵枯燥的墨家经典，要学习木工技艺，练习武功。

十多岁，他就参加了一次协助卫国抗魏的战争。在那次墨家参与的战争中，数百墨家弟子血洒疆场，待他如父的师父被魏国士兵乱刀砍成了肉泥。

那是他第一次经历战争。他发誓要为师父报仇。其时的巨子却对他的报复心理严加斥责。巨子告诫他，要爱世人，世人平等，无论是敌人，是朋友，还是穷人，是乞丐，在墨家眼里，都是需要用爱来感化的。战争和抵抗，是最不得已的行为。墨家只会为了保护人而去参加战争，不会去自动杀人，挑起战争。

经过二十多年的磨炼，现在的水希意志坚定，精神清澈，心情为何会突然就犹豫彷徨不定呢？水希找不到根源，烦躁不已。突然雷子枫进来禀告，说有个阴阳先生求见。

墨家与阴阳家向来没有交往，何况世上很多阴阳先生都是江湖骗子。水希不想见，刚要让雷子枫前去回绝，那个阴阳先生却自己闯了进来。

阴阳先生头顶鸡翎，身穿皂色阴阳衣，走进水希的房间，躬身施礼："司徒子见过巨子，冒昧来访，望巨子大贤谅解。"

水希看到阴阳先生的样子，皱了皱眉，淡淡地说："先生言重了。我与先生素昧平生，先生突然造访，不知有何赐教？"

司徒子笑了笑，说："墨家乃当世大家，小可不过是一个小小的阴阳先生，怎敢说'指教'二字？小可虽靠算命糊口，却尊崇墨家，墨家为天下苍生，不惜身家性命，实在值得小可敬佩。可惜如今墨家日益凋零，巨子如果再不改变方略，任墨家凋零下去，当世最伟大之学派恐寿命不久矣。"

水希脸色一沉，说："先生是来嘲笑水希否？"

司徒子坦然一笑，说："素闻巨子行事大度有礼，却怎么不让小民一坐乎？"

水希无可奈何，只得说："子枫，给先生拿坐垫过来。"

雷子枫拿着坐垫，放在几前。司徒子坐下，躬身一笑，说："谢巨子赐坐。司徒子今日至此，并非无端骚扰巨子。巨子为百姓福祉，鞠躬尽瘁，世人皆知。墨家之精神，亦为世人之典范。可惜巨子有所不知，世人皆俗，喜欢占人便宜，君王皆奸，须得会玩弄手段。墨家之义被君王利用，墨家之德为民所不能。因此墨家虽然有德有行，却与此世不符，巨子但见，自墨子说服楚国攻宋之事后，墨家有几次斡旋成功？上百年来，墨家为小国之生存，殚精竭虑，凡临战事死不旋踵，死伤无数，可是哪个君王不是危急之时才想到墨家，平安之时极力想远离墨家呢？还有百姓。卫国战败之时，墨家弟子救济百姓不遗余力，可是百姓生活安定之后，墨家不再受欢迎，墨家弟子去讲学，卫国百姓有人去听否？有人去送吃喝否？荀子名声不如墨家，但是荀子每至一地，百姓恨不得列队欢迎，此事巨子不能不知吧？"

水希说："知也。百姓追逐名利，无可厚非。墨家之任务，便是诱导百姓，若百姓懂得墨家之心境，拥戴墨家者必然增多，墨家所崇尚之盛世也必将到来。"

司徒子笑了："巨子之心让人尊敬。可惜世风日下，谁愿意损己利人？墨家弟子日益减少，巨子还如此自信，小可敬佩。"

水希冷冷地说："墨家势力确实不如当初，不过先生据此以为墨家已经穷途末路，却为时尚早。墨家必有振奋之日，先生若有意，不妨日后再看。"

司徒子说："司徒子知道巨子之愿也。巨子是否想通过制止秦对六国之战，让六国对墨家重拾信心，让六国支持墨家在各国讲学，以招录人才、振奋墨家？"

水希惊愕："你是何人？何以知道此事？"

司徒子笑："让六国相助重开学堂，是历代巨子之愿望，此番秦要对六国开战，正是墨家施展抱负之良机，巨子怎能不抓住此际遇？"

水希叹息："此番我等有此自私之想法，想来惭愧也。"

司徒子摇头，说："非也，墨家缺的不是道德，恰恰是自私之想法。如墨家能自私一些，比方推荐墨家弟子到各国为官，墨家弟子皆有好前途，加入墨家的必然增多。且墨家在各国都有人才，才更利于墨家之发展，此是相辅相成、长久发展之道。单讲理想，却不讲人性，此为墨家之败也。"

水希点头："诚如先生所说，此为墨家之短也。不过如推崇为官，岂不与讲究君臣之道的儒家为伍？祖师爷厌烦儒家之媚骨，才创立墨家，如我等权变如儒家，别说祖师爷不让，我等也不愿也。"

司徒子叹气，说："权变之道非一途，巨子应该另辟蹊径，号召弟子将所学用于官府，或更为民谋利。长河九十九道弯，归属依然是大海。若其长驱直入，能入海乎？"

水希点头，说："先生所说甚有道理，然如何权变，须得三思而行。水希在此感谢先生教诲。"

司徒子点头，说："望巨子尽快有所行动。如墨家弟子早入各国为官，此时推动合纵或许更顺利些。要是晚了，恐嬴政不给墨家时间也。巨子应该知道，现在最恨墨家的，当属秦之嬴政了。如嬴政统一六国，墨家必为其心头大患，嬴政非寻常君王，若对墨家下手，墨家恐万劫不复。"

水希摇头："秦王虽然顽劣，却也不会对墨家下手；若对墨家下手，必失民心。君王应该知道，民心乃国之根本，失民心者失天下也。"

司徒子苦笑："巨子还是不懂秦国。秦连周天子都敢杀，还有何事不敢做？嬴政更是狼子野心，巨子不可不察！"

水希微微点头，看了司徒子一会儿，突然问："先生如此洞察幽微，必不是普通阴阳先生，先生能告我是何人否？"

司徒子站起来，拱手说："今日就不说了吧。小可身份低微，说了恐巨子失望。小可还要告诉巨子一事，秦恐又派间人来赵国，巨子如有机会，请说与庞暖将军，让其小心。"

水希问："此是何人？如何入赵？"

司徒子摇头，说："不知是何人。此人是某大户人家护卫，护送家主入赵。我欲将之送往官府，可惜让其跑了。巨子只管说与将军，让将军小心便是。"水希拱手，说："多谢先生提醒。"

03. 绿娘再见水希

森平于当晚半夜偷偷溜出小镇，于老板手下护送其一直到达邯郸，将之交给在邯郸的另一帮秦国细作。

邯郸城的细作也是以商铺为隐蔽场所，头目姓苟，人称苟老板。此人森平认识，森平也曾经在邯郸做细作，那时候的苟老板还是个伙计。苟老板比森平大几岁，对森平一直很照顾。多年未见，今日相逢，两人自然很高兴。可是因为绿娘在车上，两人不便多说话，苟老板让人先带着森平到一处熟悉的客栈住下。

安排好一众人后，森平要出去，被绿娘喊住了，绿娘问他："兄弟，你不是说到了邯郸，便可以找到我夫君了吗？"

森平转回身，对绿娘说："小姐请勿急躁。没错，我是说到邯郸后，就可以找到巨子了。但是，我们得找啊。巨子人在邯郸，不过他住在何处，我等还不知道。小姐先住下，我马上出去打听巨子下落。"

绿娘说："那我跟你一起去吧。我天天不是在车上，就是住在屋子里，都快闷死了。"

森平忙拦阻说："这可使不得！山东可不比秦国，山东诸国非常讲究，大户人家小姐是不能随便在大街上露面的。小姐是秦国王爷家的小姐，如果上街被人知道，小姐可就危险了。"

绿娘不信："我们是偷着跑来的，他们怎么能知道？"

森平说："赵国细作遍布天下，他们要是觉得小姐不是一般人物，必定会派人详查。如果被查出真相，不但小姐性命堪忧，巨子也会受到牵连，请小姐三思。"

绿娘惊讶："会有这么多事儿？"

森平点头，说："还有更多的，一时难以说全。比方他们还会造谣中伤老王爷，还会……"

绿娘忙制止森平说下去，说："罢了罢了，那我不出去了。"

森平轻轻一笑，说："那就请小姐回屋安歇吧。在这大堂之中，有诸多不便。"

绿娘转身朝着房间走去。森平转身出了客栈，扭头看了看，没有人跟踪，便直奔苟老板的商铺。

苟老板正在柜台内码账，看到森平进来，放下账本，带着他上了二楼，进入一个小房间。

苟老板关上门后，才对着森平抱拳躬身："大人在上，请受小人一拜。"

森平忙扶着苟老板，说："大哥折煞小弟了。当年小弟深受大哥照顾，小弟没齿难忘，你我之间如以官职论，坏了兄弟情分也。"

苟老板说："既如此……大哥见过兄弟了。"

森平笑了，说："大哥请坐，应该是小弟给大哥行礼才对。今日咱就不讲究这些俗礼了，小弟奉命前来，有诸多要务，更有许多事儿想请教大哥，请大哥务必不吝指教。"

苟老板坐下，说："兄弟想问什么，尽管说便是。"

森平说："兄弟此行是要以墨家弟子身份跟在水希身边，以便得知墨家行动之情况。水希现在是否住在驿馆，身边跟的人是谁？"

苟老板说："据我所知，水希确实住在驿馆里。不过不是给各国使者居住的高档驿馆，而是住在给下面官员居住的驿馆。我让人观察过水希一段时间，水希很少外出，他身边跟的人是谁，我们也没有查清。"

森平点头，说："王敖大人自去年被司马尚打败后，一直不见音信，苟大哥可有王敖大人之音信？"

苟老板点头，说："上头也让我寻找王大人下落，我一直在派人查找，虽然没有找到人，却也得知了一些消息。前些日子，邯郸守军突然在城四门抓人，有三人拒捕而亡。我的人去看过，这三人皆大秦行人署所派。我经过查询，得知最近没有别的秦人入邯郸，故此，我推断此三人应是王敖大人的手下。"

森平惊愕："王敖大人如何？"

苟老板说："三人皆不是王大人，故此王敖大人应该是逃出了邯郸，去向如何，我就不知了。"

森平失望："我欲来找他，他却先逃出邯郸。奈何如此！"

苟老板安慰森平说："如果他们真是王敖大人的人，那王大人肯定还会再回邯郸。我了解王大人，他是不达目的不罢休之人。赵人杀了他那么多的手下，王大人必然会回到邯郸报仇。"

森平说："既如此，那我就在邯郸等他好了。还有一事，我在于老板那个小镇上，遇到一个阴阳先生，此人竟然怀疑我是秦国细作，要带我去见官。且此人武功厉害，我根本不是人家对手。那天要不是于老板救了我，恐怕我现在已经在赵国的大牢里了。此人身份可疑，绝对不是普通的阴阳先生，大哥知道此人否？"

苟老板摇头，说："邯郸的阴阳先生多了去了，我不知道你说的是谁。"

森平有些失望，说："此人定有官府背景，你们不知道此人，可见此人隐藏之深。"

森平跟苟老板又闲聊了一会儿，就告辞苟老板，在街上转了一会儿。

森平边走，边注意四周的人，寻找那个在小镇袭击他的阴阳先生。虽然他们最终在小镇甩掉了他，但是他有种预感，觉得此人必定会找到自己。最让他感到害怕的是，于老板和苟老板竟然都不知道他的身份，苟老板竟然不知道有这么一个人，此人隐藏如此之深，显然不是泛泛之辈。

直到确认那个阴阳先生没有跟着他，森平才回到客栈。

此时已臻晚饭时分，森平叫了绿娘和两个手下吃饭。三人来到一楼大厅，大厅里吵吵闹闹，人声鼎沸。绿娘嫌人多，提议不下去了，在房间随意吃点算了。

森平只得让两个手下下去点了菜，四人跑到森平住的房间收拾了一下，在森平房间将就着吃了晚饭。

第二天，森平与两个手下计议一番后，便带着绿娘去驿馆找水希。水希行事一向光明磊落，从不刻意隐蔽住所。因此森平等人很容易就被驿馆的人带着，找到正在给弟子们讲学的水希。

绿娘看到水希，眼泪哗地就流出来了。水希与一众弟子则目瞪口呆，不知所措。

在此时的赵国弟子看来，绿娘这么一个大美女，自己千里迢迢赶着找男人，实在是闻所未闻、惊天动地。

绿娘不管，她野刺刺地跑到水希面前，伸手就要去拽水希的耳朵。水希朝后躲，雷子枫忙挡在水希的前面，拦着绿娘："小姐，您……您……我师父是墨家巨子啊。"

雷子枫口舌不太伶俐。他的意思是，您别这样像个乡下婆娘似的，巨子可是当世大贤。

绿娘从小在犬戎之地长大，无拘无束惯了，哪里懂得这些？她一把就将雷子枫推到一边，说："我知道他是墨家巨子。墨家不是讲究平等吗？不是讲究言出必行吗？那为啥还要骗我？！"

绿娘愤怒，伸手便抓住了毫无防备的水希的衣服。面对众多弟子，水希狼狈不堪，又不好发火，忙对众人说："今日讲学至此，明日再来吧。"

众弟子正手足无措，不知道是否该帮助师父，听师父如此一说，忙告辞师父，鱼贯而出。

水希对绿娘抱拳，说："绿娘，不知你找水希有何话说？"

绿娘瞪圆了眼睛："啥？我千里而来，你以为就是跟你说话而已？本小姐来找你，是想跟着你，无论你走到天边还是海角，我都再也不会离开你了。"

水希懊恼："这可万万使不得！男女婚嫁，须父母之命、媒妁之言，我与绿娘萍水相逢，怎么能如此？"

绿娘愤怒："啥媒妁之言绿娘不懂。我就知道我喜欢你，我就跟定你了。我从秦国千里迢迢赶来，可不是你几句话就能打发走的。"

水希这才想起来，问跟在绿娘身后的森平："这位先生，你是何人？绿娘为何跟你在一起？"

森平跪下，说："弟子森平叩见师爷。我也是墨家弟子，甫飞是我师父。这位小姐找到我师父，逼我师父带她来找你，我师父不肯。我看她可怜，就……"

水希愤怒："你好大胆子！既为墨家弟子，就应该懂得师徒之道，你师父没有答应之事，你却偷偷做了，此为欺师灭祖也！甫飞怎收得这种徒弟，气煞我也！"

绿娘在旁边恼了："啥?! 带我来找你就是欺师灭祖? 水希, 你当初在犬戎带我出来之时, 是怎么讲的? 路上我就跟你说了, 我说我这辈子就认你一个男人, 就跟定你了, 你答应得好好的, 为何他带着我来就是欺师灭祖了? 水希, 你作为墨家巨子, 说话却不算话, 欺骗良家妇女, 算不算欺师灭祖? 你师父收得你这种徒弟, 是不是也该挨骂?"

　　水希无言以对。绿娘扯起森平, 说："起来, 咱上大街上, 我把这事儿跟邯郸老百姓说一说, 我看他们老百姓怎么评价你这个墨家巨子!"

　　雷子枫忙拦着绿娘, 说："小姐, 千万别如此。师父一时气话, 你别生气。你先坐下, 我给你倒碗茶水。"

　　雷子枫给水希使眼色, 水希叹口气, 说："绿娘, 你是在犬戎之地长大。犬戎乃化外之地, 粗野狂放, 自然不懂山东之地习俗礼仪, 我不怪你。但是此徒竟然带你从家里逃出来, 逃出秦国, 即便在秦, 此也是忤逆不道之举, 何况在山东之地? 入乡随俗, 绿娘, 此番是大不妥也。"

　　绿娘哼了一声, 说："什么狗屁习俗礼仪, 我看都是闲的! 男欢女爱乃人之常情, 只要双方愿意则可, 还要什么媒妁之言? 你们墨家不是也讨厌什么儒家礼仪吗? 怎么男女之事反而讲究起礼仪来了? 反正我不管, 我不管什么狗屁礼仪, 我就是跟定你了, 不走了。除非你杀了我!"

04. 尉缭再献计

再说绿娘不见，老王爷心急如焚，将此事告知了嬴政，让嬴政帮忙寻找。嬴政虽然神烦，但是也没有办法。论辈分，这老王爷比自己大两辈，自己管绿娘还得叫姑姑呢。老王爷只此一女，还是在驻扎犬戎时所生，后来又在犬戎之地失踪，十多年失而复得，宝贝得了不得。此番又逃了，老王爷犹如天塌地陷，日夜奔走呼号，各府衙门皆不得清闲，差点将咸阳城搅个天翻地覆。

两天后，尉缭通过森平得知绿娘之事，他却没有将此事告知老王爷，也没有告知秦王。他安排森平带人逃出咸阳后，才将此事禀告了秦王。

嬴政惊愕："国尉，此女乃王爷心肝，如被王爷知道，王爷不会善罢甘休。"

尉缭躬身："君上，为了天下统一，臣愿冒杀身之祸。"

嬴政叹气："此女甚是不成体统！国尉，她不过一区区野女子，与统一天下有何干系？"

尉缭说："君上，你觉得统一天下之最大障碍是何方力量呢？"

嬴政说："这还不简单，自然是赵国。"

尉缭摇头，说："非也，臣下以为，统一天下之最大障碍，乃是墨家。墨家力主六国合纵，且此番合纵与以往不同。以往之合纵，都是临时之举，不过乌合之众；此番合纵，却是未雨绸缪，在秦未发动攻势之前，就将六国兵力集中起来，进行布阵刺杀等各种训练，如此训练两年，秦能敌六国几十万兵力否？"

嬴政脸色都变了："不能。"

尉缭点头，说："故此，要想兵出山东，首先不能让六国合纵成功。要想阻止六国合纵，首先就要想法遏制墨家，甚至……除掉水希。在水希身边安插眼线，便是重中之重。此番利用老王爷之女，趁机安插秦之眼线，正是天赐良机，区区一女子，胜过十万兵将也！"

嬴政有些为难："杀水希……乃大不道之举，恐遭天下百姓反对，秦不可为也。"

尉缭笑了笑："天下百姓不会知道是秦杀了水希。何况，此是最无奈之举。墨家水希乃当世大贤，不是万不得已，臣不会让人对之动手，请君上放心。"

尉缭走了后，嬴政前思后想，还是有些不放心。他让赵高将李斯叫来，两人商量此事。李斯匆匆赶来，嬴政正坐在书房中，兀自发呆。李斯走进来，嬴政朝他点头，示意其坐下。

李斯简单行礼后，坐下。嬴政皱着眉头，说："李斯，你与尉缭是故交，此人行事如何？"

李斯有些惊讶："君上为何有此一问？"

嬴政看着李斯，说："先回答寡人之问。"

李斯有些摸不着头脑，但是又不能不回答，只得说："国尉此人……我与国尉虽然是故交，却只是见过几次面，能对谈天下之事而已，对其人并不是很了解。"李斯偷看了嬴政一眼，看到嬴政正盯着自己，不得不继续硬着头皮说下去："其人性格有些冷硬，因是兵家传人，自然善于……权变，至于为人，微臣觉得国尉还算忠厚之人吧。"

嬴政冷着脸，冷冷地说："忠厚？如真的忠厚，国尉能设计杀水希？寡人所知，曾有多国君王愤恨墨家，却没有一个敢杀墨家巨子。天下百姓皆知墨家是百姓之墨家，他们不愿意加入墨家，却最敬重墨家，遑论杀了水希！即便是说墨家之过，百姓也会群起而骂之，如秦杀了水希，别说山东诸国，即便是秦之百姓，也不会轻饶了寡人。国尉是将寡人置于柴火之上也！"

李斯惊愕："国尉竟然出此下策？此万万不可也！得民心者得天下，君若失民心，如鱼之失水也。"

嬴政看着李斯，说："此番六国合纵，是水希之谋。国尉意欲除掉水希，廷尉觉得国尉之策可以否？"

李斯点头，说："臣近日也在顾虑六国合纵之事。庞暖之策确为秦之大患，而能促成此事者，天下只有水希，水希之祸，亘古未有也。然，若杀水希，此祸更是不可估量，望君上三思。"

嬴政点头，说："寡人自然知之。民为君之本，墨家为民之本，寡人可杀鬼神，却不可杀水希。廷尉之意与我相同，寡人甚慰，只是国尉之处，不知可如何说之。"

李斯有些奇怪："君上，你竟没有阻止国尉？"

嬴政说："国尉其心良苦，我若阻止，恐伤国尉之锐气。寡人三思，此事还是廷尉去说一下方好，让国尉务必三思再三思。尔等同朝为臣，又是老友，说话或可方便一些。"

李斯躬身："臣下明白君上之意，臣下这就去国尉府上，与国尉一谈。"

话说尉缭回家，闷闷不乐。刚娶的妻子问原因，尉缭说："今日在君上面前言语有失也。我言水希可杀，君上竟然没有阻止我。我是一时失言，君上何等聪明之人，其必然知道，杀水希者，乃万世之罪人。君上不拦我，其意自然是水希可杀，然，如我杀水希，君上必杀我，以平民愤。此大误也！"

尉缭之妻是秦人、官宦之后，也知道一些朝廷之事，说："夫君或可拖延时日，或刺杀不成，让水希远遁。"

尉缭摇头，说："君上非凡人，此法难能蔽其目也。"

尉缭闷坐了一会儿，午饭后刚要去衙门公务，门房报李斯大人来访。

尉缭虽与李斯算作老友，两人却各有事务，加上同朝为臣，各有章程，说话便不是原先那般口无遮拦了。因此两人来往很少，即便偶尔相遇，说话也是俱小心翼翼。

李斯突然在中午来访，尉缭知道必然有事。李斯与嬴政关系强于尉缭，因此尉缭尽量与李斯疏远一些，以免不小心得罪之。他明白，李斯能在逐客令一事中力挽狂澜，并与嬴政关系如此之恰到好处，此人心机不凡。故此，尉缭表面上欣喜异常，心里却惴惴不安，不知此人今日来是福还是祸。

尉缭将李斯迎进客厅，李斯坐下，说："尉缭兄，上次你帮兄弟解了无头杀人案之困，兄弟还没好好感谢你哪。时光荏苒啊，一晃半载已过，等忙过这几天，我办一席，请兄和嫂夫人到寒舍一坐，算我一点心意。"

尉缭忙说："李大人羞煞我也，区区小事，请勿再提。没有大人在君上面前美言，尉缭哪里会有今日？尉缭该感谢大人才是。"

李斯呵呵一笑："那便算了？尉缭兄啊，咱是多年兄弟，你如今贵为国尉，我也没有称你为尉大人，你如何一直称我为李大人？如此便生分了，须得改正。"

尉缭一愣，笑了笑，说："是了，习惯了。李大人如果不见外，我以后就称李大人为兄弟？"

李斯笑："当然，如此最好。人前人后我等不得不以大人相称，在家中须以兄弟称呼为好。"

尉缭拱手："那便遵命了。"

李斯点头，说："我此番来，是君上让我来找尉缭兄的。"

尉缭正给李斯斟茶，听李斯如此说，手一抖，水差点洒出来。

李斯说："也没啥大事。君上说尉缭兄准备行刺水希，君上让我来跟尉缭兄说一说。"

尉缭忙放下茶壶，急问："君上如何说？"

李斯说："君上让我劝一劝兄长。君上说水希乃当世大贤，杀之必引起民愤，秦不可担此风险。"

尉缭轻轻点头，问："君上可特意说明水希不可杀否？"

李斯想了想，说："……君上只是让我来跟尉缭兄谈一谈，他让我对你说一说，此事须三思再三思。"

尉缭怅然："君上之意，兄弟似乎还没有明白。其实君上期望有人杀了水希，但是此事却千万不能跟君上牵扯到一起。此'三思'之意，是三思如何行动，而不是不可行动。"

李斯惊愕："君上是此心意？我竟然没觉察得到。"

尉缭点头，说："君上绝非常人也。他想灭掉水希，却又不肯背此黑锅，故此我提出此事后，君上心中赞同，嘴上却不肯答应。然，君上没有明确否定此事，便是君上的聪明之处。他知道我能明白其中蹊跷，却又让兄弟来嘱咐我三思而行，君上的意思很明显，让我迅速做出选择。"

李斯摇头不语。

尉缭说："杀水希乃奇功一件，却也是自掘坟墓也。"

李斯幽幽地说："兄立功心切，却过于急躁。"

尉缭重重点头，说："君上每日殚精竭虑，为兄每见君上，便受一番触动，故此也苦思御敌之策，只是没有想到其中后果。此番在君上面前将话说出，才想到此事后果，后悔晚矣。"

李斯微微笑了笑，说："立功心急，却犯了大忌，兄太过也。凡事知进退、明方寸，才是上策。兄只想立功，却不思退路，早晚会有祸事。"

李斯说得尉缭面红耳赤，说："兄弟谬误，非立功心切，而是想为君上担忧耳。"

李斯呵呵一笑，说："同理，同理。尉缭兄，兄弟已将君上之言带到，此事如何处理，就看兄长了。"

05. 自相残杀

王敖从邯郸逃出，惶惶如丧家之犬。好在这半年他一直在邯郸附近活动，地理熟悉，窟穴也有几个，在城外约定地点会合后，带着剩下几个人跑到最近的村子躲了起来。

让他没有想到的是，庞暖部人马随之而至。他们在各村里长的带领下，挨家挨户查访。王敖早做了准备，在住户人家里挖了地洞，众人藏在地洞里，庞暖部及墨家弟子来搜查，一无所获。

堪堪躲过一劫，王敖受惊不少，很多日子都小心翼翼，不敢活动。

赵军搜查结束后，王敖将分散到各处的几个手下集中在一起。众人喝酒吃肉，王敖让赵行唱了个秦歌《稻子熟了》鼓舞士气。一曲唱完，众人却纷纷落泪。

王敖大怒："哭啥？我等深受君恩，出咸阳之时，皆发誓以死相报，我等一日不回家，家中父母妻儿皆受君恩，领受俸禄。此不思报国，却兀自哭泣，五尺男儿怎如女子也?!"

有人说："大人，我等不是害怕，是思乡，大人也有父母家眷，不想家乎？"

王敖愤然："王敖受命出使赵国，本欲立不世功绩，无奈落到此地步，有家不能回，有国难归，我日夜只想杀李牧杀司马尚杀庞暖，为秦国死难的兄弟们报仇。杀了他们任何一个，王敖就带尔等回家，如杀不成，我王敖既为大秦臣工，只得以死报国。届时，诸位可带着我王敖的项上人头回大秦领功，王敖以此方式回乡，父母乡亲可不以为耻也。"

众人沉默片刻，赵行突然说："我等亦曾发誓为秦效忠，王大人如此刚烈，我等不可退缩，誓死追随大人，杀敌立功！生不能还乡，死后再还乡！"

众人也随着说："我等皆愿意追随大人！生不能还乡，死后再还乡！"

王敖落泪："兄弟们，王敖亦一凡人，上有父母，下有妻儿。每天夜里，都能梦到父母妻儿的笑容和泪水，敖每每醒来，尝以泪洗面。然，大丈夫生于天地间，当以天下为己任。自古忠孝难以两全，敖父也是秦之小吏，敖在家时，父便教敖做人之道，若没有国哪里会有家？故尽忠便是尽孝，我等没有完成秦王所托，便是不忠不孝，岂能如此回家？"

有人说："大人，小人有一事不明。您说以天下为己任，天下者乃百姓之天下，赵国之百姓，则希望秦、赵和平，两国勿交战，即便是秦之百姓，很多也都希望秦国平安，勿要杀戮。君上一心东出统一天下，效忠君上似乎愧对百姓。大人言之天下，似乎是君上所说之天下，非百姓口中之天下也。"

王敖愣了愣，方说："你说的似乎有些道理，但目光却短浅了些。百姓眼中的天下，只有一家一户，君王眼中的天下，是一国之众。若国之不存，哪里有家？秦若不统一天下，山东诸国必会继续混战，甚至西进入秦。天下混战，苦的是百姓，乱的是天下，若秦统一了六国，则从此天下和平，再无战事矣。"

手下笑了笑，说："大人恐怕是一厢情愿耳。秦灭六国，即便真的得成，不知多少百姓家破人亡，此为天下乎？何况秦灭了六国，恐怕还会有别人灭秦，如此下去，天下依然战乱不断，百姓之苦源源不绝。"

王敖冷冷地说："好大胆的说辞。依你之意，应当如何？"

手下叹气，说："小人不过近些日子所见杀戮过多，想起墨家主张，略发感慨，望大人莫怪。小人觉得，真正有天下之抱负的，或许只有墨家。墨家号召天下百姓互相关爱，号召百姓不要为了君主利益而互相残杀，号召众生平等能者为王，其心昭昭，其行竭竭。君王与之比，一己之利也。"

王敖冷笑一声，说："墨家虽好，可惜是无根浮萍。治国治民，须懂人心世俗。人心不古，皆为私利，墨家之人人平等，得人心在虚处，失民心却在实处。百姓虽然对王公大臣喊人人平等，在心底却希望自己能凌驾众人之上。人人平等是公心，世间除了墨家，恐没人有那么多的公心。君能得人心，盖因君王利用了众人之私心，墨家日益失势，是墨家故步自封，没有弄懂人心之龌龊。荀子言人性本恶，此言非虚也。儒家其实无意中利用了人性之恶，又用等级压制了人性之恶，让百姓臣服，一手执鞭，一手端酒，百姓就如被灌得如不知东西南北之羊，唯听鞭之驱使者。民心者，汹汹之火滔滔之水也，驯服之，可用之灌溉，可用之蒸饭，任其发展，则天下难宁，秩序尽毁也。"

手下说:"如此说来,君王之德,不过驯服民众,供其享乐而已。"

王敖恼怒,说:"诡辩之术有何用哉!汝真信奉墨家之说,可投墨家去,我王敖必不拦挡。"

手下苦笑,说:"我亦不过有私心之徒。其实人心之私,最不过贪生怕死,众皆如此。我等几个人即便为秦而亡,亦未必有多大作用,却送了区区性命。王敖大人说人皆有私欲,岂不知我等虽为秦之钢刀,却只想杀了别人,而不想毁了自己呢?自随大人入赵,我等每日皆在杀人和被人追杀中度过。几百兄弟,在我等面前逐一死去。每每想起,夜不能寐。想想我等作为秦之钢刀,杀人岂止二百?仔细想来,我等钢刀不过屠刀而已。与屠刀不同之处,屠刀屠羊,我等却屠人!我曾经手刃一门岗,三十多岁,第二日恰遇其家人为其送葬。其苍苍老母和幼女哭得周围人皆落泪,我为此两日不曾吃饭,面前皆是此人喉咙冒血与哀伤至极的面容。在王面前,我等是钢刀,其实不过是杀人凶手。在百姓眼里,我等是屠刀,是十恶不赦之凶徒。如此一生,想来真是凄惶。"

王敖环视众人,看到众人惶惶的眼神,默然了好一会儿,才说:"君王之天下,便是皑皑白骨堆起来的。统治天下,此为手段。我等既然是秦王之钢刀,则不须任何顾虑,只杀人而已。"

赵行突然问:"大人,如果秦王让我们杀的是我们的故友或者亲戚呢?"

王敖说:"那也得杀!"

众人沉默。

王敖看出众人心情复杂,并或多或少有了厌战情绪,心下警觉,晚上睡觉前将赵行叫到自己房间,问他:"兄弟,你觉得这些兄弟有二心否?"

赵行朝着王敖身边靠了靠,小声说:"不瞒大人,兄弟们觉得跟着大人前途渺茫……或多或少,皆有……怨愤。"

王敖点头,问:"有怨愤倒也罢了,就怕尔等有他心。"

赵行抬头,看了看王敖,欲言又止。

王敖瞅见了,急问:"咋了?有啥话说啊。"

赵行嗫嚅了一会儿,才说:"我见董仕超与孙福等人这几日常在一起私下嘀咕，却不知嘀咕何事。"

王敖惊愕："此危急之时，能嘀咕啥事？除了董仕超与孙福，还有谁？"

赵行说："还有高聪。"

王敖点头："此人今日一番说辞，我就知道必有反意。如若不除，必坏大事。"

赵行说："从邯郸逃出，高聪兄弟战死，高聪因之心绪恶劣，我觉得此人不至于反，至多逃走而已。大人不必过于忧虑。"

王敖面目狰狞："尔等皆是秦王重金训练之钢刀，况尔等出秦之时，秦王已经重抚家人，每月分发钱粮，免除家中一切徭役，故尔等性命，早已属于大秦。逃跑便是背叛。况逃走一人，便是动摇军心，故此人只能死，不能逃。"

赵行惊讶，后退一步，抱拳说："大人，人心已经浮动，如此时杀人，恐遭兵变。"

王敖咬着牙说："本大人自然知道。要杀便要杀干净，将三人一起杀掉！"
赵行瞪大了眼睛："大人，如今我等只剩下六人，杀此三人，势力大减也。"

王敖摇头，说："非也！此三人已成病灶，须立即除之。赵行，你将我所言，暗中传达给其余两人，须趁他三人熟睡之际，将之解决。尔等三人，每人杀一人，事成之后，本大人重重有赏。"

赵行只得答应："小的遵命。"

王敖等人住的是闲置的农家小屋。小屋有四个房间，其中一个是厨房，王敖住了一间，剩下两间，便是六个手下所住之处。赵行与孙福同住一屋。半夜，赵行起床，先装作上茅房，回来看孙福酣睡正香，赵行手起刀落，孙福没来得及哼一声，便在梦中去了天国。

赵行点亮蜡烛，示意那边屋子里两个兄弟也对高聪和董仕超动手。他没有想到的是，高聪也隐隐觉得今夜会有危险，一直没有睡着。赵行上茅房之时，高聪已经暗中将刀攥在了手里。高聪本来以为赵行会亲自过来杀死自己，没有想到他竟然会杀孙福。

在一班兄弟中，赵行年龄大些，行事稳重，但是大家最敬服高聪。去年在八家坟，他们被司马尚的边军包围，是高聪发现了边军的薄弱之处，带着众人保护王敖冲了出来。可以说，当时如果没有他高聪，这些兄弟包括王敖，会被边军杀得一个不剩。

即便是王敖，遇事也会找高聪商量。否则，高聪也不会在晚上跟王敖说那么一番话。话说完不久，高聪就后悔了。他明显感到了王敖的不安和担忧，他有隐隐的担忧，不过真是没想到王敖会对他们三个一起下手。

看到旁边屋子的赵行点亮蜡烛，高聪松了一口气。他以为此事也许过去了。没想到，睡在同一个房间的另外两个兄弟，几乎同时从床上爬了起来。

高聪知道事情蹊跷，也忙翻身爬起来。那两人手持钢刀，分别朝着高聪和董仕超就冲了过来。高聪见状危急，挥刀朝着欲杀董仕超的那个兄弟冲了过去，同时大喊："董兄快起！有人要杀我等！"

钢刀战士皆受过严格训练，行动敏捷，高聪话音刚落，董仕超便从床上滚了下来。要杀董仕超的那个兄弟本来就有些不忍，刀落得慢了些，董仕超滚下床，与高聪互相配合，与那两个打在一处。

赵行听到隔壁打斗之声，知道杀人不顺，抽刀就赶了过来。

高聪已经受伤，董仕超钢刀被另一个杀手抢了过去，两人危机重重。赵行赶来，高聪喊了一声："赵兄，此是为何？"

赵行持刀走到两人面前，拱手说："兄弟，对不起了。此是大人意思，兄弟先走一步，在那边恭候我等，形势如此，我等估计也不会等得太久。"

高聪说："那我们何必为这个大人卖命呢？我等兄弟一走了之，从此天涯海角过清闲日子，好过每日担惊受怕，请赵兄三思。"

赵行摇头苦笑："我等家人皆在秦国，我们可逃，家人若何？兄弟，大人既然发话，尔等就别反抗了。不过区区一刀，从此无拘无束，为兄得罪了！"

赵行刚要挺刀向前，没提防董仕超突然朝他扔过一物。赵行不知何物，忙闪身躲过。高聪猛然一刀，砍在赵行的胳膊上。赵行手中钢刀当啷落地，董仕超早就冲过来，将钢刀抢在手中。

赵行吃痛，行动迟缓，被高聪用刀逼在脖颈处，不得动弹。

赵行一闭眼，说："既如此，兄弟就下手吧。"

高聪说："逼着兄弟相残，算什么大人？赵兄，听我的，我们杀了这个狗大人，从此逍遥天下，秦人也不知我等下落，自然也不会加害我等家人，诸位兄弟意下如何？"

那两人看着赵行。赵行摇头："此是造反之罪，诛灭九族，兄弟，你也太大胆了。我赵行跟随王大人多年，决不做违逆之事。你要是听我的话，就放了我，引颈受戮，我会与王大人商量，给汝等报功，家人必将受到秦王嘉奖。如不肯听，你们就动手吧。"

高聪冷冷地说："既如此，赵兄就别怪我手下无情了。"

高聪刚要动手，旁边那两个杀手突然挥刀就冲了上来。高聪转头，赵行趁机伸手抓住了高聪持刀之手的手腕子。董仕超在高聪旁边，一刀刺进了赵行的腹部，赵行弯下腰，慢慢倒了下去。

那两人一怔，随即大吼一声，朝着高聪和董仕超就杀了上来。四人皆是特训死士，武功套路一样，功夫也差不多，正是棋逢对手，四人从屋里打到屋外，又从屋外打进屋里，皆累得气喘吁吁，两人受重伤，两人轻伤，却谁也没法先杀死对方。

高聪身受重伤，躺在地上，对受了轻伤的董仕超说："兄弟，罢了，如此打下去，我等兄弟四人恐很难有人能活着出去。我们罢手吧，让他们两个杀了咱，他们也好有个活路。"

董仕超不让，说："凭啥？我们两个平时待他们不薄，他们却要伤我们性命！杀了他们我都不解恨，为何还要白白死在他们手里?!"

高聪说："兄弟，他们杀人，是受人之命，不得已而为之，不能怪罪他们。我们就让他们一马，让他们立一大功吧。否则，拼将下去，我们四人恐怕一个也难以活下去。"

董仕超恶狠狠说："即便我被他们杀死，也断不可束手就死。高大哥放心，我董仕超豁上一命，杀此二人，你便可以逃出去。"

高聪苦笑："别忘了，还有王大人。王大人虽不是死士，却也是有些手段，最终我等或有一人活命，也难逃王大人之手。"

董仕超对两个站在他们对面的杀手说："高大哥平时对尔等如亲兄弟，尔等竟然要杀害我们，尔等还是人吗？在八家坟，是谁拼着命把你们带出来的？要是我，谁对我有恩，就是亲娘老子让我杀人，我也不会杀！你们……"

受重伤的杀手对着高聪鞠躬，说："高大哥，我们兄弟对不起你了。可是大人有令，我们不得不如此啊。我们兄弟的父母都在秦国，如果我们敢违抗命令，家人便要遭殃，咱们自做了大秦死士，命便不是自己的了。生死由命，如果高大哥和董兄弟能杀了我们兄弟，我们兄弟绝无怨言；如果我们兄弟杀了你们二人，我们回到秦国，定会将二人父母当成我们的父母，请两位兄弟担待！"

董仕超吼道："妄想！你们觉得你们能回到秦国吗？即便你们两个杀了我等，王敖也不会轻易放尔等回去。这个王敖心如蛇蝎，一心想杀了李牧，恐怕李牧杀不成，却害了尔等性命。"

受轻伤的这个说："走一步算一步吧，兄弟拿起刀，咱们听天由命吧。"

高聪咬牙站起来，四人再次杀在一处。董仕超没有保护得了高聪，几个回合下来，高聪被对方受轻伤的兄弟一刀捅进腹部。高聪咬着牙，拼尽力气，对董仕超喊道："兄弟，大哥先走了，你速速逃出！"

高聪边喊，边猛然挥刀豁开了对方的喉咙。对方摇晃了几下倒下去。董仕超眼见高聪腹部插着大刀，人尚在摇晃，大喊一声扑了过来。受重伤的对方趁机一刀砍在了董仕超的腿上。董仕超暴怒，转身猛然一刀，将其脑袋砍了下来。

06. 水希赴楚

董仕超跑过去，高聪已经倒在了地上。董仕超对着高聪磕了几个头，转身想跑，却没有想到，他刚转过身，一把钢刀猛然插进了他的胸口。

董仕超过了些许时间抬头，看到王敖冷冰冰的一张脸。董仕超嘴里喷出一口鲜血，骂道："王敖，老匹夫……"

王敖的钢刀在董仕超的心口转了一圈，回骂："尔等心怀叵测，不忠不孝，今日我杀尔等，是为尔等父母家人造福！尔等即使到了阴间，做人也要忠孝为先！"

王敖咬着牙，将大刀在董仕超的心口又一番搅动，才拔出刀。董仕超早就低了头，王敖刀一拔出，董仕超就倒在了地上。

杀了人，王敖也不敢久留，匆匆收拾了一下，趁夜逃了出去。

王敖化装成老人模样，在附近藏匿了一段时间，实在无处长久容身，只得来到镇上，找到了于老板。

于老板正在柜台上算账，看到一个白发苍苍的老人，摇晃着走进来，心下有些诧异，忙走过来，说："老人家，小店只做皮货和铁器生意，不知道老人家要买点啥？"

王敖不言不语，朝着店堂后的小房间走。于老板给旁边的伙计使了个眼神，伙计跑过去将王敖拦住，说："老人家，后面不是做生意之处，请你留步。"

王敖不认得伙计，不敢表露身份，只得对于老板说："我从魏国来，有个大生意要与老板商谈。此处不便，请老板找一安静处详谈。"

于老板看老人相貌猥琐，言谈却不是一般老人模样，知道其中有文章，便对伙计说："你们照看店铺去吧。"转身走到王敖面前，说："老人家，请随我来吧。"

王敖随于老板来到旁边一个房间，于老板上下仔细打量着王敖，说：

"不知老人家有何生意要与在下谈?"

王敖将胡须和假发撕下,长长出了一口气,说:"难受死我也!"

于老板惊愕中细细端量王敖,猛然跪下,喊道:"小的叩见大人!小人有眼无珠,没有认出大人,请大人见谅。"

王敖摆手,坐下,说:"起来吧。我两天没吃饭了,给我弄点吃的来。"

于老板爬起来,躬身说:"大人稍等,我这就去。不知道大人想吃些什么?"

王敖饿惨了,挥手说:"只要是吃的就行,越快越好。"

于老板说:"要不先来一只鸡、二斤牛肉,再来条鱼,刚开江的鱼……"

王敖打断于老板的话,说:"都行。请尽快吧。"

于老板给王敖倒了一碗水,就退了出去。

一会儿,于老板就亲自端着一只鸡先进了房间。王敖也顾不得客气,撕下鸡腿就猛吃猛嚼。于老板在旁边忍不住劝王敖慢点吃,别噎着。王敖这才注意到于老板在身边站着,吃相斯文了一些。

几个菜陆续上齐,王敖肚子里有了底儿,就跟于老板要了一碗酒,边吃边喝,边跟于老板聊天。

于老板将自己所了解的秦军情况向王敖简单说了说,还将森平扮成墨家弟子、带着绿娘来到邯郸之事跟王敖说了。

于老板说,森平同时来邯郸寻找王大人,并跟自己说如果找到王大人,须向他汇报。

王敖说:"不可汇报。我须杀了李牧,方能回秦国,在此之前不能让任何人知道我之行踪。"

于老板有些为难,说:"王大人,森平大人是受国尉之命来找你的。森平大人既然跟我说了,我知而不报,是怠误之罪,请大人勿要为难臣下。"

王敖大怒:"所有罪责我王敖皆可承担!于老板,邯郸之事由我王敖负责,你应该知道吧?森平算什么?国尉是我多年老友,听我的便是!"

于老板只得躬身:"在下明白了!"

王敖跟于老板要了一身衣服,对外身份是商铺刚来的采办,隐姓埋名,在小镇住了下来。

森平的墨家弟子身份在被甫飞确认后,水希对其进行了严厉的处罚。然后让森平加入了邯郸墨家弟子的队伍，同邯郸的墨家弟子一起，给邯郸的穷人修葺房屋。

邯郸城的西北角是邯郸穷人集聚之地。此地房屋破旧，每年都有房屋倒塌，每年都有人因为房屋倒塌而被砸死。

墨家弟子每年轮流给此地居民免费修葺房屋，所有费用都是由墨家弟子捐赠，或者做工赚钱。鼎盛时期，墨家弟子在各国都有这种帮助穷人的举动，现在墨家弟子人员骤减，只在魏国和赵国维持着这种慈善活动。

修葺常年不断，邯郸附近的弟子们轮流而来。水希痛恨森平自做主张，因此罚他在此地修葺房子一年。当然，他随时可以离开，但离开后便不是墨家弟子了。

森平被雷子枫送到此地。站在森平面前的几十个墨家弟子皆破衣烂衫，面孔黧黑，住在漏风漏雨的简易茅屋内，犹如一帮乞丐。

雷子枫对其中一个头儿模样的年轻人说了几句话，那个年轻人走过来，上下打量了一下森平，拱手说："在下郭子危，师弟请随我来。"

雷子枫对森平笑了笑，说："你要在此地待一年，我让子危好生照看你，去吧。"

森平对雷子枫抱拳，说："多谢师叔。"

雷子枫回到驿馆，水希问他："森平之人如何？"

雷子枫想了想，说："此人……虽然莽撞了些，却秉性不错。别的，弟子就不知了。"

水希说："甫飞飞鸽传书，说森平做他弟子不久，他对此人情况并不太了解。让我等略加小心。"

雷子枫说："不过一个普通弟子，只要他能规矩做事便可。"

水希忧心忡忡，说："子枫啊，墨家对弟子来历一向不予考究，也正因此，在燕国向地，墨家弟子扰民，使得墨家在燕国声誉受损。二十年前，魏国墨家弟子行窃，更加败坏了墨家的名声。现在各国局势微妙，墨家主张合纵抗秦，各国举棋不定，如果墨家再出点事故，则合纵必败。故此应该对弟子多加注意。"

雷子枫点头："弟子知道了。"

水希的合纵之路一波三折。赵悼襄王不谙国事，许多事务都仰仗郭开，郭开对合纵之事态度暧昧不清，赵悼襄王自然也是推三阻四，不肯痛快答应。后来水希亲见赵悼襄王，与之长谈整整一日，赵悼襄王才勉强答应，如果楚国和齐国、魏国答应合纵，且以赵国将军为帅，则赵国可以参与合纵之事。

水希只得车马辚辚，直奔楚国。

楚幽王正与魏景愍王闹矛盾。楚幽王气势汹汹，正准备讨伐魏国。水希来到楚国，楚幽王当着水希面大骂魏国，根本无法商谈合纵之事。

晚上，水希住在楚国驿馆，丞相李园来访。水希虽然对这个李园印象欠佳，却知道此人现在是楚国权臣，忙让雷子枫将之请进来。

虽是夜晚，李园却华衣锦绣，跟着一队侍卫，两个男仆，两个女仆。侍卫在水希住的房门外分两队站立，四个仆人簇拥着李园进来，水希居住的小房间就显得颇为拥挤了。

李园四下转着看了看，皱着眉头，说："让巨子住这种房间，实在是有辱斯文。去，将驿丞叫来，命他马上给巨子换房间，换最好的房间。"

水希忙拱手，说："多谢丞相美意。驿丞大人安排我等住的是上等房间，是水希特意要求换到这里来的。丞相不要惊动驿丞大人了，水希平常所居之处，要比此处逼仄得多，况许多百姓饥寒交迫，住在此处，水希已经心下不安了。请丞相大人理解。"

李园感叹："百闻不如一见，墨家果然视天下为己任，其行其言，让李园惭愧不已啊。罢了，那就遂你所愿，在此安心住着吧。"

水希说："多谢丞相大人成全，丞相请坐。"

李园的女仆将雷子枫端过的垫子，用随身所带抹布细细抹了一遍，李园才款款坐下。水希皱了皱眉。李园是何等精明，早就将水希的这一细处看到了眼里，呵呵一笑，说："李园有洁癖，此一顽症，望巨子谅解。"

水希勉强笑了笑，说："丞相大人精于诗文音律，自然与众不同。丞相大人若能将此高洁用于朝政，则国家复兴有望矣。"

水希的话语中暗含讽刺，雷子枫担心地看着李园，怕这个心机颇深的丞相翻脸，李园却呵呵一笑，说："人说巨子喜欢与人为师，今日一见果然如此。巨子有所不知，李园不止略通音律，更是敬天爱民，一心辅佐君上。此事人人皆知。不过巨子之好意，李园心领。李园此来，是为巨子之事而来，其他就勿要多言。巨子请坐吧。"

水希坐下，雷子枫给李园上茶。让水希和诸人没有想到的是，女仆竟然端了雷子枫上来的茶，将之倒在院子里，亲自去水井旁洗了碗，然后过来给李园添茶。

水希装作没有看见，问李园："丞相说是为水希之事而来，不知丞相所说水希之事为何事？"

李园笑了笑，问："巨子为何事来到楚国？"

水希有些讶异："水希是为天下庶民，为山东六国百姓来到楚国，丞相不应不知。"

李园点头，说："请细说。"

水希看了看李园，看李园一脸严肃，才说："丞相应知，秦国嬴政亲政以后，除嫪毐逐吕不韦，秦国一反多年的宽容之政，开始重用商鞅重典，整肃官风民纪，厉兵秣马，大秦自此生机勃发。尉缭入秦之后，助秦王制定统一天下之策，秦东出六国，已经时日不远矣。山东六国，唯赵国或可与秦一战，却也难以持久。如是说，如秦东出，列国如不合兵对敌，则必一一被秦所剿灭也。"

李园沉吟了一会儿，方说："合兵对敌，确是最好的方略。然，各国皆有私心，稍遇恶仗，都恐吃亏，合纵对敌，也不过是一群乌合之众，难以胜秦。"

水希点头，说："丞相所虑亦是水希所虑。然，此番合纵，却与以往不同。赵之庞暖将军出一方略，须将各国合纵之军集中训练，且要从各国军士中抽调精锐之士，组成一军。训练之时，要各国军队重新组合，战时参战，无战之时加强训练，必成秦之劲旅。可战亦可避战，可使百姓免遭涂炭，如此良策，岂能不用？"

李园点头，说："庞将军之策，确实可用。然各国恐各有算盘，合纵困难也。韩一心术秦，术秦不成，必然奉秦，韩国其实名存实亡也。齐王自有王后，对各国行怀柔之术，即便对秦，也是百般示好，收效卓著。如此之际，让齐王加入合纵，齐王必不肯。还有燕国。燕曾与秦连横，上次合纵抗秦失败之后，燕国极力与秦国修补关系，还将太子送与秦国，作为质子。且燕国与秦也不接壤，故此不到万不得已之际，燕国也不会参与合纵抗秦。如今只剩下赵、魏、楚三国，魏与楚是宿敌，且两国关系愈趋紧张，魏王近些日子与秦国来往密切，楚国的密探从大梁送来消息，曰秦、魏两国颇有联合攻楚之局势。如此情形，魏国会与楚合纵吗？"

水希大惊："秦与魏联合攻楚？必是误传！秦国这些年连夺魏王城池，前年还取垣邑、蒲阳、衍邑三城，魏王对秦国恨之入骨，怎能与之联合攻楚？"

李园苦笑，说："不敢欺大便欺小，正是人性之恶也。巨子如若不信，可问魏王。五年前，秦取魏二十余城，魏向诸国求救，楚责无旁贷，出兵攻秦，现在竟然与秦联合攻楚，人心之险恶，让人寒心也。巨子向居大梁，竟不知魏王之为人？"

水希拱手，说："丞相勿急，水希明日就回大梁，向魏王问个明白。如若魏王真有此意，水希必说服魏王，让其取消此念。"

李园拱手："真如此，楚国定派大兵，参加合纵，听候调遣。"

第二天一早，水希让雷子枫驾车，二人直奔大梁。

07. 山上闹鬼

森平在邯郸砌墙，苦累不堪。最让他受不了的是，墨家弟子们竟然多日不洗澡。正值春夏之交，众人忙活一天，倒头便睡。各种脚臭体臭，即便是四处透风的茅屋内，也是腥臭不堪。

森平忍了几日，向小头目提议，大家干活如此之累，每天都是一身臭汗，应该每日洗一次澡。

墨家最重平等，小头目召集大家商量，众人有同意森平意见的，也有反对的。经过商量，确定每五日洗一次澡。

森平虽然还是不同意，却只有两人同意每日一洗之建议，因为人数太少，此建议被否决。

五日一洗，茅棚里的味道略少了些，森平勉强能够忍受。

墨家弟子纪律严，懂规矩，虽十多人搭地铺，睡在同一个大屋内，众人却都和平相处，客客气气。

一个多月后，有墨家弟子开始轮换，有走的，有新来的。果如雷子枫所说，只用了三个月，小头目也轮换走了，所有在此处修葺房屋的墨家弟子皆轮换一遍。此时森平资历最深，也积累了一些干活经验，众人便推举他做小头目。

森平恍惚，觉得自己一个细作，竟然做了墨家的一个小头目，掌管几十个人，真是不可思议。

小头目除了干活之外，还要出去购买木头草帘等一应物资。森平终于有机会外出了。他跑到苟老板处，把他得知的墨家的一些底细告诉苟老板。苟老板看到森平变得黑瘦不堪，大惊："大人，你为何变得如此？"

森平坐下，长出一口气，说："水希罚我为贫民修葺房屋，每日风吹雨淋，饭吃半饱，能如此就不错了。"

苟老板骂道："水希如此大胆，竟敢惩罚大秦臣工，委实是可恶至极！"

森平摆手，说："我之身份是墨家弟子，水希惩罚墨家弟子，无可厚非也。苟老板切记。"

苟老板点头，说："大人如此吃苦，小的于心不忍。唉，大人，好不容易来一次，想吃啥我让手下去办。"

森平苦笑，说："刚刚习惯此处之苦，如一番吃喝，唤醒贪欲，今日尽兴，日后却更苦也。罢了。哦，苟老板，王敖大人有消息否？"

苟老板忙说："大人不说，在下差点忘了，在城外一处小村子，前些日子发生一起命案。有五人被杀身亡，场面惨烈异常。我刚好有手下经过此地，前去观看，却因为有衙门之人阻挡，只得远远看了看，没有看仔细。手下说五个死人中好像有王敖大人的属下赵行。这个赵行跟随王敖大人多年，在下也认得。"

森平惊讶："如此说来……王敖大人也可能……苟老板，此事你传送咸阳否？"

苟老板说："当日我便具了文书，派专人将此事急送咸阳。在下还想将此事禀告大人，大人一直没有露面，我等也不敢擅自打扰。"

森平点头，说："如此甚好。如去驿馆找我，反而不便。王敖大人行事素来小心，我觉得……王敖大人定会安全脱身。苟老板，要派人继续寻找王大人，还有，要设法查清死去五人都是何人。"

苟老板皱着眉，说："大人，在下一直在派人寻找王敖大人。不过要查清这五人……确是难事。王敖大人带二百多名大秦死士来到赵国，在八家坟一战中，损失大半。然，究竟是谁活了下来，在下实在不知。刚死去五人，被衙役抬走后，业已埋葬几个月了，即便挖出来，恐也无法辨认。何况，这二百死士在下都不认得……此事确实难办。"

森平想了想，问："这五人现在埋在何处？"

苟老板说："在城外山坡上，平时处死犯人埋葬之地。"

森平恨恨地说："赵人好不懂理！他们应该知道这些人乃大秦战士，却将他们与犯人同葬一处，实在可恨！"

苟老板低着头不说话。

森平喝了一口水，问："你可知地址？"

苟老板有些讶异，说："在下知道。从北门出，不远便是。"

森平说："那好。傍晚我会设法出城，你带几个人在城外等我，咱们去埋葬之处看看。"

苟老板迟疑了一会儿，说："大人……那个地方皆是坟地，还有一些人家，将夭折婴儿也扔在此处。即便是官家，也都在白天正午才去……"

森平说："别说没有什么鬼神，即便是有，怎能挡住大秦死士？我等在大秦受训，皆在坟茔之中度过几天，说是有鬼，乃是自己吓自己。苟老板，听我安排便是。"

苟老板哆嗦着，答应了一声，又问："大人，为了以防万一，是不是……带几个黑狗蹄子？"

森平冷冷地说："我刚说了，别说没有鬼，即便有鬼，大秦死士遇鬼杀鬼、遇神杀神，你要是敢带那些乱七八糟之物，别怪我让你生吃了。"

苟老板忙答应一声，说："在下明白了。"

当天傍晚，森平在城门关闭之前从西门出城，出城不远，就看到了在门外等着的苟老板等人。

众人牵着马，苟老板给森平也准备了一匹枣红骏马，森平走过来，苟老板等人朝着森平躬身。众人不搭言，森平抓过缰绳，翻身上马，众人随后跟上。苟老板一马当先，在前带路。森平跟上，其余四人跟在森平后面。众人快马加鞭，随着苟老板，沿着官道跑了一会儿，便下了小路。

此时太阳已近落山，夜幕四合，苟老板带着众人一阵狂奔，跑了约半支香的工夫，终于在一座不高的山坡下停下。苟老板下马，森平等人也随着下来。此时天已经黑透，夜色如墨，伸手不见五指，只有眼前的这座山峰像是夜色中的幽灵，矗立在众人面前。

或许是错觉，森平似乎听到山上有隐隐的脚步声。他不由得一愣。苟老板也听到了，声音发抖："大人，这山上……有脚步声。"

森平镇定了一下，说："如果真的是脚步声，那就说明山上有人，大秦的将士还怕人吗？鬼是没有脚步声的，苟老板，你怕鬼，人难道也怕吗？"

苟老板镇定一下心神，说："回……大人，不怕。在下不怕。"

森平跳下马，对苟老板说："安排一个人在山下看着马，其余人跟我上山。"

苟老板很无奈，却没有办法，只得安排人在山下守着马匹，他率领众人跟着森平上山。

此处是邯郸府埋葬死囚犯之地，平时人迹绝少，山虽不高，却皆是各种杂树。很多地方树林茂密，干枯的和已经长出叶子的藤蔓无处不在。本来他们在山脚下找到一条小路，但是小路太不清晰，众人走了一会儿，就走偏了。苟老板以前来过此地，因此在前面带路。小树林看起来不大，却蜿蜒不断，众人在里面转了一会儿，发现竟然迷路了。夜色茫茫，他们失去了方向感，不知道东西南北，不知道朝哪儿走是下山，朝哪儿走是上山。森平愤怒，看着苟老板惶恐的样子又不能发火，只能凭着感觉，朝着一个方向走。

不知道走了多长时间，苟老板抬头看星星，竟然已是子时。苟老板声音哆嗦着对森平说："大人……我们恐怕是……是遇到鬼了。"

森平有些压不住怒气："鬼？鬼在哪里？你让它出来，给我看看，我就相信有你一直说的这个鬼。"

苟老板有些害怕，却又想把话说出来，声音战战兢兢："大人，鬼是不会让人看见的。此地树林本来不大，我等走了这么长时辰还没有从树林中走出，非是树林之事，而是有鬼怪作阴法，使我等无法从此地走出。大人，此地我等来过多次，去年我们有个兄弟杀人被判死刑，我还带着王敖大人来此拜祭。此地树林稀疏，无论朝哪个方向，一会儿便可走到头，今晚我们走了半天，却一直不曾走出这树林，如不是有鬼，却是为何？"

森平被苟老板说得将信将疑，说："如真有鬼怪闹事，何时我等才能从此地走出？"

苟老板说："若不是恶鬼，鸡叫时分便可。"

森平问："若是恶鬼呢？"

苟老板被森平的话吓得一哆嗦，说："大人千万别如此说！若是恶鬼……恐怕我等……"

苟老板话音未落，突然从不远处传来一阵轻微却是异常清晰的脚步声，苟老板吓得身体直朝后缩："鬼来了，恶鬼……肯定是恶鬼……"

森平一咬牙，抽刀便朝着声音传来的方向追了过去，众人不敢怠慢，紧紧跟随。脚步声音不大，他们略一动弹，就会将脚步声音盖住。众人跑一会儿，就停下，辨别一下方向，继续追赶。那脚步声也是奇怪，一直不远不近，跑在众人前面，似乎特意引导一般。森平紧追不舍，苟老板害怕，在后面喊住森平，说："大人……不可追也！"

森平问："为何？"

苟老板说："按阴阳家所说，此时正是阴气最重之时，刚刚那鬼还只能幻化出无尽树林，如今此鬼能变出人之脚步声响，必是引诱我等至险要处，伤我等性命。大人，我们不宜追赶，应尽快返回。"

森平哼了一声，说："若此鬼真有本事，也无须将我等引诱至某地。今天我豁上一命，倒要看看此鬼是何等模样。尔等若不敢随我追赶，可尽管回去，若还是大秦勇士，就随我来擒鬼也！"

森平挥刀继续朝前冲，苟老板和众人去也不是留也不是。众人皆看着苟老板，苟老板犹豫了一会儿，一跺脚，吼了一声："大不了一死！怕甚！"

苟老板转身追赶森平，众人也随着紧紧追了过去。

脚步声还是很轻却清晰，森平随着追了一会儿，陡然撞到一处土堆上，人还没反应过来，就扑在了上面。

苟老板紧随其后，一边惊叫着，扑在森平身上。众人忙将两人拉起，苟老板没来得及站直身子，小心朝前走，凑到土堆上看了一眼，惨叫了一声，森平惊问："此是为何?!"

苟老板声带哭腔："大人……我等小命此番休矣！土堆原是坟茔，必是恶鬼之巢也！"

森平一愣："坟茔？此处便是邯郸令尹葬人之处？"

苟老板让手下点上火把，被森平阻止。苟老板让两个手下跟着他，三人在附近转了转，果然发现了他熟悉的那条小路，苟老板有些轻松，跑来对森平说："大人，正是此处。"

森平问："那个恶鬼呢？你不是说他带我等过来，是要取我等性命吗？怎么不见了呢？"

苟老板说："大人，还是别提那茬吧，我等赶紧拜祭，早早回去吧。"

森平却说："我须找到引导我等过来的恶鬼。此鬼显然并非恶意，他将我等从困境中引导出来，或为我大秦勇士，若能告诉我一些情况，方不虚此行。"

苟老板无奈至极："大人啊，鬼如能与我等讲话，我等性命休矣。大人，你胆魄过人，我等佩服至极，与鬼讲话，却是荒唐也。"

森平在他摔倒的坟茔周围踱步，说："如我没有猜错，此鬼就在近处，并必是秦人。"

森平昂起头，大声说："引导我来此处之鬼你听着，我是大秦行人署森平，你若有话说，请即刻过来见我。我不管你是人是鬼，只要是秦人，便是森平之兄弟。若你有冤，我为你申冤；若有事情相托，我森平必舍命相助。我话已至此，请兄弟现身吧。"

前方不远处传来一阵极其轻微的声音，森平示意苟老板带人过去，他则继续喊道："能深夜至此的，必有难解之缘故，必有不得已之原因。先生若不是秦人，也没关系，赵国官府欺男霸女，民怨沸腾，如先生有难，我等可为先生申冤解难。即便你真的是鬼，那也无所谓，只要……"

森平话语徐徐，刚说至此，前面树枝突然猛烈摇动，恍惚中一条人影从苟老板等人面前蹿出，朝前跑去。苟老板吓得大叫一声，差点摔倒在地。森平奋起便追，边跑边朝着前面的苟老板等人喊："快追！若此人跑了，我便找尔等问罪！"

苟老板顾不得害怕了，喊了一声，带着手下兄弟就朝着前面猛追过去。

那人跑得飞快，显然是擅长在夜里活动之人。苟老板跑得慢，他的几个手下跟前面那人速度差不多，因此，双方之间总有一段距离。那人看后面人多势众，穿过坟地，直接蹿进了对面的小树林。

森平看到此人在进入树林时突然摔倒在地，忙让众人加快速度，众人冲过去，将还没有爬起来的黑衣人摁倒在地上。

森平跑过来，对众人说："让他抬起头来，我要看看，是谁敢半夜到此地。"

那人冷冷地说："森平大人，要不是我被树枝绊倒在地，尔等如何能抓得到我？苟老板手下皆是大秦特训战士，如此不堪，如何能担当大任？"

森平一愣："是……是王大人?！快松手，松手，是王敖大人！"

众人松手，王敖显然摔得过重，想起来，却爬不起来。森平和苟老板忙将其扶起来，王敖不敢站，有人找了块石头，王敖坐下。

森平问："王大人，您跑得也忒快了，摔得如何？"

王敖有些恼怒："还活着。追得太急，没摔死就不错了！"

森平忙辩解："小的不知是王大人，请王大人恕罪。"

王敖哼了一声："你真没想到是王敖？"

森平似乎有些心虚："真……没想到，王大人，你为何在此？"

王敖说："罢了，此处不是说话之地。尔等来此，所为何事？"

森平说："回王大人，我听说前些日子有五人死在村里，且五人中似有大人的下属赵行，我便想查清此事，听说五人埋在此地，就趁夜过来查看，没想到，竟然遇到了王大人。"

王敖点头，说："此五人被合埋一处，正是你刚从坟地出来、撞上之坟茔。尔等查看完毕，送我下山吧，我这腿……现在无法走路了。"

森平忙说："见到大人，我就不必查看了。此地阴气太重，大人不可久留，我等这就送大人下山。"

08. 刺杀姚贾

水希匆匆赶赴大梁，求见魏景愍王，问起魏国与秦国结盟攻楚之事。魏景愍王最终承认，魏确实有攻楚之打算。

当年魏楚战争不断，魏国还有几座城池在楚国手里。前些年，秦攻魏，魏国大片疆域被秦国攻占，如秦再攻魏，魏已无地可退也。这两年，魏国设法与秦交好，秦已答应，差五万人马，助魏攻楚。

水希失望至极，说："君上，而今之势，秦乃虎狼，山东六国理应合纵御秦，方为生存之道。君忘否，七年前，秦国攻魏，魏号召合纵抗秦，楚国也曾出兵，解了魏国之危。当日之危便在眼前，君上不设法抗秦，却节外生枝，要联合宿敌，对付友邻，此失道之法也。"

魏景愍王哼了一声，说："合纵亦或连横，皆虑一己之利也。巨子真的以为合纵之国是为他国着想吗？你说得不错，秦乃虎狼，可惜巨子不知，山东诸国包括楚国，皆向此虎狼之国遣使修好，魏国不过抢先一步而已。魏国出兵楚国，是为了一国之利，合纵御秦也是为了一国之利，寡人为一国之君，自然要为魏国谋利。秦、魏联合攻楚，所得城池两下均分，魏国势力大增，即便日后秦出兵山东，魏国地盘还大些，巨子长居大梁，不会不想魏国富强吧？"

水希哭笑不得："君上啊，诸国各有算计，此是必然。然，值此生死存亡之际，君上还联合敌国进攻友国，必让诸国寒心也。如魏再有难，恐再无他国肯发兵，魏国可就真无退路也。"

魏王哼了一声说："友国？寡人就没听说过魏有友国。诸国哪个不是恃强凌弱、落井下石之辈？魏国多年被秦凌辱，成诸国之笑柄。今寡人有此时机，或可一战雪耻，怎能放过？"

水希摇头，说："君上之耻，乃秦人所赐，君上不敢与秦人争锋，却与敌国联盟，欺负曾帮过魏国之邻国，让余国何其心冷也！"

魏景愍王大怒："趋吉避凶乃人之常情，巨子欲让魏去对强秦，居心何其险恶也！寡人看在与巨子旧交之面，今日放过巨子，请巨子勿要再言！"

魏景愍王拂袖而去，水希目瞪口呆。侍者过来送客，水希只得离开王宫，回到驿馆。

雷子枫看水希闷闷不乐，几番问其原因，水希皆不答。问多了，水希才喃喃地说："合纵休矣！"

水希打听到秦使姚贾来到大梁，突然想到一策，他让雷子枫从墨家弟子中选四个高手，寻机刺杀姚贾。如此计成功，秦王必怪罪魏国，魏王别无选择，只得放弃与楚之战争，一心参与合纵之事。

墨家自墨子时起，便光明磊落，从未参与过暗杀等阴谋之事。雷子枫家世代是墨家弟子，因此听水希此说之后，非常惊讶，说："师父，此万万不可也！墨家做事从来都是坦坦荡荡，此计无论成功失败，魏王都会归罪于墨家，别说墨家在大梁无法待下去，只恐会毁了墨家之名声，望师父三思。"

水希长叹一口气，说："墨家向来磊落，此取败之路也。如此乱世，行事光明，反难以成事。要成事，却要有诸多阴谋手段。虎狼之秦国，尚且大用细作，贿赂或恐吓暗杀各国肱股之臣，何况我等。若嬴政真的统一了天下，恐墨家难有立足之地也。作《吕氏春秋》的吕不韦都被秦王驱逐至封地，不得进都城，何况他一向仇视之墨家？故此，合纵之事，为山东六国，亦是为墨家也。若合纵成功，秦无力统一六国，墨家则有振兴之望。如合纵不成，秦完成统一之大业，以嬴政之秉性，必定会驱逐墨家，如驱吕不韦矣。故此，成败在此一举，子枫勿疑。"

雷子枫听令，选了四个高手，然后派人监视姚贾之行动。

姚贾入大梁，除了魏国派侍卫保护外，姚贾本身也带了十多个高手。这十多个皆是经过特训之死士，武功高强，精力过人，日夜守候在姚贾身边。

姚贾、顿弱和王敖，是尉缭选定、秦王任命，肩负秘密使命颠覆诸国的特殊使者，因此跟随在他们身边的，都是武功超群的超级杀手。这些杀手受过各种训练，身体异常强壮，忠心不二，诸多要刺杀他们的各国顶级杀手，都没有一个刺杀成功。像王敖带二百人入赵，遭遇赵国凶猛边军追杀，是特例。因此无论是水希，还是雷子枫，都对这次刺杀没有把握。墨家弟子武功不弱，皆死不旋踵的刚烈之士。但是此次行动属秘密行动，人数不宜太多，而姚贾身边护卫，加上魏所派之侍卫，人员当在三十人左右，墨家弟子武功再高超，也难敌秦国十多名死士和魏国二十多名护卫。

雷子枫想趁姚贾出门之时动手，却发现只要他一出动，身边护卫更是增加一倍，且姚贾的活动范围都在高级驿馆与王宫之间，此段路程中的各种护卫巡逻不断，根本无法下手。

两人苦思无策，最后水希破釜沉舟，说此事须他出马。他邀请姚贾来他住处一叙，姚贾必来。他所处小屋，坐不下几个人，他的那么多手下只能在外面等候，此便是时机。

雷子枫连连摇头，别说他的手下距屋内只几步之遥，即便杀了姚贾，他的那些死士也不会饶了巨子。为一姚贾，舍巨子之命，合纵无法进行，且使得墨家遭受灭顶之灾，大不宜也。

水希想了想，觉得此计也很勉强，且成功几率不大，只得放弃。

两人正苦思无计，机会来了。姚贾在大梁住了几日后，听说水希在此，竟然派人邀请水希饮酒。

水希向来是不参加酒宴的，但是此次姚贾之邀，是一次绝佳的刺杀机会，他没有太多思考，便答应了下来。

姚贾手下走了之后，水希与雷子枫商量如何利用机会，刺杀姚贾。

最终两人决定，等宴席结束之后，水希告辞，姚贾必然会送水希至门口，此时扮成侍者的墨家弟子便可近身姚贾，此是唯一的行刺机会。

商定之后，雷子枫又安排了几十个墨家弟子，埋伏在姚贾下榻之高级驿馆附近，等待接应墨家弟子，保护水希。

两日之后，水希带着雷子枫等三名弟子，来到姚贾所居之驿馆。

此驿馆是专为别国使者而建，豪华至极，与水希所住之处自是天壤之别。水希按约定之时，于傍晚来到驿馆外，姚贾早就在驿馆门外等候。

水希听说过姚贾之名，却是第一次见到此人。姚贾看到水希等人过来，忙紧走几步，拱手："巨子大驾光临，姚贾有失远迎，请水希恕罪。"

水希也拱手："上使远程而来，水希没有先来拜访，水希之错也。上使见谅。"

姚贾呵呵一笑，说："巨子客气了。姚贾本就魏国之人，且是监门之后，下贱之人，如今侥幸得秦王赏识，亦不过一跑腿儿而已，怎如墨家巨子，当世大贤！今日姚贾能请到巨子，实在是荣幸至极。巨子请吧。"

众人入内，见阔大的客厅内早就摆开了长几，几上摆满了山珍海味、美酒佳酿。水希不由长叹，曰："惭愧，世上饿死之人无数，我等却如此浪费，实在是罪莫大焉。"

姚贾呵呵一笑，说："早就听说巨子心系百姓、严以律己，今日一见，果然不虚也。姚贾也是穷苦人家出身，这等豪宴，姚贾亦是平生第一次也。盖因姚贾早就仰望巨子，今日终于得见，怎能不破费一次？"

水希感叹，说："孬好不过腹满矣，如此奢靡浪费，却失食物之本意也。水希感谢大人厚爱，却不习惯如此饮食，大人能否换一席否？"

姚贾摇头，说："巨子差矣，刚刚你说如此浪费，如若将此食物换掉，岂不是更大的浪费？区区一席，请水希屈就吧。"

水希还要说话，旁边的雷子枫偷偷用手捅了他一下。水希想起今日之使命，只得应了一声，坐了下来。

旁边侍者添酒，水希不饮酒，姚贾想劝，水希高低不肯，双方争执一番，姚贾只得作罢。

水希不饮酒，姚贾也只得饮水相陪。吃菜时，水希只稍稍吃了点儿青菜之类，对于山珍海味，看都不肯看一眼。

姚贾看了一眼一身粗衣的水希，感叹："巨子之德，真是百闻不如一见啊。与巨子相比，姚贾惭愧至极。"

水希勉强吃了点东西，便说吃饱了。姚贾本意是与水希把酒言欢，见水希一脸苦相，吃菜如吃药，觉得无趣，草草吃了点饭，就让人把满几的菜都撤了下去。水希看着那些好东西要被扔掉，又是叹息一番，弄得姚贾比水希都要难受。

撤下饭菜，侍者端上茶壶和茶碗，众人饮茶叙话。

水希喜好喝茶，平时都是喝茶梗老叶，姚贾的茶叶都是上等好茶，水希喝得连连点头称赞。姚贾终于看到了水希的笑容，人也舒心起来。

姚贾说："此茶可是魏王亲赐，楚地名茶，巨子觉得如何？"

水希点头，说："不愧是天下名茶，清香醉人啊。"

姚贾得意扬扬："正是。等秦王统一天下之后，巨子无论是在天涯海角，无论想喝何地茶叶，姚贾皆可派人送到，巨子可高兴？"

水希淡淡一笑，说："喝茶倒是小事，水希所想，不是天下一统，而是百姓安乐。天下一统是君王之事，于百姓何干？天下只要有君王专权，就会战争不断，而消灭战争根源，就是没有霸权，君王须经百姓评选，能者居之，无能者下之。君王之争变成民心之争，方可真正没有战争，天下和平。"

姚贾呵呵一笑，说："巨子之言甚善，姚贾敬服。可是巨子，你知道君王为何不喜欢墨家而喜欢法家、儒家吗？"

水希说："自然。墨家一心为民，君王自然不喜。"

姚贾说："此为其一。还有其二。墨家一心为民，却不得民心，此也是君王轻侮之因。"

水希惊愕："墨家不得民心？大人为何如此说？"

姚贾笑了笑，说："巨子大仁大义，却不知人心之险恶。儒家与墨家皆为当世显学，墨子以为儒家一心为君，谬也。孔子当年走遍天下，与民同苦同乐，其实孔子研究人心研究百姓，比墨子更胜一筹。孔子知道百姓个人之需求，墨子却只知百姓之共同需求。墨子所求者，乃公平正义，此为百姓集体之需求；然，具体至人，此人所求者，必然是飞黄腾达。天下百姓数不胜数，然能舍弃一己之利、全心为民者，能有多少？只想自己平安富贵者能有多少？故此，墨家虽然人人称赞，如果让人选择自己所从者，必定是儒家多，而墨家少也。巨子，你说，相比儒家，墨家得人心乎？故此，各国君主不敢得罪墨家，怕让民众责骂，却轻侮墨家，因为民众也在轻侮墨家。水希，姚贾所说有理否？"

水希艰难点头，说："大人所说有理。不过人之选择，其因复杂，墨家弟子少，或不是墨家不得民心，而是墨家需付出也。"

姚贾点头，说："巨子之言有理。民众热爱墨家，不过是其深受苦难，需要墨家救助之时。若其飞黄腾达了，还会热爱墨家否？巨子经历不少，或比我都有理解。"

水希叹气，说："墨家一心为民，却没想到此一层也。委实如此，可惜墨家一片为民之心，却如此下场。然，我等即为墨家弟子，尊奉墨家思想，则必为墨家鞠躬尽瘁、死而后已也。墨家之道今日或被人轻视，终有一日会遇大贤助之，其时必定天下大同、百姓安康也。"

姚贾说："巨子之心让人慨叹，姚贾也盼望此日来到。不过此日是何日，无人可知也。姚贾今日请巨子，亦是秦王之意，秦王托姚贾向巨子问好，并告知巨子，天下之事非一人之力可定，亦不可强求。天下大势，分分合合，天力驱之，人力推之，大势已定者，单凭人力却不可阻也。望巨子三思。"

水希微微一笑，说："谋事在人，成事在天。若人不谋，事永远不成。姚大人，墨家弟子不为私利，若有得罪，请大人谅解。"

姚贾突然站起来，哈哈大笑，说："巨子啊，尔等是磊落之人，行不得刺杀之事也！我劝你勿要行险，白送了墨家弟子性命。"

水希脸色都变了："巨子特来赴宴，何来行刺之说？大人勿信他人谗言。"

姚贾摇头，说："巨子小瞧姚贾也。墨家弟子近日在姚贾所住之处刺探，便被我手下发现。姚贾知道，巨子力促六国合纵，而姚贾此番联魏攻楚，非看中魏之兵马，而是破巨子合纵之事。秦、魏联军若攻楚，魏便成楚国仇敌，成诸国之眼中钉，合纵之事本就困难重重，经此一役，十年难成也。十年之后，诸国能剩下几国，尚且难说，不过姚贾断言，十年之后，诸国即便想合纵，却也无济于事了。故此，巨子要想合纵成功，为今之计便是杀了姚贾，让秦、魏成仇，联军失败。巨子却不知，姚贾来此之前，国尉大人便想到此事，派十多个绝顶高手保护姚贾。且姚贾临走之时，特意上书君上，如姚贾在大梁被杀，必不怨魏王，秦须更加坚定与魏联军之决心，破巨子之合纵，方不负姚贾一命也。巨子，姚贾此言或有假否？"

水希站起，雷子枫欲拔刀，姚贾身边卫士也做拔刀之状。姚贾摇头，说："墨家弟子性命珍贵，我劝巨子别枉送了尔等性命。"

姚贾对外面喊了一声："把他们押进来吧。"

外面答应一声，几个精壮汉子押着那三个在外边准备动手的弟子进来。三人皆被缚了双手，嘴里塞了破布，被押进来后，三人挺身而立。姚贾手下让三人跪下，三人不跪，押着他们的人动手要打，被姚贾制止："尔等勿要动手，他们是墨家弟子，当世英杰，让他们站着便是。"

雷子枫拔出刀，喊道："姚大人，请你放了三人，我等是来赴宴，并无其他举动。你随意绑缚墨家弟子，欺墨家无人乎？"

姚贾笑了笑，说："你就是雷子枫吧？在下早就闻英雄大名了，不过今日墨家之行为，真算不上英雄。如果我没有说错，在驿馆之外，还埋伏有上百名墨家弟子吧？尔等想将驿馆内秦人杀绝，可惜此谋甚好，却谋略太浅。巨子大概没有想到，在驿馆内外四周，还有上千名魏兵埋伏。巨子若不信，我启动信号，让他们动手？"

水希脸色煞白，拱手说："巨子谋略不成，惭愧！今日落在大人手里，要杀要剐请大人处置。"

姚贾挥手，对手下说："给三位墨家弟子松绑。"

转身，他又对巨子说："姚贾虽为秦之使臣，爱慕富贵，却也对墨家佩服至极。巨子今日要杀姚贾，非是与姚贾有仇，而是为天下百姓，姚贾不恨巨子也。今日我劝巨子一言，勿要与秦王为敌，天下虽然难共容墨家与秦王，秦王却是最了解墨家，也敬佩墨家……"

水希接话说："最了解墨家，也最想杀墨家也。"

姚贾点头，说："如果墨家能赞同秦王统一天下，秦王必会在统一天下之后大力提倡墨家之言，墨家何愁不兴旺？"

水希说："如此之墨家，还是墨家乎？"

姚贾拱手说："姚贾恭送巨子，姚贾今日之言，句句发自肺腑，望巨子三思。"

09. 流浪的墨家

姚贾虽然没有对墨家弟子动手，但第二天，魏王却派人来到驿馆，很客气地对水希说，魏、秦来往不断，秦使提出，墨家弟子在大梁或威胁秦使安危，请墨家弟子暂且离开大梁。来人给了水希一份名单，名单上皆是有些名气的墨家弟子。来使送上一百两黄金，说是魏王觉得愧对水希，这点黄金，算是赔罪。

水希没有要魏王的金子，长叹一声，吩咐雷子枫收拾东西，通知在大梁的墨家弟子，随他离开大梁。

雷子枫听令，一边收拾行李，一边让人通知下去。

半日之后，二百多名墨家弟子便聚集在驿馆外，等待与水希一起离开大梁。百姓听说水希要带墨家弟子离开大梁，许多知墨家之名或受过墨家帮助的百姓纷纷来到驿馆外，挽留水希。水希与众弟子竭力安慰百姓，说墨家弟子不过暂且离开大梁，住些日子，必定回来。

百姓依依不舍，分列长街两旁，垂泪送别水希等人。

众多墨家弟子流泪。

车马出了大梁城门，轿帘落下，水希问走在马车旁边的雷子枫："子枫，姚贾说墨家不受百姓欢迎，墨家弟子离开大梁，大梁百姓却列队相送，我之不解，如百姓不欢迎，为何还如此不舍？"

雷子枫说："师父，姚贾所说不受百姓欢迎是真，百姓舍不得也是真。百姓舍不得是因为墨家为百姓做了许多好事，墨家弟子在，他们生活便有保障。不受百姓欢迎，是他们愿意接受墨家之帮助，却不愿意加入进来，像墨家弟子那样，给别人以帮助，两者没有冲突。"

水希感慨："只想索取，却不想付出，此人之常情，却是人性之恶也。可叹可悲也。"

水希明白，此番离开，便是宣布合纵暂且失败。水希心情失落，加上陡然失去了目标，心中迷茫。

一行人离开大梁后，水希召集众弟子开会，商量去处。

雷子枫建议去邯郸。邯郸有庞暖将军，还有众多的墨家弟子，且赵国人秉性刚强，是秦之劲敌，宁折不弯，不似没有骨头的魏、楚等国。

水希说，往昔去邯郸，是因为合纵之事。如今合纵无望，有何理由再去邯郸。即便厚着脸皮去了，恐惹人耻笑也。

有弟子提出，自己有亲戚是豪富，实在无处可去，可去亲戚家。水希亦摇头，说并非无处可去，而是无合适地方可去，如今形势危急，虽魏王背信弃义，墨家却不能抛弃百姓，应找可发力之处，寻机扭转局势。

众人一番研究，提出几个可去之处，皆被水希否定。雷子枫提议去楚国，秦、魏联军攻楚，楚国正值用人之际，墨家弟子此时赴楚，楚国必定欢迎。

水希摇头，说："此番合纵失败，墨家当反思。自先圣创立墨家，墨家弟子便不惜自家性命，救民众于水火。二百多年来，墨家救灾救国，历大小战役四百余次，战死者三万余众，救人无数。虽盛名天下，却因无法迎合世俗，日益凋零。姚贾之言如三春之雷，让我陡然醒悟。姚贾说得不错，无论是各国君王还是百姓，在危难之时，皆把墨家当救星，却在安康之时，将墨家当敝屣，此非百姓之错，逐利避祸乃人之常情也。墨家若想发展，想为百姓做成大事，就得细思百姓之需求，方能有更多人加入墨家，让君王更加重视墨家，此为大道也。"

有弟子说："师父，如此……便学儒家如何？你说过，先圣也曾师从儒家，便再学回去，借鉴儒家之君臣思想，加上墨家之精神，必为百姓喜欢。"

水希摇头："儒、法二家皆愚民奉君，长此以往，必使民不更事、君不知理也。墨家或有变化，多为民谋利，却断不可学儒。儒、墨皆存，学术均衡，君王或有牵制，如儒家独大，民众之祸也。"

雷子枫说："既如此……师父，我等去往何处为好？此二百多人，这些日子皆靠个人所带钱粮生活，偶有路上墨家弟子接济，不几日钱粮告罄，几百人吃食，如何是好？"

水希想了想，说："告诉众人，有亲可投的，可以投亲；无处可去或者不愿投亲的，可随我奔波。每到集镇，可以墨家弟子之名，找些苦力活干，不计时辰，且做且行，我亦可考察民情，寻思变通之路。"

雷子枫将水希的话传下去，却只有十多人选择投亲，剩下诸弟子都愿意跟随水希，哪怕吃糠咽菜。

雷子枫等人，甚至包括水希，皆是能工巧匠，无论是架桥修堤，还是盖屋做家具，都是行家里手。墨家弟子技艺超群、收费低廉，世上无人不知，因此到了大一些的集镇，雷子枫等人在中心繁华处摆上各种工具，又做了一个"墨家弟子可做各种活计"的牌子放在旁边，想做家具盖房子的百姓便蜂拥而至，二百多人有时候竟然不够用。

此举既解决了众人的吃饭问题，也使得水希能更加了解民众之需求。墨家弟子有专习"技艺"的一班人，他们在近半年的流浪中一起研修学习，在各种斧子之外，又发明了锛，大大加快了削整木材的速度。

水希等人一路流浪，有工则做，无工则行，一直过了夏天，秋风凉爽之时，来到魏国边界一个叫岔里的小镇上。楚国的墨家弟子也从楚国传书过来，说秦、魏联军攻打楚国了。

水希见信之后，在所住之处闭门两天，然后宣布收拾行李，置办路上吃用之物，快马加鞭直奔邯郸。

弟子们虽然还没有过够这种逍遥日子，却早就知道墨家弟子之责任，他们不可能就此浪荡下去，因此早有心理准备。水希一声令下，众人皆准备物品，于第二日一早直奔邯郸。

半路，水希遇到庞暖派来的信使，信使告诉水希，庞暖听说水希离开大梁后，一直派人寻找水希，或有要事相商。水希接过铜管，化开封蜡，抽出羊皮纸，见庞暖写道："巨子大贤：如见此信，请速来邯郸，要事商榷。"落款是庞暖。

水希稍稍问了庞暖及赵军近况，写了回信，让信使先回，自己带了众人，昼夜赶路，直奔邯郸。

10. 局势

魏、楚交战，赵国没有参与，却也没有闲着。

先是李园派人到赵国请求发兵，在背后袭击魏国，以支援楚国。魏景愍王自然也想到此策，派人送了重礼给赵国，让赵国保持中立。

此战确与赵国没有任何干系，郭开只想享受富贵，不想有任何操劳，因此将此事压了下来，没有上报给赵王。

赵悼襄王在朝堂上听说秦、魏联合攻楚，问众臣意见，众人只看郭开脸色，不敢随意说话。唯有庞暖上奏，说秦、魏联手攻楚，此事不可小觑，如今山东六国皆用各种手段，保持平衡，楚与赵虽不是邻国，也无太多联系，但如楚国真被这两国联军所灭，秦、魏联军成功，则秦会充分利用魏之力量，在剩下的诸国中挑起事端，则诸国必乱。秦趁机大兵发来，诸国大祸不远。故此，赵应发兵攻魏，支援楚国。

郭开自然反对庞暖。郭开说赵、魏虽是邻国，却向无大战。当年燕、赵几次战役，幸亏魏没有趁机发难，赵国才能从容对敌，若趁此时发兵攻魏，徒增仇敌。若赵、燕再战，魏国必趁机攻赵，赵国危矣。

赵悼襄王是个不想多事之人，听了郭开之说，马上表态，说那就算了，让它们三个打去吧。

庞暖无话可说。在水希从魏国大梁离开之时，赵国发动了一次对燕国的小战，拿下了燕国的几座小城，此战庞暖没有出征，而是驻兵监视魏国动静。魏国此时正准备与秦联手攻楚，自然无暇顾及。

秦国在事隔五年之后陡然发兵赵国，且速战速决，毫不恋战，战胜之后马上撤军，显然，秦军此战是试探性一战。此战说明，秦军在这几年中一直在研究赵军，寻找战胜赵军之法。

赵虽有李牧、庞暖，秦却有更多能征善战之将，且如今两国国力悬殊，若秦真的全力发兵灭赵，则赵很难有万全之法。庞暖一面派人与李牧商量，一面写信给水希，让其速入邯郸，商量御敌之策。

森平将找到王敖之消息告诉尉缭之后，尉缭复信，免掉王敖官职，让其在邯郸协助森平，设法除掉李牧。

王敖得到消息，对着咸阳连连磕头。赵国是其发誓征服之地，却没想到在此折戟。杀掉李牧，为死去的兄弟们报仇，正是他王敖苟活至今的动力所在。尉缭知其心志，能如此安排，实在让王敖大喜过望。

森平以墨家弟子身份，将王敖秘密带进邯郸城中，让其暂住在苟老板处。森平让苟老板拨出五人给王敖，让其专门研究郭开，企图利用郭开与李牧的矛盾，除掉李牧，或者撤掉李牧的官职。

王敖让手下扮成富可敌国的富商，并通过赵国官吏见到了郭开，让富商给郭开送去黄金一千两。狡诈至极的郭开非要富商说明身份，富商在郭开的追问之下无法自圆其说，暴露了秦人的身份。郭开没有收礼，却也没有为难此人，只是警告他，说若他再如此行事，郭开就要将人量罪。

手下从郭开处回来，将郭开之话告诉王敖，王敖很是苦恼。王敖知道，要想在李牧驻扎之地除掉李牧，基本不可能，凶狠的边军将领能将他们撕成碎片。要想除掉此人，须先把他从边军统帅的地位上拉下来，让他离开边军，那样秦国的死士才能派上用场。八家坟一战，让他明白，秦国死士虽然勇猛，却远不是赵国边军的对手。那些边军，比狼还凶狠千百倍。

王敖各种办法用尽，几个月过去，除掉李牧的计划毫无进展。森平来到苟老板的商铺，王敖与其商量，让森平帮他想办法，森平想了半天，说："水希来到邯郸，不知是否能从此人身上想想办法。"

王敖摇头："水希比郭开如何？对郭开尚且无可奈何，怎么能拿下水希？"

森平想了想，说："水希自然无法用黄金拿下。然，庞暖请水希来邯郸，必然是与秦有关联。水希与李牧、庞暖都是故交，水希来邯郸，李牧或许亦能来邯郸。李牧出雁门关一向是微服出行，为了不让匈奴得知其行踪，一向只带一两随从。边军再勇猛，秦一百死士对三两边军，总不至于失败吧？大人上次让赵行假冒庞暖信使便是高招，要不是露馅，可能李牧早就被除掉了。"

王敖眼睛一亮："不知大人有何办法让李牧来此？"

森平摆手，说："此只是想法而已，尚无计策。此事不可着急，须寻找时机，待机而动。"

作为修葺房屋的小头目，水希回来后，森平去拜见水希。水希几乎已经将这个带着绿娘来此的人忘掉。见了森平，稍稍问了他一些事宜后，就不再理他，与别的墨家弟子谈起了其他事情。

森平却突然插话，说："师祖，秦国刚刚攻赵，下赵多个城池，大胜之后却不再进攻，马上撤兵。此战必有蹊跷，赵国或有大战也。"

森平一席话，让水希一惊："此话怎讲？"

森平躬身说："师祖，自五国合纵攻秦失败以来，秦多年未曾出兵，更未对赵国用兵。嬴政亲政后，厉兵秣马、枕戈以待，每日所想，皆是如何才能剿灭六国统一天下。秦国特设两座军营，其中一座在王母山中，山中军营专司训练将士，阵法变化，格杀练习，日夜不停。五年之中，秦军未出山东。然，秦军苦练，必有大战，此番秦军陡然出兵强赵，却小战即停，小试锋芒而已。秦军若再次出动，必然是大战，如弟子没有猜错，此战必定会再次瞄准赵国，其目的是一战而定，挟五年苦训之锐气，灭六国之最强者，统一大势便见端倪也。"

水希点头："惜哉！合纵之事功亏一篑，秦国若东出，只有李牧可挡也。"

森平说："师祖言之有理。可匈奴人奸诈至极，前几番李牧挥兵南下迎敌，李牧事前都预设疑兵伏兵，并速战速决，一战制敌之后，日夜兼程奔回雁门关。如秦军大军压境，李牧与秦军纠缠日久，匈奴必乘虚而入。匈奴与山东诸国不同，他们不管什么道义，专门乘人之危，此时的赵国若不亡国，还有何路可走？"

水希惊愕地看着森平，问："你如何知道这些？"

森平躬身："师祖，森平在秦之时，常到秦之学舍玩耍，与诸国士子交往甚多。秦之学舍由官家资助，崇尚辩论，每期辩论高手之言论须经学舍社长抄送官府。秦之顿弱、姚贾，皆因参加辩论而被秦王重用。故此，秦之学舍相比齐之稷下学宫，有过之而不及。这些见识是在学舍之中学习而来。"

水希点头，叹息："秦之强盛非空穴来风耳。森平，局势如此，你有何高见？"

森平一抱拳："师祖，弟子惭愧，只是一管之见而已。"

水希说："墨家向来主张平等，不必拘泥。有何看法，速速道来。"

森平说："多谢师祖抬爱。弟子以为，为今之计，只有未雨绸缪、早做准备，须李牧将军与庞暖将军做全盘打算，或许能有些许胜算。"

水希点头："确实如此。我正欲派人送信给李牧，你愿做信使否？"

森平躬身："师祖差遣，弟子万死不辞。"

11. 杀人部署

听说水希回来，庞暖将军一早就来拜见。

听水希诉说了魏国与楚国之事，庞暖叹气，说："山东诸国皆混沌，气数尽也！"

水希说："六国之希望，只在赵国了。若赵国能与秦国一战，或许还有希望。若赵国难抵秦国，则六国皆亡也。"

庞暖摇头："秦国人才济济，文有李斯、王绾，武有蒙恬、王翦，此番尉缭入秦，更是如虎添翼；赵国虽强，却因郭开专政，人才难出。我已老矣，能与秦军一战者，唯有李牧。抵御匈奴离不开李牧，抗秦离不开李牧，偌大赵国，依靠李牧一人，怎能长久？"

水希说："别无他法也。为今之计，只能依靠李牧与将军了。赵王昏庸，郭开专政，赵国之安危，只有将军与李牧早做打算了。"

庞暖说："巨子不知，我与李牧将军自然拼尽全力保护赵国。可是临战用兵，将军调度皆由朝堂，郭开等人把持朝政，我等虽有谋划，却不一定管用。"

水希说："郭开把持朝政，利益巨大，此人虽仇恨李牧，却也不愿赵国覆灭。关键时刻，赵王必定启用李牧和将军，所以早早谋划，必定受益。"

庞暖点头："既如此……那最好请李牧将军秘密来邯郸，仔细盘算，方可有效。"

水希说："我也是如此想法。如将军同意，我可秘书一封，让弟子送与李牧将军。此番须秘密出行，以免出现上次之事件。"

庞暖说："也好。李将军回来，也须秘密行动，否则让郭开等人得知，又会找麻烦。巨子能派人送信，倒比我派人方便多了。"

水希写好信件，叫来森平，让其第二日早早启程，去邯郸送信。森平当晚带着封着信函的铜管来到苟老板处，启开蜡封，将信纸拿出，几个人看了看，又小心将信放回，封上铜管。

王敖看了信，激动不已："此番李牧必定会来邯郸。以我猜测，李牧为了不让赵王知道，也避免匈奴趁机攻赵，必会秘密化装，届时我等组织人马，找机会干掉李牧，大功告成也！"

怕引起水希怀疑，森平与王敖、苟老板初步商定行动计划后，就回到自己在西北角的住处。

第二天一早，森平骑马出城，直奔邯郸。

非止一日，森平进入雁门关，直奔军营，求见李牧。

秦、魏攻楚，秦军突然攻赵，种种事件，李牧皆都掌握。此日他正与司马尚等一班将军在议论各国局势，侍卫报告，说水希派人从邯郸送信至此。

李牧有些诧异。他与水希有点交情，但是水希是墨家掌门，他是赵国将军，两人交际不多。虽然水希在各国之间行合纵之事，在李牧看来，不过是一厢情愿之民间行为，难成大事。此处是赵国边军军营，水希陡然派人送信给他，让他觉得有些奇怪。

李牧让人将森平请进来，他看了水希给他写的书信后，让人将森平带下歇息，他将信递给旁边的司马尚。

司马尚看了，说："墨家巨子如此关心赵国，让人敬佩。"

李牧站起来，在帐篷踱步，说："墨家主张非攻兼爱，反对各国征战，不过……墨家如此关心一国军事，我却是第一次听到。现在秦国也没有对赵国发动毁灭性的进攻，赵国更没有灭国之危，水希此番却有点让人费解。"

司马尚摇头，说："依末将看，此事却正常。嬴政准备统一六国，六国之中，唯有赵国可与秦国一战，墨家反对统一，赵国之作用不可替代。故此，水希参与赵国军事，便可理解了。"

李牧微微点头："嗯，言之有理。如此，将军认为我当成行否？"

司马尚说："自然当行。秦对赵虎视眈眈，赵须万分谨慎。如今郭开把持朝政，唯一能与将军一心为赵的，唯有庞暖将军了。此事是庞将军与水希共同密谋，他们之希望又俱在将军身上，将军不去，如何成事？"

李牧慨然："郭开害国，其心险恶也。郭开耳目众多，如此番去邯郸被其告知，或又状告朝廷，诬我谋反也。"

司马尚说："将军此去，不得暴露身份。须化装成商人，或者普通百姓，带十个最精干护卫则可。"

李牧笑着说："要护卫作甚？如此甚好，扮成百姓，少了许多麻烦。"

李牧给水希写了书信，让森平带着书信先走，自己在后面，稍作准备再走。森平得了书信先走，李牧则与司马尚安排军事及一应事务，五天之后才带着两个手下，打扮成富商模样，驾车直奔邯郸。

也是合该有事，森平晓行夜宿，却因赶路太急，行至半夜，遇到了一伙劫贼。森平武功不错，没把这几个劫贼放在眼里，先是答应给几个小钱，劫贼不肯，森平大怒，拔刀就与劫贼们战在一处。

让他没有想到的是，这几个劫贼却是皆有些武功的。他们本是赵国军队士卒，其中一个还是小头目，几年前的赵燕战争，这几个人途中抢劫百姓，害怕受到处罚，索性逃离部队，做了匪寇。

森平虽然也算勇猛，却好虎难敌群狼，受了伤，马匹和包袱都被人家抢了去，只身勉强逃了出来。

没了马匹和银两，森平可就遭罪了。一路要饭走了七八天，后来饿极了，在一处集镇上偷了点银子和一匹马，才继续朝后赶路。

这样，等森平赶到邯郸，李牧早就到了三天。

水希听说森平早就走了，却还没有回来，马上派出弟子沿路寻找。弟子们找了两天，终于在半路接到了森平，与其一起回到邯郸。

森平听说李牧早就到了，自是悔恨不已。见过水希之后，森平当夜去见王敖与苟老板，说起一路事端，悔恨不已。

王敖听说李牧已经秘密来到邯郸，且只带了两名手下，住在一处普通的客栈里。王敖说："森平大人勿要悔恨，既然李牧来到邯郸，我等就决不能让其活着回去！"

森平摇头，说："李牧虽然只带了两个手下，庞暖却不能不派人暗中保护，此事难为也。"

王敖说："别的且不管，此是千古难逢之时机，万万不可错过。如若错过，恐再无机会也！"

第二天，王敖亲自出马，到李牧下榻的客栈去进行勘察。

庞暖给李牧选择的客栈，真是煞费心机。客栈位于邯郸城东南，离东南门不远，僻静，客栈不大，是个二层木楼，却也干净舒适。

王敖找到客栈老板，说有亲戚要来住几天，需要几个房间。老板高兴，带着王敖看房间。上上下下中，王敖看到了几个警惕地观察自己的精壮汉子，也看到了两个一直关着，任由自己怎么引诱、客栈老板也不肯说出所住客人的房间。

这两个房间，都是在二楼靠西，有南窗，比较宽大，应该就是李牧等人的住处。勘察完毕，应付完客栈老板，王敖走出客栈，又在四周转了转。此处四周皆是民居，远离市场，闲杂人少，进出容易惹人注意，却是一大问题。

然而事已至此，为了这个李牧，王敖损兵折将，如今连官职都没了，此番若失去机会，恐怕自己一辈子也爬不起来了。他已没有退路。

王敖回到商铺，跟苟老板将事情汇报一遍，两人商量到半宿，苟老板不太放心，第二日两人一起，再次到客栈附近查看。王敖要带着苟老板进客栈仔细查看一番，苟老板怕客栈老板认识自己，没有进去。

回来之后，王敖在木板上将客栈的详细情况画了下来，两人仔细分析一番之后，决定两日后动手。

这两日，苟老板召集了二十名杀手，众人一起研究了战术，商量了半天，决定干脆利落，在子夜时分杀进客栈，不惜代价，要将人杀掉。

王敖分析庞暖保护李牧的侍卫应该有六七个人，加上李牧等三人，对方应该在十个人左右，他们这边仅二十人，似乎不太保险。

苟老板说，应该问题不大。何况他们一时也抽不出更多的人选，只能如此了。

12. 王敖之死

两日之后，半夜，王敖带着这二十名秦国杀手，直奔客栈。

半路，他们遇到巡夜的军士，众人藏在暗处，堪堪躲过。

深夜之邯郸城，深沉宁静，夜色无边。王敖带着这二十个一身黑衣、走路迅捷的精壮汉子一路疾行。

王敖心情颇为沉重。一年前，他带着二百多名大秦顶级杀手带着上万两黄金奔赴邯郸，那时候的王敖雄心勃勃、意气风发。他以为凭着他的黄金加匕首，可以轻易将邯郸臣工降服。没想到，他遇到了李牧，遇到了司马尚。他们的边军让他的二百死士，果真成了死士，让他的万两黄金打了水漂，也让他官职被削，从一个四品官员变成一个白衣。

如果这次能杀了李牧，自己就可将功折过，起码要官升一级。那时候回到秦国，见到秦王，自己将是何等的风光啊。

王敖还想到了自己的父母。自己远离他们，一年多音信皆无，父母不知流了多少眼泪。如果能衣锦还乡，父母该有过高兴啊。如果此次杀李牧成功，从此就可以待在秦国、侍奉双亲了。

经过大街，穿过两条胡同，前面不远就是那个客栈了。

似乎为了欢迎王敖，客栈门口挂着两个红灯笼，红灯笼照着附近的房屋和街道，看着竟然有家的感觉，很温馨。

王敖突然想起，这李牧也是有父母双亲、有老婆孩子的。他不仅仅是赵国大将，也是一个儿子、一个丈夫和父亲。现在这个丈夫和父亲也许正在酣睡之中，也许在做梦，梦中或许有父母或许有妻儿。而现在，他和他的手下就要将这里变成一片血海了。想到这里，王敖的脚步迟缓了一些。

后面跟随的杀手跟得太急，一下子撞在了王敖身上。

王敖转身，看到跟在自己身后的二十名壮士，心里又是一紧。这二十人，是荀老板的人，细作出身，手里头虽然有些功夫，却跟他带的那二百死士没法比。他们肯定不是李牧那两个手下的对手，至多能与庞暖的侍卫打个平手。因此，按照他的算计，这二十人当有一大半会将性命丢在此地。当然，还会有人受伤。按照他和苟老板的计划，当他们的刺杀完毕后，苟老板会带几个人及时赶来，将受重伤者送往西天。

因为他们活着，将是一大累赘，送重伤者早日归西，在秦人看来，是很人道的一种做法。

故此，此战之后，能有五人活着回去，就是万幸了。

众人在王敖身后停下，王敖身后的杀手小声问："王大人，为何停下？"

身后的街道上，突然有灯笼光芒越来越亮，有人小声说："大人，巡城的过来了。"

王敖忙带着众人钻进旁边一条小胡同。巡城军士果然从大街上转了过来，经过王敖等人身边，经过客栈，朝前走去。

王敖陡然想到，巡城军士到此巡逻，应该是因为李牧住在此地之故。这种偏僻地方，又没有衙门兵营，本不是巡城军士巡逻之地。

王敖不敢耽搁，在巡城军士走过之后，带着众人就朝着客栈摸了过去。

客栈大门上的两个红灯笼在风中轻轻晃动，王敖留下两人守住门口，自己带着剩下的众人冲了进去。

客栈伙计正趴在柜台后睡觉，王敖一挥手，一个手下过去，勒住伙计的脖子，轻轻一刀，伙计就倒在地上。

众人上楼，刚到二楼楼梯口，突然从旁边蹿出几个人，将走在前面的两个砍翻在地。

众人愤怒，鼓噪而上。王敖在后面，看着一拥而上的大秦杀手，血脉偾张。大秦勇士与他国军士不同之处，就在面临危险之时——他国军士，遇此危急，必然后退；秦之勇士却会更加奋勇——此正是秦军常常能以少胜多、转败为胜之原因。

陡然而起的砍杀声和惨叫声，惊醒了客栈中的客人。有人跑出来，看着这一帮凶狠的黑衣人，吓得惨叫一声，又跑了回去。

王敖这边有人被砍死，楼上的侍卫也不断有人死去。王敖的人马艰难推进，走在后面的王敖刚到楼梯中部，客栈外突然一阵聒噪，一队人马冲进来，朝着王敖的人马就杀了起来。

王敖大惊，连忙带着一部分人回头迎敌。

拼杀之余，王敖抬头，不由大吃一惊，客栈大厅人头涌动，刀枪闪亮，显然对方早有准备。

王敖对众人喊道："兄弟们，咱们遭埋伏了！跟我杀出去啊！"

众人一边抵御二楼军士的追击，一边在王敖的带领下朝外冲。大厅里的赵军有便衣，大多数却是全副武装的邯郸守军。

王敖带着众人朝外冲，血肉横飞，惨叫声连连不断，身边的人一个个倒下去。王敖知道，事已至此，唯有一拼！

王敖继续带着众人朝外冲，他们面前的人却越来越多，他身边的人则越来越少。一直到他身边只剩下两个人的时候，突然有人喊了一声："各位暂且住手。"

围着王敖准备做最后一杀的众军士退下，身体多处受伤的王敖靠在一面墙上站着。从外面进来一个将军装束的人，他挥挥手，众多军士退下。

将军走过来，走近了，王敖才认出，此人正是赵国老将庞暖。王敖作为使者时，曾经与庞暖有过一面之交。庞暖走过来，仔细看了看王敖，点头说："果然是王大人。王大人啊，你好好的秦使不做，却来赵国客栈行凶，此是为何？"

王敖叹气："我既然落在了你的手里，你发落便是，何来这么多废话！"

庞暖呵呵一笑，说："王大人，没有这么简单吧。你堂堂秦国官员，带了这么多人在此行凶，我总得问个清楚吧。说吧，此番行凶，是不是秦王之意？"

王敖摇头，说："将军你认错人了，我非王敖，亦非什么秦使，我不过是一个商人，生意败落，欠了人家的钱，无奈落草为寇。今日带几个兄弟打算来搞点钱，没想到落入了官军的手里。既如此，我任剐任杀，无话可说。"

庞暖哼了一声，说："王大人，狡辩无用。你第一次来此客栈，我的人就注意到你了。你回商铺，我的人就一直跟着你。第二天，你同商铺那个苟老板一同来此，我就知道你的目的了。你刚刚离开商铺，我就派人去抓捕苟老板，可惜此人胆小，畏罪自尽了。王大人，你还有何话可说？"

王敖的身体摇晃了一下，说："此话好无聊，我根本就不认识啥苟老板。老东西，我既然落到了你的手里，就没想活着，今日我多杀一个，就赚一个。男子汉大丈夫，生死皆欢，何来这么多废话！"

王敖突然对身边两个已经受伤的手下喊道："我等今日杀个痛快，死有何惧？"

王敖带头冲锋，那两个杀手虽然连站都无法站直了，却也跌跌撞撞朝前冲。赵军不由得后退。

庞暖叹气，说："先送这两个回家吧。"

有几个赵军出枪，将两人刺死。

王敖挥刀乱砍，众人纷纷躲避。王敖大怒，欲杀庞暖，被庞暖身边的人打翻在地。

庞暖让人将王敖绑起来，刚要带走，从楼上跑下来一个精壮汉子，附耳对庞暖说了几句话。庞暖对手下说："将王大人送到楼上去。"

两个手下押着王敖，跟在下楼的人身后，几个人上楼。庞暖让人清理客栈，自己也随后上去。

王敖被押到一个空房间，扔到地上。少顷，一个魁伟健壮、器宇轩昂的中年男子走了进来，庞暖跟随其后。

王敖认得，此人是李牧。

李牧对侍卫说："给王大人松绑。"

侍卫似乎有些为难，看了看庞暖，庞暖说："李将军，此人危险至极，小心些好。"

李牧呵呵一笑，说："王大人是大秦臣工，非乡间无赖。松绑便是。"

侍卫给王敖松绑，王敖想站起来，却因身上疼痛，没能成功。此时王敖浑身是血，拼死一搏的热血已经过去，人坐在地上，痛苦不堪。

李牧让手下先给王敖包扎了一下，说："王大人，在下李牧。我们虽然向无谋面，我却早知大人之名。大人肩负使命，千里入秦，受挫之后隐姓埋名，以待时机。此等忠心为国之志，李牧敬佩。不过王大人，你在赵国蛰伏一年多，就不想念家中妻儿老小乎？"

王敖淡淡地说："自古忠孝不可两全，王敖既然选择效忠秦王，只能愧对父母妻儿。将军，王敖多次欲杀你，今日王敖落入将军手中，任凭将军处置，以报往日之仇，王敖毫无怨言。"

李牧摇头，说："大人差矣，我等皆君王之臣，各为其主，何仇之有？若论仇，追随大人二百死士，却找谁报仇去？被那二百人杀死的一百多名边军兄弟，找谁报仇去？"

王敖抬头，看了看李牧，说："将军心胸豁达，果然不是一般人物，王敖不及也。王敖有个请求，不知将军能否答应？"

李牧淡淡一笑，说："大人请说，李某当尽力而为也。"

王敖说："敖平生敬佩之人甚少，如今一见将军，真是相见恨晚也。王敖如能死在将军之剑下，必含笑九泉也。敖有辱君命，枉送几百兄弟性命，今又败于将军手下，生无意义，只求一死干净。求将军成全。"

李牧摇头，说："大人之要求，李牧无能为力。李牧只能保证让庞暖将军好生照看大人，或有机会，当送大人回国。大人作为秦之臣工，已经尽力，如今可作为家中栋梁，回家为父母尽孝了。"

王敖苦笑："将军不知秦人也。秦人重尽忠，却轻尽孝。王敖虽为国尽力，却没有尽忠，且无所作为，无权尽孝也。今日敖如此，只求一死则可。"

李牧说："李牧杀人无数，却不杀非不得不杀之人。人命大于天，也望大人珍重。李牧今日见大人，有一事要问，大人也是饱读诗书之人，懂得天理人伦，知道性命之可贵，亦更应知道读书人应心怀天下，多做善事。大人为秦王而忠，却为天下而暴。李斯、尉缭之徒投奔秦王，是为权势富贵，我观王大人，却是为忠而忠。此忠是助纣为虐，视千万性命如蝼蚁，知书达理之人成杀人凶魔，大人于深夜思之，可心安否？"

王敖稍微愣了一会儿，方说："天下乱象迭起，诸国争霸，秦王统一天下，是为天下之大计。统一完成，则天下和平，百姓安居乐业，王敖即便为此做下恶事，不过是为长远计。如此一想，自然心安。"

李牧笑了笑，说："统一天下为百姓之说，不过是秦王之说罢了。先不说统一天下能否成功，即便是成功，秦之天下就能千秋万代了？秦王之德能比周王若何？当今天下比商周又如何？有统一便有分裂，届时恐怕战争更烈、死人更多。此秦王为一己之利，诓骗众人而已。大人真的相信？"

王敖缓缓点头，说："食人之禄忠人之事。秦王有志，我等自然尽力而为也。"

李牧问："不惜助纣为虐？"

王敖不说话。

李牧叹气："如此读书人，禽兽无异。王大人，我不杀你，杀你无益也。尔好自为之。"

李牧挥手，庞暖让人将王敖再次捆起，押下楼去。

庞暖问李牧："将军有何吩咐否？如无他事，庞暖也去了。"

李牧说："将秦人尸首认真掩埋。庞将军，我等宜早定安国策略，秦人如此凶恶，恐安顿不久也。"

庞暖躬身答应，从房间退出。

刚走到门口，庞暖突然听到众人惊呼。庞暖跑过去，只见押解王敖的那两个军士目瞪口呆，看着楼下。

庞暖朝楼下看去，王敖四肢摊开，趴在地上，脑袋处鲜血喷涌而出。

李牧随之跑出来，问庞暖："何事惊呼？"

庞暖回曰："将军，王敖跳楼而亡也！"

李牧走过来，看了看尚在抽搐的王敖，叹了口气说："活路不走偏寻死处，何其狭隘！"

第五章　尉缭出招

01. 尉缭新谋

王敖死讯传回咸阳，尉缭将前后经过禀告秦王。嬴政听说后，长叹一口气，对尉缭说："王大人当为秦人之表率。寡人会派人将王大人尸体运回厚葬。王大人家人厚加抚恤，如有后人，愿为国效劳者，国尉大人当适当安排。"

尉缭拱手："微臣明白。"

嬴政问尉缭："听说水希也在邯郸，王大人之死与水希有关否？"

尉缭摇头，说："水希在秦、魏联军攻楚而合纵失败后，一直在邯郸。水希与庞暖将军关系甚洽，王大人之死……似乎与水希无甚干系。"

嬴政点头，说："水希为墨家之首，应恪守礼教，管教弟子。前番此人企图合纵抗秦，恶劣至极。国尉，如此人再如此愚顽，当适当教训。"

尉缭迟疑了一下，说："君上，墨家干政，自古有之，诸国也都习以为常，如果秦……"

嬴政打断尉缭的话，说："国尉不必多说，寡人明白。墨家乃当世大贤，但大贤当有大德。何为大德？顺时应天便是大德之首。当今乱世，寡人欲统一天下，造福万民，水希却目光短浅，徒做逆天之举。如此行为，寡人如若任之谣言泛滥，必会害国害民、遗祸不断也。"

尉缭躬身："君上言之有理，微臣谨记。"

当下，嬴政派姚贾为使，出赵国，以"秦使在赵国失踪"为由逼着赵王寻找王敖。赵悼襄王问计郭开，郭开知道其中必有缘由，招手下商量。有人就说，听说庞暖将军好像在客栈中杀了一帮秦国杀手，好像其中有个叫王敖的。郭开大惊，忙将此事禀告赵王。赵王赶紧派人传庞暖觐见。

庞暖不知姚贾入赵之事，听赵王说秦使入赵，要赵国负责寻找失踪的前秦使王敖，他惊愕了好一会儿，才终于回过味来。他便将这个秦使王敖如何潜伏下来，计划除掉李牧，却被李牧的副将司马尚率人杀死大半，后潜伏至邯郸，准备抢劫客栈，却被他撞见而杀死之事向赵王详细汇报了一遍。

当然，庞暖隐去了李牧偷回邯郸之事，将王敖袭击李牧不得已说成了王敖企图抢劫客栈。

赵王听了，点头说："既如此，这个王敖死有余辜。"

庞暖长出一口气，说："末将觉得王敖已经沦为贼徒，不值一提，故此末将此事禀告君上，请君上恕罪。"

赵王点头说："将军如此处理，甚是妥当。秦使却说这个王敖在赵国失踪，不知是何居心？"

庞暖说："秦、赵自古是死敌。秦国对王敖之事当心知肚明，找此理由，或为要回王敖尸首，或以此滋事挑起事端。末将以为，还回王敖尸首对赵无甚损失，尽管将尸首还给秦使。如秦使滋事赵国也不必害怕，秦赵早晚有一战，有何惧哉?!"

赵悼襄王虽然昏庸，却并不怕事，庞暖之说他深为同意。他说："将军果然是赵之栋梁，此言甚合寡人之意。望庞将军将此人尸体派人找到，送给秦使，余下之事让丞相处理吧。"

庞暖派人将王敖棺材挖出，送给姚贾。姚贾的使命本来便是要回尸体，见棺材来到，便命开棺验尸。此时已经是隆冬时节，下葬又浅，王敖尸体被冻了起来，未曾腐烂，因此很好认。

姚贾见真是王敖，虽心下酸楚，却也无心多事，留下几句狠话之后，便带着人匆匆赶回咸阳。

秦王让尉缭牵头，给王敖举行了一个极其隆重的葬礼，为示表彰，他率文武百官皆到场祭奠。葬礼后，特下旨意，王敖追升大上造之爵，随王敖战死赵国的二百多死士，在原先的封赏之上，又每年加白银十两，糙米二十升，布一匹。

丧事完毕，秦王召集李斯、尉缭、蒙恬等人议事。

秦王说："自寡人亲政以来，国事繁芜，幸有诸位倾力相助，秦国局势终于安定。如今秦国百姓富足，军马强健，秦已做好统一六国之经济和兵马准备。然，对山东诸国重臣之事，却进展甚微。寡人在此毫无责备国尉之意，国尉与其属下以死报秦。然我等却轻视了秦之敌人，尤以赵国为甚。赵有李牧、庞暖等大将支撑，气数未尽，人心未散，强赵不倒，寡人的统一之路，就无法完成。诸位都是秦之栋梁、寡人之师，如何弱赵，请诸位教我。"

秦王言辞切切，李斯诸人却听得汗毛倒竖。

众人皆跪下，尉缭说："微臣办事不力，白白耗费钱财人力，请秦王降罪。"

秦王瞪大眼睛："诸位为何跪下？寡人无意责罚任何人。统一六国艰险不断，寡人早有准备，耗费这点钱财人力，秦国还是出得起的。都请起来，帮寡人好好想想办法。我就不信，寡人有李斯有尉缭有蒙恬，就除不掉一个李牧！"

李斯抬起头，说："君上，用间之事本来就是军事之辅助。大局还是要战场上见。我秦有王翦有蒙骜还有蒙恬，就打不过一个李牧？何必为区区一个边军将领费此脑筋？"

尉缭摇头，说："廷尉此话差矣。用间得当，可四两拨千斤，一把匕首一锭黄金，可顶千军万马。此番行刺李牧失败，乃尉缭计谋不当，当受君上惩罚。微臣愿降职降薪，自去赵国，设法除掉李牧！"

嬴政摆手，说："起来，都给我起来！今日咱君臣议政，须畅所欲言，无论对与错，皆可说皆可议，不许搞这么多的俗套！"

大家看秦王确实毫无怪罪之意，都松了一口气，站起来。

秦王说："寡人自亲政，王族羁绊，丞相诘难，诸多难关啊，寡人都慢慢熬过来了。如今秦国政务肃正，民心安定，反观六国，君臣庸庸，民心惶惑，正是寡人施展抱负之绝好机会。赵之李牧，是寡人心中唯一劲敌，是秦之验金石也。故秦必先用精锐之人除掉此人。此人不除，秦不必有统一之心，此人一除，六国皆如草芥耳。"

蒙恬说："李牧黄金不接，暗杀不成，臣有一计，不知当讲否？"

秦王烦躁："寡人刚刚说了，今日无论对错，皆须畅所欲言，你怎如此絮叨？"蒙恬说："古人说英雄爱美人，咱也给李牧来个美人计，君上意下如何？"

秦王看着尉缭，说："或可一试。国尉何意？"

尉缭想了想，摇头说："美人计可用于常人，对李牧却难有效用。李牧之人，心坚似铁，能忍受匈奴扬威十年，示弱以麻痹之，非常人能做到。能在十年后一战而定匈奴平东胡，更是常人所未及。大秦战将上千，人才济济，然秦之大将，能如李牧者，臣未见也。这种人物，若对之用美人计，臣下以为若死疾治伤寒，难有效用也。"

秦王点头，问："国尉，你觉得应该如何对付李牧呢？"

尉缭想了想，说："臣……并无妙计。臣下以为，对付像李牧这种一国之柱石，预设之计很难有用。赵王虽然昏庸，对李牧却非常信任，各种赏赐不断。赵王之宠臣郭开，多次在赵王面前参奏李牧，说其结党营私，有谋反之心，赵王别事都相信郭开，唯独此事不肯给郭开一点机会。故，李牧对赵王也是忠心耿耿。"

秦王皱着眉头："如此说来，秦国竟然无法对付一个李牧了？"

尉缭摇头，说："也不尽然。君上，我在赵国的耳目传话过来，说赵王因为酒色过度，身体虚弱，几次在朝堂之上晕倒，恐难持久矣。"

秦王摇头，说："国尉之意是等着赵王死亡？此想法荒唐也。赵王尚不到五十，他若再活十年，寡人还要等他十年吗？"

尉缭说："此是预想。微臣决定亲自入赵，寻找时机，望君上恩准。"

秦王惊愕："国尉，你是秦之国尉，身担重任，不宜亲自上阵。"

尉缭起身，躬身说："君上，赵之李牧乃大秦劲敌，不可不除。王敖乃微臣手下干将，才能胜于顿弱、姚贾，其勇猛忠诚，更胜二人。王敖前番带二百余死士、黄金万两谋赵，二百余壮士皆死于边军之手，王敖之死也与李牧大有干系。王敖身亡之后，臣痛定思痛，李牧难除至极，却不可不除。微臣被称为兵法世家，无名战惊世，更无寸功于秦，此番臣亲自入赵，是相机而动，为秦立功，亦是为臣建业，于国于己，臣都要入赵，望君上恩准。"

秦王想了想，说："国尉，你如入赵，须以秦之使者过去，不得潜伏刺杀，王敖教训，不得忘记。"

尉缭拱手："微臣谨记。"

02. 郭开荐将

李牧与庞暖暗中计划护国之策后，李牧平安返回边关。庞暖与一班老臣谋划安排，并设法禀告赵王。

赵悼襄王身体欠佳，诸多事务委托郭开处理。在委派守城将领时，庞暖与郭开产生了分歧。庞暖手下有一将领扈辄，算是一员猛将，却无谋略。扈辄想法结识郭开，郭开向赵王推荐，将扈辄升为国尉，守邺城。

庞暖知道之后大惊，反对此事。邺城本是魏国之地，因为怕守不住，才割让给了赵国。此地为军事要地，为秦进入赵之通道之一。秦若攻赵，须先下邺城。庞暖情知扈辄虽然勇猛，却不具守城之才，故强烈反对。

庞暖进宫找到赵王，陈述扈辄之事。赵悼襄王烦躁不已，敷衍了几句，将庞暖撵了出去。

庞暖愤懑不已，来找水希。水希却也正处于无限郁闷之中。

绿娘来到邯郸之后，水希给她另找了一处房子，跟一户失去了丈夫的女子住在一起。绿娘刚来邯郸，觉得新鲜，每日随女子赶集做点针头线脑的小生意，倒也不太骚扰水希。

水希因此才能得以从容地在各国之间跑来跑去。

住了一段时间，新鲜劲儿过去，绿娘就跑回来，想跟水希一起，周游列国。水希知道不能用世俗的道德礼仪之说说服绿娘，就哄她，说其他国家不允许太多人去，绿娘就信了。然而三番五次之后，绿娘有些明白其中因由，不好哄了。

庞暖来时，刚好遇到水希要去齐国，绿娘要跟着去，水希哄骗不成，终于压抑不住愤怒，将其呵斥一通。绿娘在犬戎之地长大，此地民风粗犷，男女平等，绿娘养成了率性直爽的性格，水希将其一番呵斥，绿娘自然不服，两人大吵起来。

绿娘脾气大，口才却差很多，被水希一番道德教育，无力辩驳，情急之下，伸手就抓住了水希的衣领。

庞暖进来，雷子枫知道将军是水希常客，也就没有禀告。庞暖闯进门，刚好看到怒气冲冲的绿娘抓着水希的衣领，水希依然在跟她讲"好男不与女斗"等各种道理，庞暖忍俊不禁，笑了起来。

绿娘自然也认得庞暖，就松了手，请庞暖评理。庞暖细细听了绿娘讲述——绿娘讲到从咸阳轻车直奔邯郸，多次迷路，有一次两天没吃没喝，随从饿得吃树叶，边说边眼泪直往下掉。

庞暖问起两人如何相识，听了绿娘讲述，直呼人间奇迹。庞暖答应绿娘，他会说服水希娶她为妻，绿娘才破涕为笑，起身走了。

绿娘走后，庞暖说水希："水希啊，你是当世大贤，墨家掌门之人，却是极为糊涂也。"

水希惊愕："将军为何有此一说？"

庞暖说："绿娘聪慧贤达，相貌一流，如此痴心于你，你也已四十多岁，早过婚嫁年龄，此女不娶，你想再娶何人？莫非想终身不娶？"

水希摇头，说："不瞒将军，水希也想过此事。墨家虽主勤俭，却不主张男女单身，男婚女嫁生儿养女，乃人之根本。水希虽已过婚娶年龄，如遇适合女子，且对方愿意，自然也想娶妻生子，享天伦之乐。"

庞暖说："以水希之意，绿娘不合适了？"

水希皱眉，说："此女率性，不懂世俗礼仪，水希乃墨家之首，如娶此女，恐被人笑话。"

庞暖说："墨家出自儒家，然墨家与儒家不同之处在真正地以民为本，儒家之以民为本是说给民听的，听而听之却不可信之；墨家的以民为本是说给君听做给君看的。也就是说，儒家的以民为本只是说说而已，儒家真正想说的是君臣父子，且儒家礼教繁杂，墨子据此以为儒家之虚浮，故此创立墨家学说。巨子却嫌此女不通世俗礼仪。庞暖不知是巨子觉得往昔墨子想法错误，还是巨子说做不一，厌率性真诚却喜儒家之虚浮繁芜，请巨子略作指点为盼。"

水希看着庞暖："如此说来……我却无意中弃率真却喜虚浮？"

庞暖点头，说："庞暖年已花甲，如今却通一理：天下乃百姓之天下，百姓恒之，君王处之，重君王而轻百姓，是本末倒置。儒墨之道，一为重一时之虚华，一为重永恒之天下，惜天下懂墨家者少也。"

水希起身抱拳："将军一语评儒墨，水希不及也！"

庞暖摇头，说："此事暂且不讲了。末将今日来，有烦躁之事，还请巨子帮忙分解。"

水希坐下，说："将军请讲。"

庞暖说："昔日末将手下有一将领，名扈辄。此人作战尚算勇猛，但无谋略。今扈辄攀附郭开，郭开向君上荐其为邺郡三城守将，我心烦忧。邺郡处魏、赵、秦三国交界处，秦若攻赵，邺郡为首选，此三城若下，便可长驱直入，攻至赵地。当年魏将此三城割与赵，其因就是魏知此地难守，让赵帮守也。故守城之将须通兵法知战术。扈辄为末将手下，其才能如何，末将最清楚，赵王让其守邺郡，取败之道也。我与李牧将军有守城人选，我也早就将各地守城将军之提议禀告了赵王，赵王偏偏不用，却用郭开推荐之扈辄。扈辄好大喜功，不知轻重，郭开只认钱财，不管国家，赵王却应该知道此处用错了人，害了扈辄，也害了赵国也！"

水希缓缓点头，说："赵有郭开，为害不浅。然，郭开势大，又宠于赵王，我等无计也。此番郭开与赵王重用扈辄，我等无解也。此事既已如此，只能寻补救之法，烦恼无益。"

庞暖叹气："国有此人，乃大祸也！巨子，我有一计，可除掉郭开，你觉得行否？"

水希想了想，摇头，说："赵国佞臣，郭开一人乎？君王不明，必有佞臣。除郭开易，将军能除赵王否？赵王如此，此郭开除掉，其后有无数的郭开，将军能都除掉否？"

庞暖摇头，说："如此说来，我等无法对付郭开了？"

水希点头，说："自古小人当道，君子不为，与小人斗，君子难为也。赵有郭开，幸有李牧与将军，还可一战，将军以后必避开小人，另谋救国也！"

庞暖点头："巨子之说有理，只得如此了。"

03. 赵国出大事了

尉缭以秦使之名，于第二年春天（公元前 235 年）来到邯郸。此时，赵国已经发生变故。年前，赵悼襄王摔了一跤，竟然从此得病，于年前匆匆去世，赵王迁继位。赵王迁从小是跟着郭开长大的，赵王迁继位之后，升郭开为大良造。

到邯郸的第二天，尉缭前去拜会郭开。

郭开府邸位于邯郸最繁华的位置，门头高大，门楼更是雕梁画栋，门坛宽阔。三十九级台阶，人立台阶下，须仰视才能看到顶端。

尉缭摇头叹息，对身边人说："臣工如此，赵国焉能不亡？"

尉缭欲攀阶而上，手下说："国尉，旁边有马车通道，可直接上去，请国尉上车。"

尉缭朝两边看，发现果然在台阶两边有坡道，直通大门口。

尉缭摇头，说："走上去吧。如此高的台阶，我还没有见过呢。此番不走一走，不知什么时候还能再来。"

众人随着尉缭攀上台阶，已经有家人迎接出来。家人接过尉缭带的礼物，引着尉缭穿过前厅小花门，走到位于中间的大厅。

郭开迎接出来，尉缭忙躬身施礼："秦使尉缭见过郭大人。"

郭开还礼，说："早闻国尉大名，今日终于得见，郭开三生有幸也。"

尉缭笑了笑，说："郭大人与李牧将军乃赵国之柱石，尉缭尝在落魄之时，就得闻大名，只是无缘相见。在下刚刚走到大人门口，见台阶高耸，就知大人非平凡之辈，如今一见，果然丰姿博彩，尉缭仰慕至极也！"

尉缭故意将李牧的名字与郭开的名字并提，想看看郭开如何反应。郭开眉头微微皱了一下，显然是觉得有点别扭，不过很快他就眉开眼笑了，说："国尉客气，请进屋一叙吧。"

尉缭与郭开推辞一番，前后进屋，分宾主坐下。

下人上茶，尉缭端起，喝了一口，说："尉缭此番来邯郸，是想与赵国化敌为友，不知大人对此事有何看法？"

郭开一愣："啥？这……国尉大人，此是真的否？"

尉缭笑了笑，说："秦、赵两国是当世强国，两国多次交战，各有胜负。秦王痛定思痛，觉得秦无法破赵，赵亦无法破秦，两国厮杀，白白耗费国力，不如两下友好，互不侵犯。此乃秦王之一厢情愿，不知赵王作何打算。"

郭开惊喜道："若果真如此，赵王必定喜欢。只是……不知秦有何要求否？"

尉缭点头，说："还是郭大人聪明。秦当然有要求。"

郭开急问："是何要求？"

尉缭说："赵不许与诸国合纵攻秦。秦攻他国，赵不许增援。否则，视为攻秦。"

郭开点头，说："此是必然。微臣以为，赵王能同意秦王之要求。不过……"

尉缭点头，说："郭大人但说无妨。"

郭开说："李牧虽为赵之大将军，却向在边关，不问国事。唯庞暖力主合纵。赵王不重庞暖之意，却怕水希入朝觐见，赵王向听水希意见。若水希听说此事，必劝赵王反对，则此事难成也。"

尉缭笑了笑："郭大人乃当朝重臣，水希不过墨家之首，有何惧之？"

郭开摇头，说："国尉大人有所不知。水希在山东六国之地位，比在秦国高也。墨家弟子大都在魏、赵、齐，韩国楚国弟子少些，秦最少。水希在六国可随时入朝，不必禀告君上，在秦可否？水希弟子若在六国遇事，可随时找当地官府，若官府不管，可直接上告，若再不管，弟子也可禀告面见君上，在秦可否？"

尉缭说："六国重墨，尉缭也有所耳闻，只是不知此竟是事实。"

郭开说："郭开不是惧怕水希。水希向来与人为善，无可惧之，而是水希若找君上，君上必会给水希几分面子。这几分面子，即便是郭开，也无可奈何。"

尉缭说："如此……两国和好，岂不成空？"

郭开想了想，说："国尉大人勿急，等明日我与国尉面见君上之后，再做定夺。若君上铁心从之，水希找也无用。"

尉缭点头："那就有劳郭大人费心了。"

尉缭来拜见郭开，除带了点秦国特产之物外，还带了几款价值不菲的金器。郭开收下了尉缭带的特产，却拒收金器。

郭开笑着说："国尉心意郭开收下了，然此物金贵，郭开为赵国臣工，受君上恩宠太多，不敢收国尉大礼，望国尉谅解。"

郭开话已至此，尉缭就不好强求，只得让手下收回礼物，说："大人高洁，尉缭佩服至极。尉缭期望大人能为秦、赵两国再谋福利，明日成功说服赵王。"

郭开拱手："但愿如此。"

第二日，郭开面见新赵王，禀告尉缭入赵之事。赵王迁问尉缭入赵何事，郭开说他也才知道尉缭来到邯郸，所为何事，最好让他当面向赵王禀告。赵王迁比其父赵悼襄王更加贪玩好色，对国事没有兴趣，就让郭开见一见这个尉缭，有什么事让其相机处理罢了。

郭开知道此事自己无权相机处理，又不能说尉缭已经跟他谈过两国和好之事，只得说："君上，你刚继位，尉缭此来应该有恭贺之意。再者说，尉缭是秦之国尉，位高权重，非一般使者，君上应该让其上殿觐见，以示国家气度。"

赵王迁在座位上打了个哈欠，说："也罢，那就见吧。郭大人，你还有事否？"

郭开见赵王已经瞌睡了，忙说："臣无他事，君上请歇息，臣告退。"

赵王挥手，郭开退下。

郭开回家后，让人给尉缭送信，让其到自己府上来一趟。

尉缭知道今日郭开肯定要见自己，早就做好了准备。郭开的人一到，他就随着来到郭开家。这次他没有走台阶，而是让青铜马车拉着自己从门一侧的土坡一直到郭开家门口。

随着家人进入正厅，郭开出门迎接，两人坐下，郭开将见赵王的过程跟尉缭说了一遍。尉缭有些惊讶："如此说来，明天你还要将见我之事禀告赵王，最早赵王要后天才能见我？赵王何其懈怠！如是秦王，别国使臣求见，哪怕是半夜，秦王都会立即召见。"

郭开笑了笑，说："国尉差矣。此后三天赵王要休养身体，别说我等臣工，即便是皇后都难见到他。要见国尉，得三天之后。"

尉缭惊愕："还有……如此君王？"

郭开说："新赵王聪敏绝世，一日便可处理多日事务，国尉稍等几日，权作休息。"

尉缭苦笑："只得如此了。"

四日后，尉缭终于见到了赵王。尉缭慷慨陈词，说秦王如何如何反思秦赵之战，如何后悔，终于决定与赵停战议和，永结盟友。赵王迁听了很高兴，精神头十足。

尉缭说到如果两家停战，那赵就不得参与与秦有关的任何战争。比方秦攻魏、楚、韩等国，无论他国如何求助，赵国都不可施以援手。

赵王迁还不算糊涂，说："此事我倒要与大臣们廷议一番。如赵不同意此条呢？赵与秦虽然可以一战，国力却非秦国对手。如秦国将诸国皆灭，独剩赵国，那时的秦更加强大，赵国更加弱小，秦若想灭赵，可就易如反掌了。"

尉缭拱手说："此是赵王多心了。六国土地如此广阔，人才济济，怎能说灭就灭？况秦灭诸国，赵也可趁机进攻别国，依赵王之聪敏，恐怕赵能胜过秦呢。"

赵王迁点头："国尉言之有理。请国尉稍等，明日寡人便廷议此事，或有消息，寡人便派人立告国尉。"

第二日，赵王将秦王要与赵永结和平的消息于朝廷上告知诸位大臣，大臣们几乎不敢相信自己的耳朵。赵王将秦王的条件说与众人，众人方大悟。马上有人奏本，说此事摆明了是秦王要耍花招。赵国中立观看，秦将赵周围的国家一一消灭，唇亡齿寒啊，到时候，秦能独独放过赵国？

赵王迁说，秦王说了，赵国也可吞并别的小国，最终说不定赵还比秦强大呢。

庞暖奏本，说："君上，此事万万不可。赵与秦皆可吞并他国，其实于赵毫无用处。其一，秦灭国，首先必是韩国。韩国之弱，秦、赵皆可一战而定。然，秦、赵友好之后，秦必定先灭韩，韩国与赵无关矣。此时，即便让赵选择，周围之魏、楚、齐、燕，皆非一战可定。此时，若诸国合纵抗赵，赵便危急矣。"

赵王迁说："赵可向秦求救啊。"

庞暖摇头，说："秦与赵友好，是因赵为秦之强敌。若此时赵国危急，秦国必定趁机灭赵！赵为秦最强之敌，秦人日夜梦想灭赵，他为何要帮助赵国？"

赵王惊愕："将军言之有理！"

郭开忙插言，说："君上，臣有话说。"

赵王点头，说："郭大人请说。"

郭开说："庞将军差矣。秦赵友好，赵也有机可乘也。比方秦攻韩，我可趁机攻魏。虽不能一战而定，下魏十几个城市，可旬日而定。此是一利也。还有一害。此害是赵若不与秦交好，秦与燕再次连横，则燕国必会趁机攻赵，赵由主动变为被动，其害匪浅。"

庞暖哼了一声说："秦、燕曾经连横，结果何若？若此两国连横，其余五国必然合纵！未必得利也。若秦攻他国，赵国袖手旁观，诸国皆亡，此时赵国求救无门，才是其害匪浅！"

赵王觉得两人说的都有道理，朝堂之上，支持庞暖的臣工更多些，赵王犹豫了。此事毕竟是关系赵国安危之大事，赵王不敢匆忙决定，朝堂一番议论之后，赵王让众人退下，他日再做决定。

退朝之后，庞暖顾不得其他，直奔水希住处。不巧的是，水希外出了。庞暖急得坐卧不安，打听了几个人也没打听到去处，想了想，让手下驾车，到他所知的水希几个常去之地寻找。

水希第一个常去的地方便是西北角的穷人窝棚。住在此处的大都是从外地来邯郸的流民，有的在此住了几十年，有的是刚来不久。此处脏乱不堪，庞暖偶尔从附近路过，却从来没有进去看看。

今日庞暖顾不得了，带着几个全副武装的护卫，庞暖也是一身朝服，加上花白的胡须，看起来气度不凡，自带威风。

众人看到这一队人马，纷纷躲避。庞暖想打听墨家工匠的住处，反而找不到人。无奈，庞暖只得让人到一户窝棚打听。打听到住处之后，众人在脏乱不堪的街道上走了好一会儿，才找到位于一处小树林边上的墨家工匠窝棚。让庞暖长出一口气的是，水希刚好在。他正轮着锛子在刨木头。庞暖走过去，笑着说："巨子，此地可真是难找啊。墨家弟子能在此处为百姓做事，果真让人敬服。"

水希正认真刨木头，听庞暖说话，回头看到庞暖等众，很是惊愕："庞将军为何到此？我晚上回驿馆，有事晚上找我即可啊。"

庞暖摇头，说："如非紧要之事，我怎能急火火找到此地？此事等不得晚上，咦，有说话之地否？"

水希笑了笑，指了指前面窝棚，说："便是此处了。只怕将军嫌地方简陋，不肯进去。"庞暖说："能有地儿坐着便可，年龄大了，走了这么一会儿，腿就疼了。"

水希放下锛子，走到窝棚边，掀开草帘，说："大人，那就请进吧。"

庞暖四下看了看，惊愕至极："此处便是墨家弟子常年所住之处？"

水希点头，说："便是此处。我亦曾经在此地住过。"

庞暖连连惊叹："此处四处漏风，冬天大风，如何住得下？实在没有想到，墨家弟子竟然如此艰苦。"

水希有些骄傲，说："墨家弟子在此住了十多年，盖房子五百余间，没用百姓一分钱财，没吃百姓一粒粮食。一部分弟子做工赚钱，一部分利用所赚之钱，购买木头等物，建造房屋。可惜墨家没钱，若有钱，此处一万多人，皆住进墨家所修新房了。"

庞暖点头："了不得！实在了不得！墨家不愧是穷人救星、百姓之阳光也。相比墨家，诸国君王皆无颜！赵王真应从女人窝里走出来，来此一看。此世有墨家，天地造化，世上若没了墨家，天地必怒，礼崩乐坏、万劫不复也！"

水希呵呵一笑，说："君王是不会来此地了。不说此事了，将军来此地，当不是为了看墨家之窝棚吧？"

庞暖点头，说："当真不是。巨子请坐，赵国出大事了！"

04. 尉缭出招

庞暖找水希出主意，郭开却匆匆忙忙来找尉缭。

赵国专供他国使者居住的驿馆内，尉缭正在与邯郸的细作头目赵老板（代替死去的苟老板）闲聊，听说郭开来了，赵老板忙躲进另一房间内。

郭开进来，将朝堂上辩论之事详细与尉缭说了。尉缭笑了笑，说："有郭大人和赵王支持，庞暖等人难以成事。"

郭开摇头，说："非也。国尉别忘了，水希还在邯郸。此人与庞暖交情甚好，赵国历代君王都很尊崇水希，新任赵王也是如此。"

尉缭呵呵一笑，说："没想到此人果真成了秦之敌人。那我倒要见见这个老朋友了。"

郭开有些疑惑："大人与水希有些交情？"

尉缭摇头，说："交情谈不上，面熟而已。墨家虽然愚顽，却有一好，即便是水希，只要有人想见他，水希都会与之相见。"

郭开笑了笑，说："可惜水希总是与人演讲《墨子》，鲜有人愿见也。"

尉缭于此日，来到位于另一处的普通驿馆，拜见水希。

水希料到尉缭会来见他，早就有所准备。

两人相见，尉缭也不啰唆，直接说："尉缭与巨子虽然交往不多，却也算是老朋友。在下劝巨子一句话，墨家虽然弟子众多，影响广泛，却不可与秦王作对。否则断送墨家前程，巨子之过也。"

水希笑了笑，说："国尉大人差矣，墨家从来没有，也不想跟任何君王作对，墨家所做，皆是为百姓谋福。能为百姓谋福，墨家万死不辞。为祸百姓者，勿论何人，皆是墨家敌人。即便秦王，不过让水希一死耳。墨家根在百姓，有百姓者，便有墨家，故此墨家前程就不劳国尉大人担忧了。"

尉缭长叹一口气，说："秦王乃有志明君，秦王立志统一天下，便是为解诸国混战、百姓涂炭之苦。统一天下必有恶战，然长痛不如短痛，恶战之后，天下一统，从此再无战争，巨子为何就不能目光长远、胸怀天下呢？"

水希摇头，说："国尉乃兵法世家，兵家讲究以战止战，虽与墨家路途不同，却都是希望止战，殊途同归也。然，秦王之战，必然死伤无数，生灵涂炭。秦王或能统一天下，然民心无法统一，天下豪强必然会起而反抗，反复争霸，届时天下大乱，人伦不常，冲突不止，何谈天下和平？"

尉缭说："世有兵家，便会有兵事。以战止战，不过临时之举。天下无战事者，除非天下无君王，而若无君王，何人统领民众，抵御外辱？墨家之言或为百姓福音，却是空中画饼，无处着力。望巨子理解秦王之苦心，勿与秦王作对也。"

水希摇头，说："与民作对者，便是与墨家作对。国尉请转告秦王，墨家无意与任何君王为敌，但君王若草菅人命，便是与墨家为敌。国尉勿复多言。"

尉缭气愤，带着人离开水希所住之处。雷子枫看着匆匆离开的尉缭等人，对水希说："师父此番与尉缭成仇敌也。"

水希淡淡地说："墨家以天地为师，以百姓为父母，不惧强权，不攀君王。天欲兴之便兴，天真要灭墨，墨家有何惧之？"

水希入宫，求见赵王，力陈与秦结盟之危害，并给赵王迁提议，如真要与秦结盟，可加上一条，那就是秦亦不可进攻他国，如秦进攻他国，则赵有权相救。

赵王迁大喜，召见尉缭时，将此条提出。尉缭假意派人回秦征求秦王意见，自己则留在赵国，设法除掉李牧、庞暖等人。

赵老板是秦在邯郸继苟老板之后的细作头目。为了隐蔽，赵老板以魏国人身份，买下了赵国一家商铺，在商铺原先经营的布匹鞋帽的基础上，增加了盐铁等需要大量资金的项目，短短半年时间，商铺就在附近小有名气，为赵老板在邯郸上层活动铺开了道路。

尉缭来到赵国后，森平见了尉缭几次，都是在赵老板的商铺里。因为有了王敖的教训，尉缭等人的活动异常谨慎，森平每次来，都是在半夜时分悄悄过来。

虽然如此，森平还是能感觉到，似乎有人在悄悄地跟着他。森平胆量过人，对于这种跟踪小伎俩嗤之以鼻，多次突然转身，迎击敌人，却什么都没有发现。

如此三番两次，森平觉得此事有蹊跷，就在一次临走之前，请一个武功高强的细作远远地跟在自己身后。行至半路，森平听到后面有动静，忙转身朝后跑，在一处胡同口，森平发现了那个远远跟着自己的细作的尸体。

细作双眼圆睁，显得恐怖至极。细作喉咙处被人用薄刀割破，正朝外冒着血泡。细作似乎想说话，几次张口，皆吐出一串串的血泡，挣扎了一会儿之后，气绝而亡。

森平放下细作尸体，用手合上其双眼，拔出刀，在附近搜寻一番，却依旧毫无发现。森平怕巡城士兵过来，不敢久留，只得离开此地。

森平匆匆跑到赵老板商铺外，想到如此进去恐怕不妥，就在外面等了一会儿，直到确定没人跟踪到此，才推门进入商铺。

尉缭正等着森平汇报水希情况，森平不敢隐瞒，将刚刚发生之事跟尉缭说了。尉缭惊愕："什么人，如此厉害？"

森平说："国尉，您还记得咸阳的无头尸案吗？我突然就想到了此案，不知为何。"

尉缭摇头，说："风马牛不相及也。咸阳之案，怎么能跟今天有所牵连？"

森平躬身，说："大人不知，发生此案的时候，我被蒙令尹调去协助调查此案，其中一次我带着几个人在街上巡查，觉得后面有人，随我一起的几个兄弟也都觉察到了，我等四处搜查，却什么都没查到。第二天一早，我才知道，就在那天晚上，离我等觉得有人之处不远处，有人被杀，也是脖子被割开，伤口深切口却很薄。这个案子，就是无头尸体案的第二个案子。"

尉缭摇头："咸阳之案是无头尸体案，此番却只是割喉，怎会有关联？"

森平说："咸阳案件虽然被称为无头尸体案，九起案件中，有两起却是有头的。就是其中的第三起和第五起案件，这两起案件俱都割喉而亡。"

尉缭惊讶："果真？"

森平点头："小的不敢有丝毫欺瞒。"

尉缭缓缓点头："虽如此，却也难以断定两者是同一人所为。此事我会派人细查，你且小心便是。"

大秦谍局第一部·灭强赵

尉缭等人在赵国活动频繁，庞暖自然也有耳闻。庞暖暗中派人监视尉缭住处，没想到监视之人却连连失踪。庞暖这才知道，尉缭此次来邯郸，必然是有其他目的。秦、赵联盟不过是尉缭来此的借口而已。

庞暖将心腹、副将胡马叫来，对其小声说："你速去找司徒子，带他来此。"

05. 司徒子见庞暖

胡马打扮成普通百姓模样，天还未亮，便让军士开门，早早打马出城。一番驰骋之后，他在一处山坡下的茅屋前下马，对着茅屋喊："司徒先生在否？"

喊了两声，司徒子才从茅屋里走出来。司徒子衣衫不整，头发未梳，哈欠连连，显然是刚从被窝里爬出来。司徒子对着胡马鞠躬，说："不知将军驾到，司徒子失礼了。"

胡马呵呵一笑，说："先生好清闲，这都日上三竿了，还在酣睡，有福之人也。"

司徒子正色说："亡国之徒，何福之有？将军误会司徒了，司徒为卫国之兴、为赵国之安，日夜警惕，将军来之时，司徒刚睡下不久，梦还没开始做呢，将军就来了。"

胡马忙躬身："不知司徒先生如此之累，那先生就先稍事休息，下午能去见庞将军便可。"

司徒子边打着哈欠边摇头，说："既然被将军喊醒，在下便不睡了。庞将军不让将军来喊我，我也正准备去面见将军呢。既然将军来了，将军正好搭我一程，也免得我走路了。"

胡马说："好吧，请先生准备一下，我稍等先生。"

司徒子说："茅屋肮脏，将军就在外面稍等吧，我去去就来。"

司徒子进屋，一会儿就走了出来。他穿了一件青色长衫，方巾包头，与在街上行走的阴阳先生几乎完全是两个人。

胡马感叹说："先生此时便是一个书生，谁能想到，先生便是卫国之国师也。"

司徒子一言不发，朝着前面胡马的马走了过去。胡马紧走几步，抢在前面解开缰绳。司徒子说："我与庞将军有约，卫国复兴之前，不得提我卫国国师身份。将军将此事告与胡将军，便是有违约定。望将军切勿再提此事。"

司徒子说完，凝视着远处山野，似乎不想听胡马回答。

胡马听庞暖说过，这个司徒子大概是因为卫国濒临灭亡，故此脾气古怪。胡马自嘲地笑了笑，解开缰绳，翻身上马，司徒子随后跟上。

来到庞暖府上，胡马和司徒子先后进门，司徒子随胡马来到庞暖平常处理公务的东厢房。

胡马将司徒子送进屋，很自觉地走了出去，在外面关上了门。

司徒子如进自己家，在旁边坐下。

庞暖亲自给司徒子倒茶，说："司徒先生，你每天都要跑到城里，如此往来颠簸，不如就到城里住，我给先生准备一幢上好的房子，先生之意如何？"

司徒子不动声色，说："多谢将军好意。司徒是卫国人，国家将亡，司徒苟活则已。司徒投奔庞将军，庞将军曾答应出兵帮助振兴卫国，却一直没有音信，将军何时出兵，请给司徒一个准信儿。"

庞暖很为难地摇头，说："先生曾为卫国国师，应理解赵国此时处境。庞暖答应先生之时，以为六国合纵可成，可如今合纵无望，赵国危机重重，即便庞暖有意出兵救卫，赵王这一关也难以过去，望国师理解。等庞暖找到合适机会，必然出兵救卫。"

司徒子仰头叹息："司徒给将军机会，谁给卫国机会？司徒虽居山野，却也因不曾陪在君王身边，日夜羞愧。卫与魏比，势力弱小；魏与赵比，疥癣小国也。赵若想助卫，不过举手之劳。唉，无禄不功，无利不往，人人皆如此，也是司徒妄想了。"

庞暖说："司徒先生弟子众多，也应该知道，魏如今几欲成秦之藩国，赵若攻魏，秦必攻赵。魏是卫之敌人，暗中受秦之协助，秦是赵之宿敌，如是说来，秦是赵卫之公敌也，司徒子助赵乱秦，也是助卫，请司徒先生三思。"

司徒子长出一口气，说："如此，不知庞将军招司徒来此何干？"

庞暖说："尉缭入赵，假与赵结盟之说行刺探之事，不知先生有察觉否？"

司徒子摇头，说："司徒不知尉缭如何，却听弟子说墨家有弟子常去一魏人之商铺，司徒暗中跟踪，此人却又让人在司徒其后，欲谋害于我，幸被我发觉。此人武功是秦人套路，与八家坟之秦士十分相同。故，司徒觉得此弟子或为秦之细作。"

庞暖点头，说："此人就是先生曾说起的那位陪绿娘来此的墨家弟子吗？"

司徒子说："司徒子不知道何人是绿娘。只在边镇见过此人，此人陪同一绝色女子欲住客栈，我还给此女算了一卦。"

庞暖说："就是他了。我暗中问过水希，此人叫森平，精明能干，颇受水希器重。先生务必侦探清楚，如此人真是秦之细作，我得尽早告知水希。"

司徒子点头，说："将军放心，我当尽快查清底细。秦之无头案频发时，司徒受将军之命前去探查，曾在秦见过尉缭。其时，尉缭尚在秦流浪，此人是兵家之后，深通谋略，却城府颇深。此人掌管行人署，乃细作之首，此来赵国，必大行细作之事，有何怪哉？"

庞暖说："惜郭大人受此人魅惑，竟与之相交甚好。赵王只信郭大人之言，对此人毫无警惕。尉缭入赵，必有目的，其在赵大行其道，我等却不知其欲何为，大祸之兆也！"

司徒子想了想，说："尉缭住处必然防卫严密。他肯定知道，其在赵国行为必会有人监视，故此尉缭要与其在赵之细作见面，应化装而出，在他处见面。而据在下观察，秦在邯郸细作之聚首处，便是假借魏人之名买下之商铺。此商铺原是秦人经营，不过卖些鞋帽之物，魏人买下后，经营盐铁，获利甚丰。秦细作之用，很多是出自商铺，故秦之细作，善做生意，正因如此，各国对秦之细作还是正经生意人，甄别甚难。此商铺老板姓赵，生意做得好，却非一般生意之人。在下曾让手下试探深夜在商铺外活动，商铺内马上便有反应，此是昼夜监视之故也。一般商铺，谁家能昼夜监视商铺四周之动向呢？"

庞暖点头，说："如此说来，此商铺甚是可疑。先生监督此商铺，可发现尉缭处的人否？"

司徒子摇头，说："尚未发现。"

庞暖说："尉缭此番亲自入赵，必有大谋，请先生务必用心观察。胡将军乃我心腹，自今日始，他跟随先生左右，胡将军有权调动军队，如发现动向，可随时反击。"

司徒子还是摇头："不必。这两三年我独来独往惯了，不习惯有人跟随。我手下尚有几十名弟子，虽不如墨家死不旋踵，对我还算忠心。有大事，我可随时让弟子禀告将军，谅也不迟。"

庞暖点头，说："既如此，那就如先生所说。先生有任何要求，可随时找庞暖。"

司徒子起身，说："司徒只一个要求，望将军别忘了我与将军的约定。"

庞暖也起身，说："请先生相信庞暖。"

06. 危机重重

深夜，一轮圆月被翻滚的乌云遮住。

森平从草棚走出，走一会儿，便小心翼翼靠墙站住，朝后看一会儿。他穿街过巷，一直从邯郸城西北角，来到位于城中心位置的赵老板的商铺外。

森平略一犹豫，便走到商铺门口，推门而入。

商铺内堂，一身便衣的尉缭正襟危坐，面前守着一个小茶几，一碗热茶。森平进来，尉缭抬头看了他一眼，轻声说："坐。"

森平躬身施礼，然后在尉缭旁边坐下。尉缭长出一口气，说："庞暖日夜派人监视我等，恐其已经得知我留在赵国，或有目的。当下之计，不得不除之。庞暖为赵之大将，坐镇邯郸，日夜梦想合纵，对付秦国。若合纵成功，此人之祸，比李牧尤甚。此人不得不除。然，老将军乃兵家之后，德昭日月，为赵忠心耿耿，是一国之柱石，人间之表率，杀此人，不只是为祸赵国，从高处思想，亦是为害天下也。我等所做之事，刺杀忠良，贿赂小人，若秦统一天下，还要委任此等小人为重臣，以收买人心，其实此举乃亲小人、离君子。百姓见而学之，长久之后，天下必将小人遍地、忠勇君子难寻也。间人之策，其实就是小人之策。此策不成，尉缭之过，此策若成，则必然为后世助长小人之风，灭君子之气，更是尉缭之过也。"

尉缭喟叹喝水。森平不得不接话说："大人忠心为秦，日月可鉴，何必想如此之多。"

尉缭放下茶碗，苦笑了笑，说："天下像你这种人太多，故恶气日盛，灵气难长也。罢了，不说这些。水希最近动向如何？"

森平说："回大人，墨家在齐国的弟子好像出了点事故，水希要去齐国。"

尉缭有些惊愕："哦。水希去齐国？此事果真？"

森平点头，说："昨天墨家在齐国的弟子英来到邯郸，或有大事。"

尉缭问："此去齐国，来回要多长时间？"

森平说:"听水希说,或许要两三个月。如邯郸无大事,或许还要去燕国。"

尉缭点头,说:"既如此,庞暖势单力孤,或许是将之除掉之良机。"

森平有些为难,说:"大人,庞将军是赵之柱石,势力庞大,其人虽已过花甲之年,却依然能打能战。王敖大人便是死于此人之手,要想除掉此人,要万分小心才是。"

尉缭点头:"自然要小心。此人为秦之死敌,必除之。若水希去齐,墨家谁负责与庞暖联系?"

森平说:"此事不定。墨家非官家,谁与庞将军联系,皆由水希安排。"

尉缭点头,说:"无论谁与庞暖联系,水希离开邯郸,此是个黄金时机。森平,你这些日子往来此地,据我估计,恐已暴露身份。"

森平点头,说:"在下这些日子也是感觉有些蹊跷之事。不过我观察了一下,水希毫无察觉,是不是庞暖,我还没有确定。不过他好像比较愚钝,现在还不能怀疑到在下吧。"

尉缭说:"尔等还是小看庞暖了。庞暖兵家之后,兵家者,必善于观察形势,分析人物。我来赵国,赵王与郭开不知我此行真正目的,但庞暖应该知道。他派人在驿馆外对我等进行监视,被我的人杀了几个,庞暖如还不起疑,那就枉为兵家后人了。不过,庞暖却有致命之缺点,他过于慎重,遇事犹豫不决,多次错失良机。他对你起疑,于我看来,却不是坏事。"

森平有些惊愕:"此话怎讲?"

尉缭笑了笑,说:"或可做诱饵也。"

森平已经觉察到周围的异样。作为一个训练有素的细作,他注意到了任何细节的变化。这几次他没有听到有人跟踪的声音,反而更加惶恐。他心里清楚,这应该是对方对自己采取了更加慎重的跟踪。他已经完全暴露了。但是是谁在跟踪自己,森平不敢确定。有一点他清楚,怀疑他的人不是水希,否则,依水希和墨家弟子之秉性,早就将自己绳之以法了。

森平因此说:"大人,森平已经暴露。若此人将此事告与水希,森平恐死无葬身之地也。森平该当如何,请大人指示。"

尉缭说:"水希如去齐国,来回最少需要两个月。有两个月,本国尉早将所做之事做完,带着尔等回到大秦了。故此你暂时不得妄动,等水希走后，你将此消息告与赵老板，我等再作计划。"

水希确实要到齐国去。齐国的墨家弟子与齐国军士发生冲突，弟子不小心杀了一个齐国军士，军士抓走了几个墨家弟子。齐王颇尊重墨家，听说这几个人乃墨家弟子，便暂时扣押，未做处罚，等着水希入齐。

傍晚，水希估计庞暖从军营回到府邸，便带着雷子枫去跟庞暖告辞。

庞暖听说水希要到齐国，吃惊不小："啥？巨子为何要在此时去齐国？"

水希拱手说："水希有负将军。弟子在齐国惹祸，齐王等我去处理。于此关头离开赵国，水希实在无奈，望将军谅解。"

庞暖知道墨家对弟子要求甚严，弟子惹祸，对水希来说，便是关乎墨家声誉的极大之事，只得说："如此……那庞暖不能阻拦巨子了。不过此时赵国正在紧要关头，巨子此去也应做一些安排。"

水希点头，说："我此番将子枫留下。墨家弟子人人皆识子枫，子枫出面与我出面无异。只是无法去说服赵王，我去齐国，来回两月皆可，当无大碍。"庞暖想了想，说："只好如此了。请巨子将此事当末将之面托付给子枫，末将也心安些。"

水希将在门外的子枫喊进屋内，对他说："子枫，我此番去齐国，你留在邯郸，与众弟子当殚精竭虑协助庞将军，你可知否？"

雷子枫朝着庞暖躬身，说："子枫赴汤蹈火，在所不辞，望将军差遣。"

庞暖点头，说："多谢兄弟。赵国局势复杂，诸多事务我无法插手，以后少不得要麻烦兄弟。"

雷子枫说："将军放心，墨家弟子为百姓福祉，死而无憾！"

庞暖点头，转身看了看水希，张了张嘴，又闭上了。水希刚好看到，问："将军有何难言之隐？"庞暖摇头，说："末将还有一事未有查明。待查明之后，再说与子枫兄弟。"

水希听了有些怀疑："莫不是墨家之事？"

庞暖微微一笑，摇头，说："非墨家之事也。齐国既然非去不可，巨子就尽管去吧，赵国有子枫帮我，料无大碍。"

水希点头，说："既然尉缭来赵非真心与赵结盟，那倒没有必要说服赵王了。尉缭亲自来赵，必然不是小事，将军应多做防备。"

庞暖说："巨子也要小心。巨子与庞暖行合纵之事，虽未成功，却也被秦视为敌人。秦非山东六国，如今之秦，更非昔日之秦，末将意思，巨子应当明白。"

水希说："秦虽凶悍，却也未必能对墨家下手，将军放心便是。"

第二日，水希带着两个弟子一早出发，庞暖赶来送行。水希看着身着便装、白发苍苍的老将军踽踽而来，不由得感到有些悲伤。

水希忙迎上去，说："昨夜已与将军告别，将军事务繁多，何必一早赶来，水希甚觉惶恐。"

庞暖凄凉一笑，说："昔日未曾多向巨子讨教，今日一别，不知何日能再见到巨子，竟倍觉凄凉。今早非特意来送巨子，而是突觉烦闷，出来散心而已。放眼天下，秦国聚集各国人才，山东六国竟无一个安国之才。赵有李牧，老夫又有巨子协助，以为可挡强秦，今晨一想，巨子非赵国之人，为何要冒险与秦一搏？天下众人，皆精于私利，谁肯为他国之事不惜一命？老夫陡然惶恐，感念巨子，又怕巨子去而不归，故此心烦。"

水希肃然拱手："将军何必如此凄惶。墨家乃百姓之墨家，墨家弟子受百姓衣食，为百姓安危，不惜以命相搏，此乃墨家之使命。水希非在赵国，在诸国亦是如此。为天下百姓计，为赵国百姓安危计，水希愿与将军并肩而战，死而后已。水希此去齐国，当快去快回，将军放心便是。"

庞暖拱手："老夫听巨子此言，此心甚慰也！老了，竟然心中无主了。巨子见笑了。请巨子上车，此去一路平安。"

水希说："谢将军吉言。水希去也。"

庞暖一直目送水希车马拐弯，才长叹一声，转身要走。

雷子枫在后面说："将军何不进屋一坐？"

庞暖转身，笑了笑，说："谢谢小兄弟，老夫烦事甚多，就不叨扰了。回见。"

雷子枫躬身："雷子枫恭送老将军。"

07. 尉缭请司徒子

水希当然不知道，齐之事端，乃是秦人所为，是尉缭调虎离山之计。

尉缭得知，水希在邯郸，与庞暖来往密切，在合纵之策失败后，水希与庞暖一直密谋如何对付秦国。尉缭此番进入邯郸，本意是想法离间邯郸的君臣关系。赵之宠臣郭开，虽然贪腐，却颇有心机。关键时刻，还是以赵国利益为重。尉缭情知此事不可急躁，须长久交往，知其弱点，然后一蹴而就。尉缭此行还有一个目的，那就是设法除掉赵之柱石三将，庞暖、李牧、司马尚。三将之中，尤以庞暖为甚，司马尚稍弱。

李牧与庞暖是支撑赵国大厦的两根顶梁。撤其一根，大厦便倾。经过这些日子的观察，尉缭已定计谋，除李牧，需用郭开。而如今郭开与李牧关系尚平稳，除李牧时机不到。庞暖盘踞邯郸，根深叶茂，如今之计，除掉庞暖，比除李牧意义重大，最重要一点，是庞暖已经在侦查自己，对自己形成了极大威胁，不除之，自己很有可能受其所害。因此，尉缭与赵老板经过商量，决定调虎离山，让水希离开邯郸后，尽快除掉庞暖。

尉缭派人飞马入齐，让在齐的秦细作以墨家弟子之名义，多次抢劫商铺，影响恶劣。官府接到报案后，因涉及墨家，比较谨慎，正在调查之际，秦细作继续以墨家弟子名义作案，民怨沸腾。官府急了，开始抓人。墨家弟子自然不肯就范，在与官府说理不通的情况之下，众人冲击官府，企图救人。官府无奈，只得调集官兵镇压。

此事如此巨大，水希自然不敢怠慢，昼夜兼程，直奔齐国。

水希一走，尉缭便开始调兵遣将，准备除掉庞暖。

他们想利用的人，便是那个一直尾随森平的神秘人物。尉缭等人虽没见过此人，但是经过分析，他们觉得此人应该是一个非常重要之人。墨家行事一向光明，耻于跟踪等行为，故此人应该不是墨家弟子。且此人警惕异常，经验老到，武功高强，邯郸城中能用得起这种人物的，也就是庞暖了。

尉缭让森平连续多次夜里从住处赶往赵老板商铺，然后安排人在后面跟踪，终于发现了跟踪森平的人。但是让跟在后面的杀手们感到恐惧的是，前面之人行如猿猴，极善隐身。他们常常在跟踪了一会儿之后，前面之人便陡然不见了。而就在他们要放弃跟踪、打道回府之际，此人又会陡然出现。

"此人或是鬼怪，绝非寻常人类。"跟踪回来的人对尉缭说。

无论他们跟踪多少次，最终他们都不知此人去了哪里。且此人活动范围极大，常常带着大秦的这些杀手在邯郸城兜了半夜圈子之后，陡然消失。他们不知他从哪里出现，也不知他最终去了哪里。跟踪此人时间越长，大秦的这些杀手越觉得怪异，觉得恐惧。

"我等不怕死，不怕杀人，却怕……鬼怪。望大人再勿让我等追之。"死士们每次跟踪归来，都是一副惶恐不安、失魂落魄之模样。

"此人诡异至极，时间长了，必会动摇军心，乱我等心志。各位都想想办法，如何制服此人。"尉缭派人多次跟踪失败后，召集森平等人商量办法。

森平摇头说："此人虽然诡秘，却绝对不是鬼怪。若说此人武功高强，我等兄弟中也有高手，却也摸不透此人路数。真是怪异至极也。"

赵老板拱手说："大人，我反复问过见过此人的兄弟，他们普遍有一种说法，此人时隐时现，变幻莫测，且似乎能变换模样，做鬼神之状，这让我想起一事。卫国兴盛之时，属下曾在卫国住过。卫国有上河，其水黄浊，每年秋夏有恶龙兴水，携铜管铁器，狂风恶浪，毁坏庄稼，淹人无数，为卫国之大患。卫国为镇此恶龙，曾派人到西域请王母派法师至卫。法师在河边建河神庙，每日供奉，恶龙来时，法师便可河神附体，与恶龙决斗。西域法师在卫国世代相传，繁衍几百年，其后代多有法术，在卫从事驱魔镇邪之事。法师之后繁衍越多，代有高人。卫国有战事，法师家族都要自编一军，随军参战，并屡建奇功。魏国知法师家族厉害，在前番攻卫之前，曾暗派杀手，先杀法师族中青壮，才进攻卫国。当然，经过几百年之繁衍，法师家族颇为庞大，魏国难以全部杀光。有人跑到赵国或别的国家也极有可能……"

尉缭打断赵老板的话："此人或是卫国法师之后？"

赵老板摇头，说："此人是何人，在下还无从推断。不过属下觉得法师之后人，或可降服此人。"

尉缭问："法师后人？赵国有法师后人乎？"

赵老板点头，说："邯郸城有一个阴阳师，此人上知天文下知地理，也懂法术。属下曾与之交谈，觉得此人极有可能是卫国法师之后。"

尉缭还是有些怀疑："此人武功厉害，这个卫国法师之后即便会一些法术，能是此人对手？"赵老板说："卫之法师能在惊涛骇浪中下水降龙，驱魔降妖，个个是武功高手，一般人不及也。"

尉缭一听，高兴了："既如此，你明天便将此人请来，我要见见这个法师后人。"赵老板躬身："属下听命。"

第二天下午，赵老板在离商铺不远的十字路口处，找到了在此摆摊算命的司徒子。司徒子依然头戴鹡鸰，身披皂衣，脸色还画了几道黑颜色，颇有几分上河（黄河旧称）巫师的风采。赵老板看到司徒子身边围了几个算命的男女，就没过去，先在一边看着司徒子算命。

司徒子掐着手指，一边念念有词，另一只手在面前的头上或者身边画几个圈，便开始为人讲解命运。一番讲解后，有的人诚惶诚恐，躬身感谢，有的则垂头丧气，蹲在一边一言不发。司徒子不管他们的反应，收钱算命，一个挨着一个，生意兴隆。

看看清闲了些，赵老板走过去，坐在司徒子面前的木墩上。司徒子面无表情地看了赵老板一眼，问："老板所问何事？"

赵老板笑了笑，问："先生认得我？"

司徒子依然面无表情："立昌商社的赵老板，何人不知？小的曾在赵老板商铺前做过生意，承蒙赵老板照顾，没有将小的赶走，小的至今难忘。"

赵老板慨叹："国破家亡，先生流浪在外，诸多不易啊。日后若有赵某能照应之处，先生只管开言。"

司徒子呵呵一笑，说："多谢赵老板好意。小的要求不多，偶尔能有个屋檐避雨则可。小的有一问，赵老板为何有国破家亡一说呢？"

赵老板看着司徒子，问："先生应该是卫国上河大巫的后人吧？"

司徒子面无表情，反问："赵老板为何有此一说？"

赵老板笑了笑，说："上河大巫师乃西域王母之高足，当年周穆王西巡，曾见过王母。上河出妖龙之后，卫王请当年给周穆王驾车的造父带路，带黄金千两，去求西王母帮忙降妖，西王母派高足至卫，此人便是上河巫师之祖。中原之地也有巫师，却只是摇铃降妖。头戴鹳鸽者，除了西域之地巫师，中原便只有上河大巫了，在下说的对否？"

司徒子摇头，说："上河大巫，小的也见过。不过据说被人杀光，只剩妇孺了。大巫家族为保卫国百姓平安，代代有人为降恶龙而亡，可敬可叹也。小的虽略通巫术，却习的是阴阳之术，头顶鹳鸽，不过是小的对上河大巫的敬意而已。"

赵老板点头："阴阳之术与巫术异曲同工，皆降魔捉妖、为福百姓也。本人如今有难，想请先生帮忙除妖捉怪，不知先生可愿意？"

司徒子略一停顿，说："妖魔皆有修行，修行有深浅，老板可将此妖之事说与小的，小的斟酌一下，是否能降住，如降不住，老板只得另请高手了。"

赵老板四下看了看，说："我是替人做请，先生可否随我至主人处，听主人一说。"司徒子看了看面前的两个人，说："先生稍等，待小的赚了这两人的钱，便随先生一往。"

赵老板在一边等着司徒子给两人算命完毕，收拾了面前的竹签等物，两人才一前一后，穿街过巷，来到赵老板的商铺。

进入屋内，司徒子见到了尉缭。尉缭身着便装，却自带肃杀之气，司徒子心下一愣。走近几步，见尉缭似乎根本不认识自己，司徒子的心情才平复下来。

赵老板上前一步，躬身对尉缭说："大……先生，司徒先生来了。司徒先生，这位是我的朋友，秦老板。"

尉缭站起来，拱手说："秦某见过先生。司徒先生果然仙风道骨，能见到先生，秦某三生有幸。"

司徒子也拱手，说："秦先生相貌不俗，恐怕不是当地人吧？"

尉缭笑了笑，说："司徒先生也不是当地人吧？先生请坐，咱慢慢聊。"

司徒子坐下，有人过来上茶。

尉缭说："我是请先生来帮忙捉鬼的。"

司徒子一愣："捉鬼？"

08. 司徒子捉鬼

司徒子从商铺出来后，在街上转悠了一会儿，看无人跟踪，便匆匆来到庞暖府上。庞暖去了军营，却在府中留了人，专门负责与司徒子联系。司徒子来到，此人二话不说，让司徒子上了马车，放下车帘，打马直奔城外军营。营门口守将认得庞暖马车，老远便推门放行。马车在巡营的引领下，来到军营广场。庞暖正在广场上观看新军操练。

巡营军士让司徒子等人在广场一侧等候，他跑到广场中间，报告给庞暖。广场阔大，庞暖上了身边马车，让军士将自己送了出来。

庞暖知道司徒子如此匆忙来见自己，定是有急事，也不多说，带着他进入旁边的帐篷。

司徒子坐下，对庞暖说："将军，出怪事了！"

庞暖说："有何怪事，先生慢慢说来。"

司徒子说："尉缭派那个赵掌柜找到我，让我帮他们捉鬼。他们所说之鬼，便是夜里跟踪尉缭手下的我。我不知此事是他们故意为之，还是真心要找人捉鬼，故此来与将军商量。"

庞暖边沉吟边点头："捉鬼……这么说，尉缭等人以为晚上跟踪他们的是鬼？"司徒子点头，说："或有此意。只是不知真假。"

庞暖摇头，说："先生之意，是他们知道晚上之人是你，故此试探于你？"

司徒子沉吟着说："我观尉缭神色，似乎他们真觉得晚上之人行踪蹊跷，找我帮忙制之。不过将军，尉缭可不是好糊弄之辈。即便他真的以为晚上那人与我无干，真心让我捉鬼，时间久了，也必会让其看出其中问题。如果其本来就怀疑于我，麻烦就更大了。"

庞暖想了会儿，问："先生有何补救之法？"

司徒子说："唯今之计，将军须找一高手，我教其变身之法，晚上我带尉缭手下追之。此人必须是绝顶高手，让秦之杀手追之不得。"

庞暖摇头："急切之下，哪里有此高手？"

司徒子说："如果将军手下没有，我倒是有一个人选。巨子弟子雷子枫，将军可用否？"庞暖眼睛一亮："自然可用。巨子临走之时，特意留下此人，说可方便我调动墨家弟子。"

司徒子说："如此便好。请将军速与雷子枫联系，我须即刻传授隐身之法，好歹今晚将尉缭等人糊弄过去。"

庞暖摇头："为何要如此急迫？尉缭求先生帮忙捉鬼，先生可有诸多推脱之法，何必如此认真？"

司徒子摇头，说："不可！如果此番我能取得尉缭信任，或许能趁机探得尉缭来赵之目的，此大事也。"

庞暖点头，说："尉缭非一般人，先生千万小心。"

司徒子着急："将军快想法联系雷子枫，时辰不多矣。"

庞暖让来人带着司徒子去找雷子枫，并用羊皮纸手书一封，让司徒子带给雷子枫。司徒子走出帐篷，重上马车，庞暖对手下叮嘱一番，手下驾车离开大营，直奔城里。

水希去了齐国，雷子枫闲得无聊，跑到城西北角墨家修房之处帮忙。司徒子等人跑到驿馆没找到人，只得跑到城西北，找到了雷子枫。带着雷子枫返回驿馆，太阳就已经西斜了。司徒子拿出庞暖书信，将来找他的目的简单说了，雷子枫正闲得要疯，听司徒子说了此事，甚为高兴，连连答应。

司徒子正色说："此事非儿戏，子枫兄弟，尉缭手下杀手皆是特训之高手，尉缭让我带十多人围捕抓人，我可接济之处不多，你若失手，司徒子罪莫大焉。"雷子枫笑着说："先生放心，子枫虽然不济，却也不在乎秦国那几条虫子。"

司徒子拿出几张面具，教给雷子枫使用之法，并结合邯郸城几处重要地点，交给他利用方位交叉隐身之法，待雷子枫一一记住，将他要做之事又一一交代了。

雷子枫听说让他跟踪的人竟然是森平，愣住了，说："先生，森平是墨家弟子，在邯郸一年，带着众人修葺房屋，兢兢业业不曾懈怠，为何要跟踪他？"

司徒子说："此人或为秦之细作。其余我不可多说，不过我可告诉你，我曾奉庞将军之命，在咸阳住过一年有余。尉缭来邯郸之后，常化装出驿馆，在秦人商铺与森平秘密会面，我正是因为跟踪此人，被其发现。尉缭多次让手下围攻在下，都不曾成功，秦人以为跟踪他们的或是鬼怪，这才让赵老板找我。"

雷子枫长出一口气："秦人好阴险，竟然派人打入墨家，自古未闻也。"

司徒子说："如今之秦，已非昔日之秦。其有统一天下之心，便有毁灭天下障碍之意。墨家如今与秦为敌，秦派森平打入墨家，或能对墨家下手。子枫兄请转告巨子，千万小心。"

雷子枫十分恼怒："秦若如此，便是天下公敌也，谅之不敢。"

司徒子也没时间多说其他，又将晚上需注意之事重复一遍，待确定雷子枫确实已记住，就告辞雷子枫，与庞暖手下离开驿馆。行至半路，司徒子下了马车，自己徒步来到常摆摊算命之处。坐了一会儿，到了与尉缭约定的时间后，方来到赵老板的商铺。

尉缭跟司徒子说，他是个大生意人，因为得罪仇人被人追杀。追杀他的人不但武功了得，且会妖术，他的保镖想捉住此人，却数次被人所害，故此才请司徒子帮忙，除掉此邪魔。

司徒子进入赵老板的商铺，天已经黑透。赵老板带着几个人正在等司徒子。看到司徒子进来，赵老板介绍司徒子与今晚将和他一起行动的众人认识，并告诉司徒子今晚的行动计划。

饭毕，众人稍事休息，便在司徒子带领下趁夜色来到埋伏之处。

尉缭给司徒子安排了八个人。这八个人这些日子归司徒子调遣。此番没有见到尉缭，司徒子知道此人对他还是有些不放心。他也观察了一下这八人，看到众人暗藏心机的眼神，司徒子心中明白，这八人其实也负责对自己进行监督。

森平按照司徒子的安排，在夜深之时从住处悄悄出来，雷子枫也在司徒子的安排下，在半路跟在了森平的后面。雷子枫之后，便是司徒子所率秦之杀手。

夜深人静，天空中星星闪烁，司徒子等人紧紧地跟着雷子枫。雷子枫显然没太把这些人放在眼里，走走停停，不但没有隐身躲避的意思，而且似乎怕这些杀手找不到他。

幸亏这些杀手先前吃过司徒子的亏，他们以为此人今天晚上是特意在戏弄他们，众人竟然格外小心，特意拉大了与雷子枫的距离。前面的雷子枫见后面的人越走越慢，不得不再次放慢速度，以便让众人能跟上他。

秦之杀手们疑惑了，其中一个问司徒子："此人走得如此之慢，此是为何？"司徒子心中着急，嘴里却只得为雷子枫掩护，说："诸位小心了，此人或有阴招。"

杀手们再次慢下来，此追踪便像比慢速度的运动会了。

终于到了司徒子往常隐身之处。此处是一个无法避开的宽阔的六交路口，最适合杀手们联合进攻。司徒子在此隐身，也知道此处是最危险之地。因为宽阔，杀手们似乎就没有了鬼怪的担忧，雷子枫还没有到达路口，他们就悄悄加快了速度，朝之冲了过去。

司徒子想要制止，已经来不及了。他只能看着杀手们离雷子枫越来越近，心中期盼雷子枫能够顺利"隐身"。

司徒子的隐身术，其实就是利用阴阳八卦原理，加上巫术，让被跟踪者失去方位感，让他们的寻找一直在原地打转。这个六交路口有正有斜，只要雷子枫按照司徒子研究好的方法，在这六个路口转一会儿，他们就会方位错乱。雷子枫可以轻松地绕到跟踪者的后面，突袭杀人，或者藏匿在某处，看着他们四处乱窜。等他们心烦意乱、暴躁不安之时，他只须换几个狰狞面具，就可将这些没有见过巫面具的家伙吓得魂不附体。

雷子枫跑到路口中心，杀手们发一声喊，紧紧追了过去。雷子枫按照司徒子教给他的方法，按照八卦方位带着他们在各个胡同乱蹿。蹿了一会儿，雷子枫陡然不见了。杀手们惊愕地站在路口中央，不知所措。

司徒子走过来，刚刚还气势汹汹的杀手们看着司徒子，皆把他当成了救星。司徒子冷冷笑了一声，说："此人不是什么鬼怪，会阴阳之术的法师而已。"

一个杀手说："先生，为何我们跟着跑了一会儿，人就没了呢？"

司徒子说:"刚刚我让诸位别来追人,诸位不听,现在人没了,又问我了。既然不听我的话,何必有问于我呢?"

杀手们低下头。其中一个说:"先生,此是我等不对。今日那东西走得慢,我们以为可以抓住他呢。"

司徒子说:"无论快慢,你们都是无法抓住他的。他敢走得如此之慢,就知道你们不是其对手。若论速度,尔等根本不是此人对手。何况,此人之法术,尔等无论多快之速度,都无法追上。速度越快,反而会离此人越远。否则,赵老板让我来做甚?"

众人不言语。

司徒子知道,此时需要他出马了。他在路口坐下,口中念念有词,念叨了一会儿,突然手指向右前方路口,喊道:"人在此处,尔等还不快追!"

杀手们朝着司徒子手指的方向就冲了过去。果然,刚走到路口,他们便看到了人影。那人站在道路中间,背对他们,一动不动。杀手们知道此人厉害,见人如木头一般站着,皆摸不清头绪,不敢上前。

司徒子在后面喊道:"快上前取其性命,否则人走矣。"

杀手们略一犹豫,发一声喊,终于冲了上去。杀手们举刀,对此人一阵乱砍,此人竟然毫不反抗,杀手们惊愕了一会儿,慢慢凑过去细看,发现原来是个穿着衣服的草人。

杀手们惊愕。

突然一阵阴冷至极的笑声传来,犹如鬼魅。众人皆害怕,举刀四顾。

一个脸色惨白的鬼陡然出现在众人面前。众人惊呼一声,转身便跑。鬼脸速度极快,杀手们跑了几步,抬头,发现鬼脸又站在他们面前。如此几番,杀手们精神崩溃,哭喊着司徒子快来救人。

司徒子手摇法铃,挥剑杀来。鬼脸转身,两人砍杀了几个回合,鬼脸虚晃一招,陡然没了。

众人跑过来,问瘫软在地上的司徒子:"先生受伤否?"

司徒子摇头:"没有。此人今晚不会出现了,我等回去吧。"

众人看司徒子心力交瘁的样子,不敢怠慢,扶着他,回到赵老板的商铺。

09. 设计

白天，尉缭再次来到商铺，问司徒子昨日晚上之事。

尉缭问："司徒先生，此人当是何人？"

司徒子还是很累的样子，说："秦老板见谅，此人法术小的没有见过。小的小时，听家父说起南方有一种巫术，可隐踪驱鬼，此人或许便是南方之术。"

尉缭轻轻点头，问："先生有破解之法否？"

司徒子摇头，说："术法不通，难以破解。"

尉缭急躁："如此，竟无破解之法？！"

司徒子看着尉缭，说："秦老板，此人颇有些法术，如果真要杀你，似乎不难。我观此人却无杀人之心，秦老板不必害怕。"

尉缭摇头，说："先生不知。此人已杀我多名手下，现在虽不急于杀我，却是早晚之事。先生若能帮我除掉此人，在下必有答谢。"

司徒子惊愕地问："如此说来，墨家弟子也是先生之手下？"

尉缭一惊："墨家……弟子？"

司徒子说："昨晚我等看见，那人所跟之人便是墨家弟子森平。森平带着墨家弟子在邯郸为穷人修葺房屋，邯郸人人皆知。"

尉缭点头，说："森平虽是墨家弟子，却也帮我做过生意。故此人一直跟踪森平。"

司徒子微微一笑，说："原来如此。如果秦老板真想除掉此人，我倒有一计，不过需要秦老板配合，不知秦老板愿意否？"

尉缭点头，说："只要能除掉此人便可。司徒先生尽管吩咐便是。"

司徒子说："那我先问秦老板，你知道此人跟踪你的手下，除了想杀你之外，没有其他目的吗？"

尉缭摇头，说："没有。"

司徒子说："既如此……那就需要秦老板亲自出面，将此人引至包围圈中，我等奋力，可将此人抓获。"

尉缭迟疑了一会儿，问司徒子："先生有把握？"

司徒子点头："只须再加五人，便可成功。"

尉缭微微点头，说："我等先计议一番，再通知先生。先生劳累，请先休息吧。"

司徒子从商铺出来，直奔庞暖家中。庞暖正在家中等候，见了司徒子，长出一口气："吓煞我也。你一直没来，我还以为出事了呢。"

司徒子呵呵一笑，说："他们请我降妖，会出何事？将军，有一机会可抓获尉缭，将军有兴趣否？"

庞暖眼一亮，又摇头，说："此人是秦之国尉，又是秦之使者，抓了此人，便是惹祸上身。赵此时不敢惹秦，躲还来不及呢，怎能抓他？"

司徒子说："此番抓他，尉缭必然不敢承认自己身份。将军也不必见他，只管以对往常犯人一般将之放入牢中，到时我去看他，自会想法将其来邯郸目的问出，届时将军将之放出则可。"

庞暖想了想，摇头说："此事不妥。尉缭极为阴狠，若论军事大谋，我不服他；若论精明算计，我实不如他。如打蛇不成反被蛇咬，赵国之祸也。"

司徒子急了："我说服尉缭设计现身，引雷子枫上钩，设埋伏抓他。我本意就是让将军趁机抓了尉缭。如将军不肯，此计安收？"

庞暖有些惊愕："你设计让尉缭抓雷子枫，然后让我抓尉缭？司徒先生，如此险计，你怎能随便讲与尉缭？尉缭乃秦国国尉出使赵国，怎可随便抓？"

司徒子说："将军每日忧烦尉缭，不知此人在赵之目的，我如此，不过意图为将军解忧耳。将军，如不便抓尉缭，何不趁此机会敲山震虎，将之赶出赵国？"

庞暖眼睛一亮："此话有理！如能趁此机会将尉缭撵出赵国，赵国少一祸也。"

司徒子问："将军同意了？"

庞暖说："尉缭不能抓不能杀，其手下可杀不可抓，此二条须记。先生如能有好计教我，庞暖感激不尽！"

司徒子想了想，说："如不能抓此人，则只有想法将之赶出赵国。想将之赶出赵国，将军须亲自出马，让其觉得将军已经知其目的，让其觉察危险将至，方能离开赵国。"

庞暖想了想，点头，说："此事可行！"

司徒子说："尉缭还在盘算，如其有信，我便告诉将军，再细细筹划。"

尉缭将司徒子计谋告与赵老板，赵老板不太同意，说："大人你乃秦之栋梁，此人甚是诡异，万一大人有失，小的之大过、秦之损失也。"

尉缭笑了笑，说："赵老板何其小心。秦之战士所向披靡，前番损折数人，不过被此贼偷袭耳。如正面对敌，我几十名死士杀不过一人？"

赵老板想了想，说："如此，则要想出一个万全之策。我多调动人马，潜伏待命。"

尉缭点头，说："正需如此。还要一支人马蒙面潜伏，万一赵之巡逻人马发现，要将其挡住。抓住此人在此一举，否则便是打草惊蛇，再无机会了。"

赵老板微微点头，突然问："大人，你觉得司徒子可相信否？"

尉缭摇头，说："自然不可相信。此人来历不明，不肯说出身份，不可不防。你去找附近秦国商铺，将所有能找到之人皆调集入城，以防此人另有阴谋。"

赵老板有些惊愕："大人，即便怀疑此人，也不必如此吧？我手下有几十人马，邯郸城别处也有几十人，这些人加起来，差不多有一百余人。这一百人有特训之死士，也有原先之细作，皆有武功，何须调动城外人马？"

尉缭说："凡事小心无大错。王敖之错，皆在其大意。城里之人，多年不曾动武，战力尽失，如出事故，应付无力也。城外军士，有王敖后来所带之死士，皆能死战，让于老板马上联系，两天之内须想法找一百战士入城。"

赵老板躬身："小的这就出城办理此事。"

尉缭两天没有再找司徒子，司徒子与庞暖说起此事，说："尉缭或怀疑于我，或者在做各种准备。将军须做好准备，如尉缭怕我泄露机密，必在定下此事后，将我叫去，不许我出来。如不做好准备，恐此事难成。"

庞暖说："先生放心，我已挑选一百人入城，可随时行动。"

司徒子说："一百人……是否少了些呢？秦之杀手皆武功高强，不可小觑。"

庞暖笑了笑，说："这一百人也是军中高手。此事是在邯郸城中，谅尉缭也不敢带太多人行动。况且还有巡城士兵，如他们敢发动大量人马，巡防营还有两千人马。"

司徒子皱着眉："就怕远水难救近火……"

庞暖打断司徒子话头，说："先生不在军营，不知军营之事，此事无须多言也。只是如先生被尉缭紧闭，如何能得知行动时间，请先生教我。"

司徒子想了想，说："此事要将军与雷子枫联系。尉缭行动，必要通知森平。让雷子枫在墨家弟子中找几个心腹，密切监视森平。如有陌生人在中午之时去找森平，那就是当晚要有行动。此事要迅速通知雷子枫，让雷子枫随机应变，做要抓尉缭之状。将军带人埋伏在半路，届时出击便可。"

庞暖有些为难，说："万一找森平的人非尉缭之人呢？"

司徒子说："如何行动，尉缭定要与我商量。我会让尉缭派人中午时分去找森平。墨家弟子中午须诵读《墨子》，此时人人皆知，除了我特意让人此时去，平常没人会在此时去找森平。"

庞暖点头，说："既如此，那我亲自去找雷子枫。"

司徒子拱手："如此甚好！"

10. 郭开之变

赵王迁突然宣庞暖进殿。

庞暖不知何事，忙让人驱车，奔赴王宫。赵王在偏殿接见了庞暖。

让庞暖意外的是，只知玩乐的赵王是商量从军营中借调军队，去柏人之地（离邯郸二十余里路）修建新城。此新城借助山水之势，可建厅堂楼阁，亦可在湖中置船游玩。建此城，赵王是听了郭开的建议，郭开为总监督，计划用民工二十万，黄金四十万两，三年完工。

庞暖听了大惊，叩头如捣蒜："君上！此万万不可也！强秦虎视眈眈，日夜想剿灭赵国，赵国主力军队皆在边关，城外军营，有守护邯郸之责，亦有机动之用。调去建城，邯郸如有变故，悔之晚矣，望君上三思。"

赵王哼了一声，说："庞将军，寡人知道尔等对寡人素有不满，然此事寡人心意已决，庞将军如果抽一万军马困难，可只抽五千人马。庞将军勿要多言，请于两天之内将人马交与郭相国。"

庞暖眼见此事无法扭转，只得躬身："末将遵命。"

庞暖回到军营，将赵王之命说与副将胡马。胡马愤愤，说："君上如此昏庸，赵国无望矣。"

庞暖摇头叹息，说："君可昏，臣不可庸也。胡马，你去调五千老弱兵将，让他们明日一早到柏人，听相国安排。"

胡马答应一声，转身而去。

第二日下午，庞暖正在军中与雷子枫商量如何对付尉缭，胡马闯进帐篷，躬身，说："将军，派去柏人的人马回来了。"

庞暖觉得奇怪："为何？君上不用我的人马了？"

胡马说："非也。去柏人的偏将说，是郭相国嫌派去的人都是老弱，将他们骂回来了。郭相国让将军换精干人马去，否则他就要面君，告你欺君之罪。"

庞暖一拍案几，站了起来："郭开这个小人！不派老弱之兵，难道派精兵去搬土，留下老弱打仗乎？"

胡马叹了一口气，说："将军，郭开乃奸邪小人，不可得罪啊。此人曾陷害老将廉颇，欲害李牧。幸亏李牧是边关大将，否则早就被此人害了。将军昔日曾教导我等小心此人，如今紧要关头，末将劝将军消消气，就派五千精干兵将去吧。否则他若去君上面前参奏将军，将军麻烦就大了。"

雷子枫也在旁边劝说："将军，宁可得罪君子，切勿得罪小人。还是听胡将军的吧。"

庞暖长叹一口气，说："家有小人，国有奸臣，家国之祸也。郭开小人，必然葬送赵国，赵王却宠爱此物，亡国之君必有亡国之臣啊。"

雷子枫脸色都变了："将军慎言，军中有郭开之人，如若被其听到，将军祸不远矣。"

庞暖摇头："此人不除，赵国必亡。庞暖为赵国将军，必然死于亡国之前，早晚一死，有何惧哉？"

胡马抱拳："虽如此，赵国有巨子有李牧还有将军，或可与郭开一战，救赵国于危亡。将军勿要过于悲观。"

雷子枫说："胡将军言之有理。郭开之流，害人害己，终得报应也。"

庞暖坐下，想了想，摆手说："胡将军，你看着办吧。"

胡马退出去，庞暖心情沮丧，加上年事已老，疲乏无力，他对雷子枫说："今日就如此吧，如有行动，请尽快通知我等。"

雷子枫告退，庞暖靠在行军床上，迷迷糊糊就睡了过去。

傍晚，胡马唤醒庞暖，要送其回家。庞暖不想回去，说晚上就住在军营中吧。胡马提醒他，从军中挑选出来的那一百勇士每天晚上都在城里集结，听从将军调遣呢，万一今晚尉缭有行动呢。

庞暖这才想起此事，拍着脑袋连骂自己老糊涂了，随着胡马出了帐篷，上了等在外面的马车，直奔城里。

回到城里，庞暖先去看了住在城里巡防营的一百勇士。这一百勇士皆是军中万里挑一之精英，虽个个身穿便服，却皆勇武精壮。庞暖似乎看到了赵国的希望，勉励一番之后，回到了家中。

庞暖没有想到的是，他刚刚回到家，郭开就率领负责护卫王宫的虎贲卫士冲进了巡防营。

巡防营中，负责京师守卫的卫尉早被郭开收买。这些日子，每天晚上都有一百勇士被胡马安排在巡防营中住宿，这个卫尉害怕是庞暖要对之下手，早就暗中将此事报告给了郭开。

郭开今日调虎贲卫士冲进巡防营，就是为这一百勇士而来。卫尉带着郭开来到这一百勇士所住营房，勇士们刚要反抗，见是相国郭开，只得束手就擒。卫尉将此事压下，自然也没人将此事报与庞暖。

庞暖回到家，雷子枫就派人送信来，说森平刚刚见了一个陌生人，墨家弟子跟踪此人，发现此人进了那个秦国人的商铺，或许今晚尉缭要有行动，雷子枫已经潜伏在森平住处之外了。

庞暖惊愕，说司徒子说了，如果尉缭要有行动，他会让尉缭在中午派人去森平处啊，怎么这么晚了才有行动呢？

来人不知，只说雷子枫让将军快些行动。

墨家弟子走后，庞暖急忙让人通知胡马去巡防营调人。胡马得令，打马直奔巡防营。进了营中，卫尉告诉他郭开带虎贲卫士来过，将那一百勇士全部带走了。胡马大惊，问郭开为何得知此处有一百勇士？他为何要带走？

卫尉说相国怀疑这一百人中有秦国奸细，故此带走询问。胡马知道此事蹊跷，但是也无暇追问，只得从巡防营调兵，让他们换成便衣，随之行动。

巡防营卫尉虽是庞暖部下，却推三阻四，最终调了一百名残弱老兵给了胡马。胡马看着这一百名站立都不稳的老兵，长叹不已，却无可奈何，只得带着他们到了庞暖府中。胡马将郭开抓人、自己不得已从巡防营调了一百名老兵之事告诉庞暖。庞暖怒火攻心，差点摔倒在地。

胡马不得不安慰庞暖，说："将军且宽心，尉缭在赵国，断然不敢多带人马，见了赵军，他们自然也不敢反抗。将军在府中尽管安心休息，等末将消息便可。"

庞暖撑着桌子站住，摆手，说："稍等。"

胡马站住："将军何事？"

庞暖说："驱逐尉缭，乃赵之大事。况据说秦之死士天下无敌，当年李牧边军杀之，也是代价惨重。今晚这些老弱……我若不去，恐白白送命也。"

胡马躬身，言辞恳切："尉缭虽然阴狠，却也未必敢在邯郸大兴兵马，况将军年事已高，不宜夜晚行动。"

庞暖说："你不懂得尉缭也。我意已决，请稍等片刻。"

庞暖将一百人马分为两部分，五十稍精壮者随胡马埋伏于半路。他带五十老弱，在与司徒子商定袭击秦之杀手之地埋伏下来。

让司徒子始料未及的是，傍晚尉缭才派人将之带到商铺，告诉他今晚他将亲自出马，引诱那个怪物出面，然后在暗处埋伏人马，将之擒获。

司徒子试探说："秦老板，此人非但会法术，且武功也不弱，想抓到此人实在不易，在下觉得秦老板莫如报官，让官府帮忙捉拿。"

尉缭笑了笑，说："不瞒司徒先生，本老板手下也不乏高手，别说抓此一人，即便有十个八个，谅也不在话下。先生放心便是。"

看到尉缭信心十足的样子，司徒子心里一惊，嘴上却笑着说："如此甚好，甚好。"

尉缭看了看司徒子，说："先生好像有些心神不宁，所为何事？"

司徒子知道尉缭在盯着自己看，没有抬头也没有看他，说："司徒子自己的一点小事，不劳秦老板挂念。"

尉缭笑了笑，说："我请先生帮忙，可是花了大价钱，我希望先生能一心一意，助我抓人。如果先生有他意，误我大事，先生可就太对不起秦某人了。"

司徒子呵呵一笑，说："秦老板似有威胁之意啊。我司徒子不过一江湖术士，拿人钱财替人消灾，人虽穷，却不做违心之事，更不受人威胁。秦老板如不相信司徒，我即可便走，秦老板银子，我马上奉还。"

尉缭忙摆手，说："司徒先生误会了。我不过提醒司徒先生不要因别的事，误了秦某的事而已。"

司徒子说："那就请秦老板放心，司徒子是江湖术士，却非江湖骗子。"

11. 庞暖之死

到预定时间，司徒子依然带了十个人，半路等着雷子枫跟踪森平。尉缭则等在那个六交路口，引诱此人。

司徒子心情忐忑，不知道庞暖的人马能否对付得了尉缭。然而事已如此，司徒子无法与庞暖联系，只得小心翼翼，寻找机会。

森平出现之时，已是子夜。此时，众人皆昏昏欲睡。唯擅长夜里行动的司徒子盘腿端坐，眼观六路耳听八方。

森平从一个小胡同拐出来，不紧不慢地走着。司徒子轻轻吐出一口气，抬头看了看天。他一时想不起今天是月中还是月末，有种恍恍惚惚的感觉。对于一个阴阳家来说，这真不是一个好的兆头。

夜色混浊。能看清近处的房屋和街边小树，能看清摇晃着走路的森平。天空灰黄污浊如粪坑颜色，整个的天空下，似乎都有了粪坑的味道。

森平像是从粪坑里爬出的一个怪物，摇晃着经过司徒子等人面前。司徒子依然端坐着，在一处坍塌的土墙后，看着森平。

森平经过此处，稍稍驻足，还朝着司徒子这边看了看。司徒子在心里微微笑了笑。他知道，在森平的心里，他也是尉缭的忠诚帮凶。司徒子善于察言观色，他看得出来，这个森平心性愚顽，忠心事秦，却非慧灵之人。这种人，不过是尉缭的一枚棋子，是战争双方的刀下之鬼。

司徒子能算出，今天晚上，就应该是这个顽劣之徒的归结之日。司徒子心里叹了一口气，芸芸众生，如森平者众，浑浑噩噩，不知所处，不知所归，易受忽悠，糊里糊涂就将小命送了。凡王者，皆有惶惑众人之能力，能让无知百姓稀里糊涂为之送命，能让人热血沸腾黑白不辨。自古大鱼吃小鱼，物竞天择，人亦如此啊。

森平走过他们面前，直至走到胡同尽头，将要拐弯之时，今天晚上的主角，雷子枫终于登场了。这个墨家子弟一身黑衣，身手矫健。他不慌不忙跟在森平后面，有一种视死如归的气概。

司徒子虽非墨家子弟，却对墨家敬仰已久。墨家与儒家，一个忠君，一个爱民；一个礼教天下，一个以苦行救天下。学问各有千秋，却一个俯视民众，一个根植于民众；一个以教化之名却行愚民之事，一个苦口婆心唤醒民众。诡异至极的是，百姓竟然渐渐抛弃了墨家，墨家弟子从二百多年前的上万之众，如今只剩下千人有余。墨家巨子的手臂越来越纤细，水希却依然在狂风中挥舞手臂，企图阻挡住来自关中的狂飙。墨家与嬴政必有一战，水希的细臂如挡不住嬴政，嬴政的狂飙则可吹折水希的细臂。

"世无墨家，道德尽失也……"司徒子不由得轻轻感叹。

旁边的大秦杀手问司徒子："先生何意？"

司徒子醒悟过来，忙岔开话："那个跟踪之人呢？"

杀手也惊异："咦，刚刚还在呢？"

司徒子挥手，说："跟上。秦老板让今晚须抓住此人，若让此人跑了，我等罪过大也。"

司徒子站起来，带着众人越过小土墙，顺着胡同朝前走去。

在胡同拐弯处，司徒子等人发现了雷子枫。雷子枫依然不紧不慢，时隐时现地跟着森平。司徒子等人看不到森平，但是通过雷子枫的动作，他们能感觉出来，森平应该在掐着时辰，走走停停，准备在尉缭规定的时间进入地点。尉缭研究了赵国更夫和巡夜的出行时辰，让森平在子夜后半时分进入六交路口。司徒子带着众人跟在雷子枫之后，心情渐渐平静下来。现在无论尉缭调动了多少力量，无论庞暖动用了多少人马，都非他司徒子所能干涉得了的。就像庞暖是否能去救卫国，是否有能力救卫国，都是他无法决定的一样。他所能做的，只有凭自己之力，去竭力挽救之，终究如何，他无法得知，更无力挽救，只能听天由命了。

一阵不急不慢的跟踪之后，前面的雷子枫接近了六交路口。

路口的中间，果然坐了一人。雷子枫停下脚步。

按照司徒子与雷子枫商定之法，尉缭自报家门之后，雷子枫当斟酌对待。若尉缭说自己是秦老板，雷子枫当揭露其本来面目；若尉缭说其是秦国尉缭，雷子枫则不必搭话，挥剑攻之即可。

司徒子等人也停下，看着前面两人。

雷子枫缓缓朝着路口中间走去。按照庞暖将军的意思，他不能伤了尉缭，更不能杀之。但是他必须让之感到惧怕，让之动了即刻逃回秦国之心。故此，他得尽力接近他，用墨家剑法让他知道，他留在赵国，早晚会送命。

雷子枫走到离尉缭八九步远，觉得自己差不多可以将之一剑毙命了，就停了下来。问："前方是何人？为何挡住在下的去路？"

尉缭说："在下是何人，先生想必早就知道了。我能问先生是谁吗？"

雷子枫呵呵一笑，说："先生若能自己报上姓名，我便告诉你我是谁。"

尉缭说："先生爽快。不过我若自报家门，先生恐怕只能将姓名留在这里，先生还听否？"

雷子枫笑了笑，说："何必如此啰唆，先生尽管说出来吧。否则今日死在这里，死者何人都无人知道，岂不遗憾。"

尉缭冷冷笑了一声，说："那你就给我听好了。我乃秦国国尉秦使尉缭也。先生请报上名来吧。"

雷子枫点头，说："果然是兵家尉缭也。尉缭先生，当世大家修习兵法，皆为以战止战，此为救民之道也。听说国尉先生却怂恿秦王兵出山东，统一六国，如此嗜血之兵家，如屠夫无异，山东诸国视先生如禽兽，先生何解？"

尉缭冷冷地说："你等无学之徒，问之何益。尉缭今日得闲，就跟你说几句。自三家分晋，天下战乱不断、百姓涂炭。如要天下和平，须天下一统，诸国归一。故此，秦王意欲统一天下，非为秦国，非为一己之利，乃为天下百姓耳，此话教与先生。先生，我已报上我之姓名，先生敢说自己姓名否？"

雷子枫呵呵一笑，说："狡辩之甚。大开杀戒是为天下百姓，如此之谬论闻所未闻也。无耻如此，本先生怎能将姓名告知与你？我只能告诉国尉先生，我乃赵国之百姓，天下之侠士也。"

尉缭大怒："无耻小人，竟敢耍戏本国尉。来人，将之给我拿下！"

雷子枫手中长剑朝着尉缭心脏便刺。尉缭早有准备，赶紧跳开。

尉缭知道此人武功太厉害，不敢与之交战，转身便跑。

雷子枫在后面猛追。从胡同里跑出来的秦杀手挥刀砍向雷子枫，雷子枫堪堪闪过，却不交手，紧追着尉缭猛刺猛砍。尉缭多次险些中剑，屁滚尿流，好在胡同里涌出十多个人，加上司徒子这边十人追过去，二十人将雷子枫围在中间，尉缭才堪堪逃出。

雷子枫面对这二十多个凶悍死士，毫不畏惧，手中长剑呼呼生风，闪转腾挪中，不断有杀手负伤倒地。

司徒子趁众人不注意，换了服装，戴上面具，扯出长刀，长啸一声，杀进包围圈中。司徒子扮相怪异，手中长刀神出鬼没，杀得秦之杀手鬼哭狼嚎，阵脚大乱。

雷子枫趁乱大开杀戒。长剑如蛟龙出海，连杀几人之后，猛然冲出，朝着尉缭就冲了过去。

尉缭手一挥，从胡同里又冲出二十多人，将雷子枫包围起来。

司徒子虽善于阵法变化，论武功拼杀却与雷子枫相差很多。杀手们过了最初的惊惧之后，发现他杀人也只是靠着手中长刀，并无诡异之处，众人心下安定，互相配合，对司徒子连连进攻，司徒子陷入险境之中。

司徒子乃巫师之后，自有歪招。众人正待要对其下杀手，司徒子身边陡然冒起一股烟雾，众人被呛得连连咳嗽。司徒子趁机逃出包围圈，又冲到雷子枫旁边，放了一股浓烟，拉着雷子枫便跑。他们却被另一胡同里涌出的杀手挡住了。司徒子将脸上的面具掉下，露出了本来面目。

尉缭在一旁，阴阴地笑了，说："此中果然有蹊跷。司徒先生，如果我没有猜错，之前的跟踪者便是先生吧。"

司徒子傲然说："尉缭，你没猜错，正是本人。"

尉缭问："先生乃何人，为何要与本国尉作对？"

司徒子说："我也跟国尉先生说句实话，本人正是上河巫师之后。本人不是与秦作对，而是与天下暴戾者作对。"

尉缭挥手，对众杀手说："速将两人杀死！"

众人复将两人围了起来。

两人都已受伤。雷子枫对司徒子说："今日我俩命丧于此了。"

司徒子指了指左边胡同口，小声说："我俩朝此处冲击，带尉缭的人进此胡同。"

雷子枫会意，两人发一声喊，朝着左侧猛冲。左侧几个杀手没料到两人会朝此处猛攻，趁杀手大意之下，两人连伤四五人，杀出包围圈，朝着左侧胡同冲了过去。尉缭率众人在后边猛追。

几十个人冲进胡同。胡同两头的民居、商铺里陡然冲出大队人马，将尉缭等人堵在胡同里。

杀手们大乱。庞暖从一店铺走出来，对众人喊道："尔等听着，我是赵国将军庞暖。尔等放下刀枪，向赵军投降，我便饶尔等不死，否则休怪庞暖心狠！"

尉缭虽然料到此事会有意外，却没有想到庞暖会来。尉缭不答话，两手一挥，几十名杀手分成两帮，各朝一头杀了过去。

庞暖所率军士，是巡防营的老弱之士，根本不是这些秦国死士的对手。虽然两边各有雷子枫和司徒子为首，军士们也根本无法与秦国死士交手，死士们战法凶恶，赵军与之交手，不出两招不死也是重伤。

尉缭对身边护卫小声说："你设法冲到路口，赵老板所带勇士马上就到。庞暖既然出马，就不能让其活着回去，须不惜一切将之杀掉！"

护卫拱手，带着几个死士冲了出去。

果然，他刚冲到路口处，就有大队黑衣人冲了过来。护卫对赵老板传达了尉缭命令，赵老板将之告知众人，众人发一声喊，朝着赵军就冲了过来。

胡同狭窄，能展开厮杀的只有前面几个人。秦国死士如收割庄稼一般，屠戮着赵国这帮老弱。庞暖和胡马各带一帮士兵，与秦死士对决。眼见得赵国士卒越来越少，庞暖愤怒，手中大刀挥舞，与秦国死士杀在一起。

死士们勇猛，奈何庞暖乃赵之猛将。庞暖连杀几人，死士们却不退却，恶狼一般猛冲猛打。终究是垂垂老矣，庞暖厮杀了一会儿，就浑身无力，气喘吁吁。死士们趁机猛攻，庞暖连连受伤。

此时，赵国的一百士卒，已经所剩无几。庞暖拄着大刀，艰难地喘息着。他转头朝两边看了看。地上一片尸体，仅剩下不到十个赵国士卒，也是遍体鳞伤，畏缩在他身旁。

庞暖问站在身旁的司徒子："雷子枫呢?"

司徒子摇头，说："不知。庞将军，今日恐怕是我等最后一战了。"

庞暖喘息着，说："我是不行了。先生想法出去，胡马去巡防营调兵去了，嘱咐他不能伤着尉缭。即便我死了，也不能伤他，否则，赵国危也。"

司徒子狠狠地说："秦与赵已成死敌，杀死此贼，少一对手。"

庞暖艰难摇头："赵多存一年，或多几分希望。先生快走，务必让胡马听命。"

司徒子说："我走便要带将军一起走。将军别忘了我与将军之约。"

庞暖说："庞暖恐怕有负先生了。不过此事我与巨子、李牧将军都曾说过，如赵国能逃过此劫，李牧将军必然不会忘记此事。先生快走吧，否则小命休矣。"

秦军死士朝着他们围拢过来。庞暖挥舞大刀，带着剩下的军士冲了过去，边冲，庞暖边喊："司徒先生快走！你得将此事告知巨子，否则我等白死了！"

司徒子看着庞暖再次与死士们杀在一处，他放了几个烟雾，从杀手的包围中冲出来。他刚站定，抬头看到胡马带着巡防营军士冲了过来。

司徒子对着胡马喊："快去救将军！"

尉缭听到众死士呐喊，知道赵国巡防营士兵来了，忙指挥众人撤退。

巡防营来的是精锐骑兵，胡马要带着人追赶，被庞暖喊住。

胡马见庞暖受伤严重，让手下赶紧打扫战场，自己亲自带人送庞暖回府找郎中治疗。

半夜厮杀，此事在邯郸城中影响极大。一向不问政事的赵王听说大将军庞暖身受重伤，带着御医，亲自来庞暖府上问候。

庞暖年老体衰，且失血过多，虚弱至极。赵王迁流了几滴眼泪，当场下令郭开严查此事，务必抓获匪首（庞暖称是乱匪作乱），为庞将军报仇。

庞暖身体时好时坏，却依然挂念雷子枫去向。雷子枫身受重伤，两日后去世。胡马一直将此事瞒着庞暖，直到家人口误，将雷子枫去世的消息不小心说了出来，庞暖听了之后，当场吐了一地鲜血，坚持着嘱咐胡马速去请巨子回来，便昏死过去。

赵之柱石、一心合纵救国的战略家庞暖再没有醒来，两日后去世。

第六章 李牧与郭开

01. 胡马被刺

水希得到消息从齐国赶回，赵国局势已经平复下来。

尉缭已经回国，庞暖与雷子枫俱亡，赵王怪罪庞暖心腹胡马护主不力，被贬为千夫长，森平下落不明。诸多变化，让水希惊愕不已。

水希拜祭了庞暖、雷子枫等人后，休息了一日，进王宫拜见赵王。

赵王迁正在宫苑与一帮妃子打闹嬉戏。听说水希拜见，他虽然一百个不愿意，却也只得让水希进宫觐见。

赵王在宫苑的亭子里接见了水希。

水希欲行大礼，被赵王截住。赵王说："听说巨子去了齐国，旅途劳累，巨子应多歇息几日，何事急着见寡人啊？"

赵王言语中多有责备之意，水希拱手说："水希打扰君上，请君上恕罪。此番庞暖遇害，赵国失一大将，不知君子有何安排？"

赵王一挥手，说："庞将军遇难，寡人也深感悲伤。边防之事请巨子放心，赵国人才济济、将才如林，何况有郭相国为寡人分忧解难，赵国无忧也。巨子如无事，请回去安歇，如有要求尽说无妨。"

水希躬身："庞暖是死于秦人之手，君上知否？"

赵王一愣："啥？秦人之手？"

赵王转身看了看旁边的郭开，问："郭相国，邯郸城内怎么会有秦人？"

郭开忙走前几步，躬身说："君上知道，各国商社都有细作。在各国的商社，也有赵国细作在内。庞将军之死，是劫匪作乱，此事庞将军副将胡马有详细奏章，此中或有秦人，微臣却没听说。敢问巨子，你是从何处听此谣言？"

水希说："劫匪作乱，是庞将军嘱咐胡将军如此说而已。君上请细想，何种土匪敢在邯郸与官军为敌？此事乃秦国尉缭在秦用间，庞将军暗中调查，将军怕尉缭在邯郸危害赵国，想用武力警告尉缭，逼其退出赵国，却不承想中了尉缭奸计，被秦之死士杀害。因尉缭乃秦之使者，庞将军怕此事引起两国纷争，于赵不利，才让胡将军说乃土匪作乱。君上，尉缭出赵，必有阴谋，庞将军一去，秦必有行动，君上应多加防备才是。"

赵王惊愕："如此说来，杀人者乃秦之死士？主使者乃秦使尉缭？"

水希躬身："君上英明。"

郭开呵呵一笑，说："巨子之言，荒唐至极也。庞暖乃赵之大将，管京城防卫，兵将何止上万，怎能被区区几个秦间杀死？庞暖忠心耿耿，如知道尉缭使赵其意在于用间，怎能不禀告君上，让君上早做准备？巨子何等聪明之人，被这等谬言所误，疲劳过度也。巨子还是回驿馆休息去吧。赵国君上圣明，文武忠诚，国事就不劳巨子费心了。"

赵王点头，说："相国言之有理，庞暖乃赵之大将，百万军中尚能跃马杀敌，怎么能死在几个间人手中？巨子定是听了坊间传言，以至于此。巨子忧国忧民，寡人心知，此事寡人自会让相国调查清楚，请巨子放心便是。"

水希长叹一口气，说："君上若想调查清楚，只问庞将军的副将胡马便可。此事有众多蹊跷，须君上亲自询问，胡马才能说出真情。"

赵王想了想，说："寡人明日便召胡马详加询问。"

水希躬身，说："水希此番求见君上，别无他求，只此一事，望君上查明之后，对秦多加防范，也要广纳群言，兼听而明。"

水希特意看了看郭开。郭开笑着问："巨子之意，是让君上别听郭开之言了？"

水希躬身，说："水希绝无此意。水希之意，人无全知，守国保家应问武将，政事管理当问文官，文武全通者，天下无一也。"

赵王点头，说："巨子言之有理，寡人记下了。"

从王宫出来，水希赶往军营，想见胡马。没想到军营换将，人家不让水希进去。水希只得让守门兵士传话，说要见胡马。兵士告诉水希，胡马如今只是小小的千夫长，不可在训练之时见人，要见之，须傍晚训练结束之后。

水希无奈，只得在兵营外等着。他从日上中天，一直等到日落西山训练结束，军士才进去将胡马叫了出来。

胡马要回家，两人同乘一辆马车进城。

路上，水希将自己进王宫见赵王之事说与胡马，让其准备明日进宫见赵王。胡马心灰意冷，叹息不已。水希说了半天，他才说："巨子啊，赵有郭开，亡国不远矣。胡马生为赵国人，死为赵国鬼，无处可去，我劝巨子还是离开此地吧。赵王若不宠信郭开，庞将军何必如此小心？怎能白送性命？赵王昏庸，无人能救也。"

水希沉默了一会儿，才说："天下之事变化无常，不到万不得已，便不可放弃。胡将军既然忠心为国，何怕一见君王？"

胡马想了想，说："胡马死都不怕，怎么怕见君王呢？我只是说，即使见了君王，君王知道了真相，恐怕也于事无补也。"

水希说："只能走着看了。胡将军，如今尉缭已回国，已不可能因之给赵国带来祸端，让赵王知道详情，只是让其多加防范，不能偏听郭开之言而已。如今之计，你尽管将所知告与君上，无须忧虑。"

胡马点头："既如此，巨子放心便是。"

水希将胡马送回家。胡马已经从曾经的将军府邸搬了出来，在西街租了一处小房子居住。水希嘱咐胡马凡事小心，如今唯有他知晓庞暖将军出事之前所有经过，恐郭开或者秦人对之不利。胡马笑了笑，说自己已经如此，大不了一死了之。

回驿馆路上，水希半路遇到一个横躺在路上的乞丐。

赶车的弟子下车将乞丐扶起，乞丐突然小声说："车上乃墨家巨子否？"

弟子说："是。先生认识巨子？"

那人呵呵笑了，说："墨家巨子德行天下，何人不识？小的浑身发冷，想上车坐一会儿，可否？"

弟子刚要推辞，水希说："子陵，将先生请进来吧。"

弟子子陵将乞丐搀扶上车。乞丐靠近马车，却突然敏捷起来，自己跳上马车，钻了进去。子陵尚在惊愕，此人一把将子陵拽上马车，悄声说："赶车，快走！"

子陵不知此人身份，正要动手将之拽下，水希说："快走，此乃熟人也。"

子陵挥舞鞭子，赶着马车回到驿馆。

进得驿馆大门，子陵将马车赶到水希住的房屋门口，水希与乞丐下了马车，进得屋内。子陵将马车交给驿馆马夫，回到屋子内，看到乞丐已经洗了脸，绾起了头发，正与水希说话。

子陵给两人倒了茶水，站在一边听两人说话。

水希说："我听胡将军说先生失踪，正在想如何寻找，司徒先生为何要装作乞丐？"

司徒子长叹一口气，说："巨子不知，自庞将军去世，胡将军被贬，当年跟随庞将军的忠心将领皆被贬或杀。我昔日为庞将军做事，然我不是军中将领，亦不是朝中大臣，本以为与我无关，却没想到尉缭走后，却将随他入赵的秦之死士全部留下了。这些人专事追杀赵之忠臣，已经有数人被杀。我因为帮助庞将军，成为秦人追杀之重，几次死里逃生啊。这些日子，我得知巨子要回赵国，却因驿馆附近也有秦之死士埋伏，不敢去驿馆，只得在半路等候，惊扰了巨子，望巨子莫怪。"

水希惊愕："秦人在赵刺杀赵之忠臣？为何赵王不知？胡马也不知呢？"

司徒子摇头，说："秦人猖獗，皆因郭开一手遮天，赵王每日只见郭开，朝也不上，赵王如何得知？胡马每日在兵营中操练，不知世事，如聋子无异，何况谁都知道，胡马早晚得死，不死在秦人之手，也得死在郭开之手。众皆避之唯恐不及，谁还敢靠近之？"

水希摇头："司徒先生或是过于忧心了。我今日见过胡将军，胡将军虽然心绪低落，却没有提及秦之死士杀人之事。追杀司徒先生的，未必是秦人吧。邯郸是赵之国都，秦人虽猖狂，却未必敢如此造次。"

司徒子正色说："巨子应该相信，追杀我者是秦人还是别人，司徒还是分得清的。再说在秦人之前，司徒子已经入赵十多年，从无仇人追杀；庞将军去世之后，陡然如此，却是为何？巨子若不信，明日亲自问昔日庞将军朝中好友便可。"

庞暖死后，司徒子已经失去了任何时候都可以让守门军士开门的特权，晚上无法出城，白天秦人在城门口埋伏，他也不敢出城。无奈，他打扮成乞丐，在邯郸已经流浪一月有余。

水希将信将疑，让人安排司徒子睡下。

第二日一早，水希还没有起床，外面响起了拍门声。水希边穿衣边问："拍门者谁？"外面有人说："巨子，我是驿丞，外面有人找你，他说是胡将军的家人。"

水希胡乱穿上衣服，开门。一个衣冠不整的中年男子对着水希鞠躬，说："在下彭冲，原是胡将军手下偏将，见过巨子。"

水希问："彭将军找我何事？"

彭冲压低声音，说："昨夜胡将军被袭，恐性命不久矣，将军请巨子一见。"

水希惊愕："啥?! 胡将军被袭？谁敢袭击胡将军？"

彭冲摇头说："还不知也。但是袭击胡将军者不止一人，且武功高强。巨子见了胡将军便一切皆知了。"

水希让子陵准备车马，他穿好衣服，刚要上车，司徒子跑了出来，要跟着水希一起去。水希想了想，让之也上了马车。

马车落下轿帘，子陵驾车，马蹄踏在邯郸清晨的街道上，车马辚辚，穿行在邯郸的大街小巷。

彭冲在前面骑马带路，一番驰骋之后，马车在胡马的门口停下。水希等人进门，看到了躺在床上的胡马。

胡马身中五刀，脸色苍白，气息奄奄。

司徒子通晓医术，看了看胡马的伤势，试了试脉象，摇了摇头。

胡马缓缓睁开眼，看了看司徒子和水希，轻轻点了点头。

水希叹了一口气，俯身过来，说："将军少说话，我发问便可。如果我问得对，将军点头。"

胡马轻轻点头。

水希问："是秦人袭击将军吗？"

胡马点头。

水希闭了眼，长出一口气，又问："此事与郭开有关系否？"

胡马摇头，轻声说："不知。"

水希说："司徒子先生说秦人在赵国刺杀赵国忠良，将军知道否？"

胡马点头，说："知道。昨日本想提醒巨子小心，巨子走得急，在下忘了。司徒先生……司徒先生安好，胡马甚慰。"

司徒子脸色沉重："将军如此，司徒子恐也难长久。将军觉得如何？"

胡马笑了笑，说："如此便好。赵国……恐要完了，胡马先赵国而去，免伤心也。巨子……"

水希俯身在胡马耳边，说："将军安心养病，我即刻派几个墨家弟子昼夜保护将军。秦要亡赵亡山东六国，除非杀光墨家弟子！"

胡马轻轻摇头，说："巨子，胡马已经无须保护了。胡马今日请巨子至此，是想告诉巨子，尉缭来邯郸之目的何在。"

水希问："何在？"

胡马说："我已确知，尉缭来邯郸，一为李牧，二为庞将军。今庞将军已亡于秦人之手，下一步……便……便是李牧将军也。巨子若想救助赵国百姓，须保住李牧将军，否则……"

水希打断胡马的话，说："水希心知。胡将军尽管安心养病，水希此番必定设法保护李牧将军，胡将军放心便是。"

02. 奔赴雁门关

虽然杀死庞暖，自己顺利回到秦国，尉缭并没有太高兴。秦在赵的此次行动影响巨大。诸国百姓，对于列国攻战习以为常，却对此种刺杀行为深恶痛绝。尉缭如果想再进他国，必然会遭到其国百姓臣工反对。

秦王召见尉缭，设宴庆贺刺杀庞暖之功。尉缭闷闷不乐，说："臣有一言，君上莫怪。"

秦王兴致勃勃，说："国尉如此大功，有甚要求，尽说便是。"

尉缭拱手，说："微臣非是有甚要求，只是有胜之不武之感。用间之道，自古有之，兵法亦将之列为用兵之一种。尉缭乃兵家之后，深知列兵鏖战之害，故此建议君上用间弱诸国战力。此番入赵，臣亲自带人刺杀赵之忠臣庞暖，感受颇深。庞暖乃赵之柱石重臣，战场之上威风凛凛，为人忠厚，为国忠心，更有赵之宠臣郭开，数次害之，其人依然忠心耿耿，如此之武将，别说列国，秦国能有几何？臣此番目睹秦死士将庞暖杀死，甚觉如此战法之狠毒，出乎臣之意料者也。微臣有一请求，秦统一天下之后，应该为天下之忠臣树碑立传，一为标榜忠烈，二为彰示秦王之心胸，不知秦王可同意否？"

旁边的蒙恬不高兴了："国尉，为秦之死敌树碑立传，大有不妥吧？"

丞相王绾却说："国尉敬惜忠烈，心胸阔大，王绾敬服也。"

秦王看了看李斯，问："廷尉有何看法？"

李斯摇头，说："微臣觉得似有不妥。"

秦王笑着问："有何不妥？"

李斯说："如蒙恬将军所言，敌国之忠烈，必然是秦之死敌。如庞暖，曾率诸国合纵攻秦，对秦危害不少，为此种人树碑立传，恐秦人不服也。"

秦王笑了笑，说："李斯啊，你之心胸不如国尉也。他们虽是秦死敌，却是天下人表率，天下一统之后，立此表率，便是让天下学之为秦用之也。况届时秦乃天下共主，昔日忠烈，亦是秦的士民之祖，为秦民之祖立碑，有何不可？"

李斯拱手："君上一说，微臣茅塞大开也。"

秦王说："国尉之心，寡人理解。寡人宣布，如秦统一天下，必为天下之忠臣树碑立传，以彰后人。诸位谨记，如日后寡人忘记，须提醒。"

尉缭拱手："多谢君上。君上如此体察下情，臣怎能不为君上尽心尽力也。"

秦王点头，问："国尉，庞暖已死，赵国失一柱石。还有另一柱石李牧，不知国尉有何妙招。"

尉缭说："李牧非庞暖，雁门关更非邯郸也。李牧在雁门关经营多年，管理有方，且声望甚高，若想去此地刺杀李牧，无异于以卵击石也。王敖之失败，就是在雁门关便被李牧手下司马尚发现破绽，才有了八家坟之败也。"

秦王说："虽如此，赵有李牧，便是秦之心腹大患。秦军进赵，遇李便败，更兼李牧颇懂兵法战术，如此人振臂一呼，合纵对秦，秦便又遇死局也。"

尉缭摇头，说："此也是李牧与庞暖不同之处。李牧是军事家，庞暖乃战略家也。李牧偏安一隅，虽长于战事，却无大局之观。故不可与此人为敌，敌之必败，如秦不与李牧为敌，李牧也不会与秦为敌也。"

秦王有些迷茫："国尉此为何意？"

尉缭说："庞暖思虑长远，故秦不与庞暖为敌，庞暖却用合纵之术，与秦为敌。李牧之专心对来犯之敌，故如秦不犯李牧，李牧则不会犯秦。赵有庞暖与李牧，秦之劲敌，如今只剩李牧，如两腿断一腿，必难以长久。如何对付此人，君上请给微臣多些时日，或半年，或三两年，微臣必想法除掉此人。"

秦王点头，说："统一天下，非三五日便可，或要三五年，或要三五十年，寡人只要在有生之年，能做成此事，便是绝世之功也。"

第二年春（公元前234年），秦王为了探查赵国实力，派大将桓龁率大军十万，进攻赵之武城等地。

毫无主张的赵王迁向郭开问计。郭开让赵王只管游玩享乐，他自有退兵之策。郭开让在邺城驻军的将军扈辄为统兵大将，率军迎敌。扈辄昔为庞暖手下勇将，却是勇猛有余，计谋不足。

扈辄带大军应敌，首战告捷，得意轻敌，中了桓齮的埋伏之计，十万兵马全军覆没。扈辄奋勇杀敌，最终战死沙场。

战报传到邯郸，郭开试图压下，大臣们终于憋不住了，将此事在朝堂之上禀告了赵王。赵王迁惊愕不已。郭开无奈，只得保举李牧为大将军，率兵退敌。

有大臣上本，说秦兵已在这几个城中驻重兵把守，赵若攻城，则战火又起。何况李牧驻守边关，防备匈奴，如带兵南下，匈奴乘虚而入，又是一失。事已至此，那这几个地方暂且就让给秦国吧。

赵王迁没有主张，让郭开处理此事。郭开自然不想让李牧再立大功，就顺了众臣之议。

邯郸城中没有了庞暖，没有了胡马，司徒子心灰意冷。赵王迁浑浑噩噩，水希无可留恋，安排好邯郸之事后，准备带着司徒子北上，去雁门关。

临走之际，水希去向绿娘辞行。水希已经答应绿娘，再过几年，局势有所稳定，他将去齐国定居，于齐国迎娶绿娘。

绿娘得此许诺，加上能常看到水希，心满意足。水希来辞行，绿娘只是提了提，想与其同行，水希说他只是去小居而已，几个月便可回来，几个大男子，带一个女子行走千里，终究不方便。绿娘就没再坚持。

水希带着司徒子、子陵和一个叫黄春的弟子，四人备好一应物品，上了马车，直奔雁门关。

塞外之地，已经是寒风乍起，草木枯黄。相比水希等人，司徒子心情更加沮丧。庞暖的死亡，让对之寄予无限希望的司徒子陷入了无尽的绝望之中。在司徒子的眼中，庞暖乃赵之大将军，掌握着六国最强大的部队，且其与卫君交好，如其想救卫，只要时机合适，比方魏、赵发生冲突，庞暖稍一用计，便可重振卫国。

为此，他对庞暖言听计从，不惜为了赵国去与一向与卫交好的秦国当卧底。如今庞暖已亡，司徒子陷入无尽的绝望之中。

他知道，如此柱石大将竟然在本国国都被人暗算而亡，其国无望矣。李牧虽然是当世名将，却无庞暖之雄略，其或可救赵国于一时，难救其一世也，何况卫国了。

在雁门关外一个小镇吃饭时，水希见到几个衣服整洁的精壮男子。这几个男子行色匆匆，简单吃了一餐饭后，便分头而去。

水希叹气。

子陵问："师父因何叹息？"

水希说："看到那几个人了吗？他们来去匆匆，神色诡异，必定是秦之细作也。此处离雁门关不远，必是细作集聚之地。秦之细作如此精练，乃秦国之气象也。诸国皆弱，独秦如此，天下属秦或不久矣。"

司徒子看了水希，兀自吃饭，不说话。

子陵有些迷惑："既然如此，我等何须要努力救赵？"

水希长叹一口气，说："秦王乃当世英雄，雄才伟略，天下无双。然，此人若统一天下，必然严苛律法，限制言论。当今诸家中，儒、墨、法为首，儒、法皆躬身君王，助君王奴役百姓，独墨家躬身百姓，以百姓为天。如今各国争霸，诸国君王为名声计，皆尊墨家为天下典范，其实皆是危急时想到墨家，平安之时唯恐避之不及也。如天下一统，依秦王之刚愎，必然无墨家生存之地也。"

司徒子接话说："岂止无墨家生存之地。如今天下七分，诸国国君皆想法讨好百姓，以免己国百姓逃到他国，如天下一统，君王必然加强统治，百姓必苦。"

水希说："故此，我等之希望，百姓之希望，皆在赵国在李牧也。失李牧，则天下为一人所得，百姓无望矣。"

众人各怀心事，皆心情沉重。

小镇离雁门关有二十里路。随着离关城越来越近，两边的军事设施渐渐多起来，不时可以见到赵国的官兵在操练或者巡逻。城门外，守门的士兵精神抖擞，虽检查细致，却态度温和，进出商民皆排队等候，整齐有序。相比邯郸城门外的官兵，此处城门虽然矮小，却秩序井然，给人以生机蓬勃之感。

水希颇感欣慰，说："城外便如此，可见李将军管理有方，赵国若皆如此，岂惧秦国也。"

守门士兵验了众人照身，众人进城。此时已是太阳西斜，小城内街道整洁，房屋排列整齐，穿着各式服装的行人奔走忙碌，这个边关小城竟然显得有些繁华。水希早就听说李牧在将匈奴大军打败以后，在雁门关地方鼓励商贸和牧业发展，即便是匈奴人，只要在雁门关有商铺作保，也可以进入关内贸易。如此一来，大大发展了匈奴与赵国的贸易往来，雁门关不但成了最富裕的边关小城，而且赵军通过贸易，获得了大量的耐寒耐饥耐长跑的塞外良马，大大缩短了赵军与匈奴军队在骑兵上的装备劣势。

看到小城如此富庶整洁，水希惊叹："李牧虽不是战略家，但赵如果能重用李牧，则赵国无忧矣。"

天色已晚，众人找到一个小客栈住下，准备好好休息一晚，第二天去拜见李牧。

庞暖之死传到雁门关，李牧听说之后，好多天一言不发。

李牧早就在朝中任职，本不需回雁门关。然，雁门之地一直未有合适将领，故李牧一直兼任雁门等地驻军大将军。赵悼襄王时，郭开在朝中日益受宠，李牧与郭开常有争执，郭开常在赵悼襄王面前告状，李牧见赵王对自己成见越来越深，便禀奏赵王，以边关告急、匈奴之祸日巨为由，又返回边关，离开了邯郸是非之地。

今庞暖去世，朝中无大将，李牧不知道，赵王还会让自己在此处待多久。雁门郡虽处北部边关，却民风淳朴，物产丰富，更兼此处不必看君上脸色，亦没有郭开等一班佞臣陷害，李牧真想在此终老一生。

赵悼襄王去世、赵王迁继位后，李牧对这个只知玩乐并比其父王更加宠信郭开的赵王更加失望，除了每年几次大朝之外，再不肯多回邯郸。

然而庞暖之死，让李牧明白，无论自己有多么不愿意，他都得返回邯郸面对郭开，只是时间早晚而已。

李牧与司马尚商量一番，正准备重新布置一下边关防务。有人报，说是墨家水希自邯郸至此，求见将军。

水希至此，李牧略有惊愕，忙让人将之请进屋里。

水希与司徒子人见李牧，两人将尉缭入赵杀庞暖之过程详细说了，李牧长长叹气，只是摇头。

水希问："李将军，庞将军亡故，现朝政被郭开等人把持，秦军若攻赵，赵必大乱，不知将军有何想法？"

李牧缓缓说："巨子既知朝政被郭开把持，李牧再有想法，有何用哉？昔日李牧曾在邯郸，也是三日一小朝，六日一大朝，国家大事却皆有郭开等一班人任意决断，我等毫无作用，李牧因此才返回雁门关也。身为武将，还是远离朝政、效力边关为好。"

水希摇头，说："将军不要忘了，武将之去留升降，也是朝廷决断而出的。若遇明君，将应效力边疆；若遇昏君，将若只知在边关，恐位置难保。"

李牧轻轻摇头，说："李牧倒是想解甲归田，悠然南山。大将军之位，谁稀罕谁拿去倒好了。"

水希惊讶："将军怎能如此说？若将军解甲南山，赵国何往？列国何往？将军手下众将何往？昔日庞暖将军在朝，尝为将军及众多部下战将遮风挡雨，如今庞将军不在，李将军却有归隐之意，将军如此想，怎对得起庞暖将军及部下众人？"

李牧拱手："李牧本欲为国效力，却奈何奸臣当道，李牧应如何，请巨子教我。"

水希长出一口气，说："历朝历代，有忠臣便有奸臣，就如这人世，有晴便有阴，有正便有邪。然邪不压正，只要将军善于把握时机，便有可能除掉郭开，重振赵国。"

李牧两眼放光："巨子，我等真能除掉郭开？"

水希点头，说："将军如今不忙返回邯郸。郭开正虎视眈眈，怕将军有所行动。将军宜养精蓄锐，等待时机。"

李牧说："我才不想回邯郸呢。李牧就听巨子之言，在此静待时机了。"

03. 美人计

尉缭依然在寻找机会除掉李牧。他无法再以使者身份进入赵国，便派顿弱入赵，想法拉拢郭开，联合对付李牧。

顿弱带着大量黄金拜访郭开，都被郭开拒绝。顿弱在赵国盘桓半年有余，只与郭开见了两次面，无甚成效，垂头丧气返回咸阳。

尉缭听顿弱之说后，说，郭开富可敌国，且为赵王宠臣，他不会为了这点看不在眼里的黄金，出卖赵国。

顿弱愁眉苦脸，说这个郭开不但富甲天下，且身边绝色美女无数，他啥都不缺，拿下他恐怕够呛，不如就杀了他吧。尉缭说此人绝对不能杀，他是李牧之天敌，拉他下水就是为了对付李牧。

两人一番商量，也没有好办法，只得先放下此事。

犬戎之王进贡一个绝色美女给秦王，这个异域美女不但艳丽无比，天下难寻，而且舞跳得好。犬戎舞放浪形骸，扭腰送臀，极尽挑逗之能事。旋转起来，只见彩练如虹，铃声叮当，却难觅人影，让人称奇。

秦王对此女没有好感，召集众臣看了几次舞蹈，就将此女冷落下来。

尉缭求见秦王，问秦王对此女准备如何安排。

秦王意兴阑珊，说不过是一个贡女，何必管她。

尉缭说如果秦王不喜欢，那就送给我吧。

秦王惊愕，问尉缭要此女何用？

尉缭说此女虽只会跳舞，却可比十万秦兵。

秦王迷惑，问尉缭为何有此一说。尉缭这才说出详情。

秦要去掉李牧，须有郭开配合。这郭开有两大爱好，一是金钱，二是美女。论金钱，郭开富甲天下，黄金已经难以让他感兴趣；他虽然也拥有无数美女，赵国的美女却规规矩矩，与此犬戎尤物大相径庭。他有预感，此女或能让郭开神魂颠倒、淫行大发，他再略施小计，郭开便可为臣所用也。

秦王虽然将信将疑，却答应将此女送给尉缭。

尉缭更不耽误，即刻派顿弱二次入赵。尉缭为了确保此事成功，自己扮成随从，与顿弱一起进入赵国。

入赵之后，顿弱先在驿馆之中宴请赵国官员。酒宴开始之后，犬戎女便登台表演舞蹈，穿着暴露、动作豪放的犬戎舞蹈让一帮赵国官员目瞪口呆，垂涎欲滴。

顿弱不请郭开。郭开一班手下在其面前大讲其女之妙，听得郭开心痒难耐，奈何顿弱在赵国请了五六帮官员，就是没有郭开的份儿。郭开不得其解，愤愤不平，特意让人请了几个邯郸城著名的舞女，跳给一帮心腹观看。

那几个心腹官员以前也颇喜欢这几个舞女的舞蹈，这日观看却总是提不起兴趣，说这种舞蹈软不拉几，实在是无聊透顶。郭开不高兴，问这个无聊，哪个有聊啊？众官员便说秦使带来的那个犬戎舞女，非但其艳丽赵国无人能及，那舞蹈……啧啧，那才叫跳舞呢。没看见人家跳舞之前，还觉得中原舞蹈好看，看了人家跳舞，才知道中原的舞蹈跟虫子扭几下没太多差别。

第二日，郭开正在府中郁闷，有人报说秦使顿弱求见。郭开虽然对其很有意见，不过作为相国，他有接见各国使者之责，更何况秦国乃赵国得罪不起之国，郭开就让下人将秦使迎进客厅。

郭开随后进入客厅，宾主见礼，两人便坐下。

顿弱此番来赵国，名义上是商讨将此前所得赵之邺城等几个城市还给赵国，但赵国须在秦同意后，另割地方进行补偿。此事郭开只需在明白秦使来意后，将此事上奏给赵王，让赵王在朝堂之上议决。战国之时，这种使者来往，都是打着和平之名义，为自己谋利益，同时也是为了探听他国之口气，并无太大的实际作用。

相比此事，对于郭开来说，他更关心的是，顿弱为何不请他去看那犬戎美女跳舞。

一番客套话之后，顿弱终于将话头引向此处："郭大人，我此番带来一个犬戎舞女，大人听说否？"

郭开哼了一声，说："此事倒没听说。"

顿弱笑了笑，说："此女乃犬戎绝色美女，天下尤物。凡见此女者，无不惊叹其美艳不可方物。更绝的是，此女舞姿狂放风骚，静如风中之松，动若火轮飞转。啧啧，此女真是千年难出一个，稀世之珍品也。"

郭开的矜持有些松开了："果真有此女子？"

顿弱似乎要赌咒发誓："大人不信乎？岂止如此啊，其美艳风姿更是用语言难以形容，若大人不信，可以问诸位大人。"

郭开终于开始露出怨气："顿弱大人，我可听说你请了朝中各位大臣去驿馆看此女跳舞，独独不请本大人，不知何故？"

顿弱露出为难状，说："顿弱听说郭大人清廉自律，岂敢请大人看异域之舞啊。"

郭开哼了一声，说："顿弱大人，恐怕不是为此吧。本大人虽忠心为国，却也不是刻板乖张之人，对于音律舞蹈，本大人一向喜欢，顿弱大人不应该不知吧？"

顿弱忙拱手说："顿弱向想与大人结交，无奈多次被大人拒绝，便不敢随便去请大人，怕大人怪罪在下。若大人真有雅致，我今晚便请大人一观。"

郭开笑了笑，说："顿弱大人之意，本大人心知也。如果本大人没有猜错，此女子便是为本大人准备的，不知本大人说对了没有？"

顿弱笑了笑，拱手说："郭大人乃神人也，在下不敢说谎，因见大人高洁，不敢以俗物送与大人，此女乃天下珍稀，故此想送给大人一阅，若大人喜欢，可留下供娱乐消遣。"

郭开哈哈一笑，说："本大人为国殚精竭虑，不求金钱富贵，唯喜欢能舞之女也。不过如果本大人不喜欢，此物须麻烦顿弱大人将之带回去。"

顿弱拱手："大人放心。"

天黑之后，郭开乘车直奔驿馆，去看此女跳舞。

犬戎女子一身小巧彩衣，腰坠铃铛，细腰丰臀，人一出场，转身亮相，郭开就坐不住了。

女子早就被顿弱调教明白，看到郭开，即知此人便是正主儿，拿出了浑身本事，摇胯抖臀，丰乳汹涌，看得郭开眼花缭乱，心猿意马。

顿弱在一边劝酒，郭开哪里还有心思喝酒？全部心神都粘到了女子身上，回不了位了。

顿弱见状，朝女子使了个眼神，女子过来，端着酒樽，与郭开喝酒，郭开来者不拒，一会儿就喝晕乎了。顿弱知道火候已到，让人将女子连郭开一起送回了郭府。

郭开得此女子，如得稀世珍宝，多日不曾出门，每日与女子厮混。顿弱大功告成，在邯郸悠闲了几日，便等郭开出门，与之告辞回国。

五日后，郭开终于来到驿馆，向顿弱致谢。

顿弱笑吟吟，问："郭大人，对此女子还满意否？"

郭开一副心满意足的样子："满意至极！郭开在此有礼了。"

顿弱呵呵笑了笑，说："郭大人客气了，在下能为郭大人做点小事，是在下之荣幸，大人满意，小的就放心了。如此，在下明日便要回国，不知郭大人还有何吩咐？"

郭开竟有些不舍："为何这便要走？大人当再住些日子，让郭开一尽地主之谊。"

顿弱拱手，说："多谢大人，顿弱不久还会回来，届时定与大人饮酒欢聚。"

04. 墨家危机

郭开得此美女，日夜欢愉，并与秦使暗中来往，终于引起一名大臣的不满。此大臣姓赵名鼎，赵鼎乃赵国司寇，掌管刑狱，昔日为郭开压制，不得不假意臣服郭开。郭开得犬戎女后，受不住犬戎女蛊惑，暗中通秦。赵鼎终于明白，此人必成赵之祸害，一番思虑之后，他找到昔日庞暖之手下王虎，商量除掉郭开。

王虎自庞暖遇害，被贬为普通百姓，看到昔日庞暖诸多手下被害，王虎终日东躲西藏，终于保住了性命。赵鼎偶然听说王虎下落，派人找到王虎，商量让他找几个高手，暗中除掉郭开。

王虎昔日与墨家弟子子陵为友，因此常去墨家在邯郸西北角的房屋修葺之地。子陵随水希去了雁门关，赵虎无可奈何之际，也常去躲避几日，后来干脆就在此地长住下来。

赵鼎欲与王虎一起除掉郭开，王虎知道郭开防卫严密，心中没谱，就将此事说给了两个墨家弟子听。王虎知道墨家弟子每日练功，皆是高手，也想找墨家弟子从中帮忙。

墨家纪律严明，弟子们自然不敢私自杀人，便有人将此事告知了此地的小头目。小头目觉得此事是大事，众人商量了一下，一边让人劝阻王虎，一边派人赶赴邯郸，将此事告与水希。

水希大惊，与李牧商量。李牧是正人君子，自然不同意暗杀朝中大臣。水希也觉得此事不妥，派子陵赶回邯郸，想将此事压下。

赵鼎这边又联系了两个大臣，众人暗中组织了几个江湖杀手，让王虎带队行动。王虎虽然不太愿意，却被众大臣裹挟，没了退路。没等子陵赶回邯郸，赵虎就带着众人行动了。

赵鼎等人也不是鲁莽从事。如果郭开带的护卫还是以前的那些人，他们组织的这帮杀手可以轻易将之杀掉。但是他们不知道，郭开现在带的护卫中，有四个是秦国死士。

王虎和那些江湖杀手根本不是死士的对手。刺杀失败，那几个杀手只跑掉一个，其余被杀，王虎带伤，跑到墨家弟子们的住处。郭开下令全城大搜查，军士们顺着血迹找到墨家弟子们的住处，弟子们却将王虎藏了起来。

因为涉及墨家，官兵们不敢擅自行动，将此事报告给了郭开。郭开让人将墨家弟子住的窝棚围了起来，逼墨家弟子们交人。墨家弟子不承认藏了杀人嫌犯，让官兵进去搜查。官兵们一番搜查之后，果真没找到王虎。

郭开知道是墨家弟子在官兵没有搜查之前将王虎转移，就下令将几十名墨家弟子全部关押起来，逼他们交人。

子陵回到邯郸，听说此事后大惊，忙派人去雁门关报告给水希。

水希不敢耽误，匆忙赶回，亲自去拜访郭开。郭开没有为难水希，只是让其交人。只要墨家弟子将王虎交出来，他就放人。郭开将此事禀告了赵王，赵王听说有人胆敢谋刺相国，自然也是愤怒不已，下令严查。

水希不能逼弟子交出王虎，自然也无法逼迫郭开放人，此事进入僵局。李牧听说后，回到邯郸。

李牧设法找到已躲起来的赵鼎等人，详细询问了事情起因经过。李牧让司马尚设法抓到了负责与郭开联络的顿弱手下，掌握了郭开与秦细作暗中来往的证据，准备将此事上奏给赵王。

水希挡下了李牧。他说这些证据，根本无法扳倒郭开。郭开身为相国，受赵王之命，接见各国使者，其与秦人来往之事，可以说是间人行为，也可以说是职责所为。赵王深信郭开，且郭开最善于黑白颠倒，弄不好还被其泼一身污水。

两人商量一番之后，水希去找郭开，将顿弱手下在他们手里，并将顿弱如何行贿郭开的事实讲出。两人一番唇枪舌剑之后，郭开终于答应放了墨家弟子，水希也须将顿弱手下放了。

墨家弟子获救。王虎走投无路，在墨家的协助下，将家眷从邯郸接出，被司马尚送到了雁门关军，在军中任职。

郭开设法查到了赵鼎等一班大臣的藏身之地，将之抓获，全部杀害。

收拾了赵鼎等一帮稍有些骨气的大臣，朝廷之中，更无人敢于对抗郭开。李牧已经卸任边关大将之职，入朝为官，却是势单力薄，根本无力与郭开对抗。

面对日益膨胀的郭开，李牧与水希皆一筹莫展，无可奈何。

嬴政计划进军赵国，令尉缭设法除掉李牧。尉缭乔装与顿弱再次入赵，与郭开商量去掉李牧之事。

赵国众臣中，能对郭开形成威胁的，如今只有李牧了。何况李牧掌握郭开暗通秦人的证据，郭开自然想除掉李牧。

不过郭开也有自己的盘算。自己如今在赵国一手遮天，也是秦王眼中红人，他能有今日，还多亏李牧。

有李牧在，秦国对赵国尚有忌惮，故此不敢大肆进攻赵国，赵国才能安稳至今。秦王想借用自己，除掉李牧，因此秦人才能不惜黄金美女，自己方能左拥右抱，黄金无数。

他得把握好平衡。不能让李牧害了自己，也不能随便就除掉李牧，否则，赵国若亡，此世哪里还会再有个赵国让自己祸害？

他对心急如焚的顿弱说："顿弱大人，李牧数次欲置我于死地，我自然也想将之除掉。可赵王对此人非常器重，许多边关大将皆是其手下，除掉此人绝非易事。"

顿弱说："国尉大人也知相国之难。可此人是秦之死敌，此人不除，秦不敢攻赵。国尉大人让我跟郭大人说，如秦灭赵国，相国大人可入秦为官，亦可退养天年，俸禄官职，绝不会亏待郭大人。"

郭开笑了笑，说："郭开感谢秦王和国尉大人。然，除掉李牧非三五日可成，须做长远打算。"

顿弱知道郭开说的是实情，也深知他若真想除掉李牧，也并非毫无办法。秦王君臣也明白郭开的小算盘。在赵国，郭开是一人之下、万人之上，谁也明白，如赵国灭亡，郭开便再无第二个赵国可以为所欲为。

佞臣自有佞臣的生存之道。

秦王无奈，尉缭无奈，顿弱自然也无计可施。

如此过了一年多，尉缭扮成商人，去各国转悠了一圈，回国后面见秦王，提出了对赵用兵的想法。

秦王不同意："李牧尚在，其若出兵，秦难胜也。"

尉缭拱手："君上，李牧并非神人，不见得百战百胜。况此番出兵，若李牧大胜，却反而是害了他。"

秦王疑惑："此话怎讲？"

尉缭说："臣刚从赵国回来，更加了解郭开。郭开不除李牧者，是因有李牧，对其有利。利者之一是秦须用他压制李牧，其报酬丰厚；之二是李牧在则赵国在，其在赵国一手遮天，赵国非赵王之赵国，亦是郭开之赵国也。"

秦王点头："确实如此。"

尉缭继续说："如此，即便千年万年，郭开也不会有除掉李牧之心。要想让其动手除掉李牧，须打破此种局面，让郭开感觉到李牧之威胁。"

秦王点头："说下去。"

尉缭说："君王者，乱世重武，太平重文。若秦进攻赵国，赵国吃了败仗，赵王与郭开无奈，必然启用李牧，带兵拒秦。若李牧战败，赵王便不会再重用此人，秦便可以迅速出兵，灭了赵国。若李牧战胜，赵王必然会重用此人，加官封爵。李牧与郭开向来不和，微臣在赵国听说，即便是现在，李牧也常在赵王面前陈述郭开之错。如若赵王重用李牧，郭开必然害怕李牧趁机除掉自己，此时不用我等去劝说郭开，郭开必拼尽全力除掉李牧。"

秦王还是有些忧虑："国尉言之有理。只是……如果李牧除掉了郭开，岂非鸡飞蛋打？"

尉缭笑了笑，说："此事臣自会帮郭开把握机会。君上放心便是。"

秦王点头："既如此，朕便与蒙将军商量，尽快出兵。李牧不除，秦便有一日之危啊。"

秦王召集蒙恬、李斯、王翦等心腹大臣，商量出兵之事。

众人听了尉缭建议，皆同意出兵攻赵。

公元前233年春，秦王听说李牧返回雁门关，便派桓齮率大军十万，从秦赵北方边境，进攻赵国。

桓齮率大兵攻城拔寨，赵王恐慌，忙派人至雁门关，封李牧为统兵大将军，率兵迎敌。李牧听说秦兵入赵，早就做好了迎击准备。接到赵王之令后，马上集结军队，南下迎敌。

桓齮大军在朝着赵国腹地行进的路上，遭遇赵国边军伏击。李牧率五万边军，设下埋伏，在宜安之地等候秦军。

秦军没有料到在此平缓之处，竟然能有奇军伏击，还没有来得及反应，凌厉的赵国边军便在李牧率领之下，杀得秦军阵脚大乱。军士眼见赵军勇猛无比，难以取胜，皆失去了斗志，争相逃跑。

边军骑兵来回冲杀，冲击反抗的秦军，步兵协同作战，步步推进，十五万大军从早杀到晚，秦军十万大军全军覆没。桓齮不敢回秦，在几个部下的保护下，逃亡燕国。

赵军以少胜多，大获全胜，赵王迁大喜，加封李牧为武安君，统领全国军马，李牧在赵国一时风头无限。

第六章 李牧与郭开

05. 水希巡游诸国

李牧调集军马，部署防秦。郭开却已经预感到了来自李牧的危险。

李牧成了赵国之英雄，从升斗小民到至尊赵王，无不对之崇敬有加。赵王连设十天大宴，庆贺李牧完胜秦国。曾经备受恩宠的郭开受到冷落，他愤恨不已。

顿弱非常及时地出现在了郭开的府上。

顿弱此番又给郭开带了一个美女过来，郭开却只看了一眼，垂头丧气地说："君上宠爱李牧，李牧却与我素有瓜葛，若李牧在君上面前说我坏话，恐怕我郭开的好景难长了。"

顿弱笑了笑，说："若郭大人听小的一言，郭大人必会鸿运无边也。"

郭开抬头看了看顿弱，说："你能有办法让君上重新宠爱郭开吗？"

顿弱点头，说："唯一办法，就是除掉李牧。"

郭开低下头。

顿弱笑了笑，说："郭大人，花无百日红，李牧不除，依现在赵王对其之信任，如李牧想要大人性命，恐易如反掌。"

郭开哭丧着脸："都是尔等拉我下水，如没有你等，我郭开怕甚？"

顿弱冷了脸，说："郭大人，此是甚话？大人收黄金、抱美女之时为何不想到今日？事已至此，即便你现在将我送与李牧，于你有益否？为今之计，我们更要互相协助，除掉李牧，天下无论是赵还是秦，大人都能永享富贵。"

郭开长叹一口气，想了好一会儿，缓缓点了点头，说："也只好如此了。只是如今李牧更受恩宠，想将之除掉，是难上加难了。"

顿弱摇头，说："物极必反也。大人尽管听我的，我必会保大人暂时平安无事，待时机一到，便可除掉李牧。"

顿弱找了一个手下，让郭开协助，趁李牧外出之时，让手下找到司马尚，说他是秦人，有郭开私通秦人的证据。

司马尚大喜，将此人带进家中。来人很神秘地交给司马尚一个牛皮袋子，说等李牧将军回来，交给李牧将军便可。李牧凭此袋子里的东西，便可将郭开送进牢狱。

司马尚没有怀疑，专等李牧回来将郭开绳之以法。没想到，当天晚上，郭开便带着司徒司寇等一班官员，带着一众军士，押着那个上午来给司马尚送东西的秦人，来跟司马尚要那个袋子。

司马尚知道事情有变，却不得不将袋子交出来。让他没有想到的是，袋子里装着的却是大量的黄金！

那个秦人当场指认，说国尉让他将黄金交给司马尚，别的他就不知道了。郭开逼其说出司马尚暗通秦国之事，那个秦人竟然趁人不备，当场撞墙而亡。在众人看来，此人之死，是为了保护司马尚和李牧，却让司马尚百口莫辩。

郭开欲以通敌之罪抓捕司马尚，被众人劝阻。郭开让军士围住司马尚府邸，不许他外出，此事等李牧将军回来之后，听将军处置。

李牧得到情报，马上赶回邯郸，听司马尚说了事情经过，知道是中了郭开奸计，却没有办法，只得亲自去找郭开。

郭开以相国身份，暗示李牧，如果其对他郭开不利，他则会用此事面奏赵王。李牧无奈，表示他李牧只想整备军事以防秦国，根本就没想在君上面前状告郭开。

郭开用此事压下李牧，终于长出一口气。然而，其想除掉李牧的想法，却始终没有实现的机会。水希与李牧合计除掉郭开，也因为种种缘故，没有成功。

郭开与李牧，再次陷入奇异的僵持状态。

第二年，秦王再也等不得尉缭谋划成功了，听从蒙恬建议，联合韩、魏两国，分兵两路攻赵。赵国君臣百姓惶惶不安。

水希听说这两国竟然与秦联合，几乎不敢相信自己的耳朵。他让人驾车，直奔韩、魏两国，问其为何要与秦联合。魏王对水希避而不见，水希在魏国住了两天，留下一封长信给魏王，又奔向韩国。

韩王也对其避而不见。水希找到丞相韩熙，质问其为何要与秦联合攻赵，唇亡齿寒的道理韩国就没人懂得吗？

韩熙垂头丧气，说："水希有所不知，韩国不比赵国，若韩不依附于秦，韩国早就被强秦灭掉了。此番出兵乃秦之命令，韩、魏两国皆是不得已。望水希见谅。"

水希哀叹："韩王何其糊涂也。秦如今让尔等帮忙灭赵，如果赵没了，秦能容得下韩、魏吗？韩王就不懂得这个道理吗？山东诸国唯一的活路，便是联合对秦。联兵攻赵，是饮鸩止渴也！"

韩熙苦笑，说："即便是鸩，如今韩也只能饮下了。韩如今只剩下半条命，剩下半条，也已经病入膏肓，无药可救了，多活一天算一天吧。"

水希无言以对。

魏、韩两国还没有发兵，王翦便先带十五万秦军，从秦赵之北部边境进入赵国。此番王翦带儿子王贲、李信等十余名秦军大将，发誓要给赵军一个下马威。李牧带大军迎击秦军。两军在番吾之地僵持一个多月，往来厮杀。秦、赵兵马皆死伤惨重。

一个多月后，水希和十多名墨家弟子找到李牧。李牧在水希协助之下，用锐气正盛的墨家弟子为先锋，趁夜突袭秦军。

秦军遭到突袭，一番慌乱之后，整兵反击。李牧亲率边军死战，战场之上血流成河，两军皆死伤无数，最终秦军败北，剩下不多残兵，连夜逃回秦境。赵军惨胜，十多万兵马所剩无几。

李牧兵马还没来得及休整，邯郸传来紧急军令，南部赵军不敌韩、魏联军，节节败退，让李牧马上带兵驰援。李牧手下十五万人马，能战者不足三万。李牧草草整编之后，带着这支疲惫之师日夜兼程，南下迎敌。

韩、魏两国分别进攻赵之丰、溪两城。李牧带兵攻韩，韩军不敢与李牧边军对阵，望风而逃。李牧复又带兵进攻魏国。魏军草草与赵军打了一仗，丢盔卸甲而去。

李牧回到邯郸后，闭门不出，谢绝了所有访客。

十多日后，李牧到驿馆中见水希，两人各自坐着，好长时间皆一言不发。最终，李牧打破沉默，说："秦军非但军队强大，且国力远胜赵国，君臣一心，秦王宵衣旰食、发愤图强，赵王日夜欢愉、不知昼晚，郭开把持朝政、通敌卖国，赵亡于秦，或不久矣。"

水希沉默了一会儿，方说："若论国力，赵不如秦。论军事，赵之边军，远胜秦军，况赵有将军，将军非止赵国之希望，也是山东诸国百姓之希望也。望将军不要气馁。天下之势，变化无常，只要赵国能抗击秦国，齐国与楚国或能有所醒悟，与赵国联合抗秦。如此，则便可再图长远也。"

李牧叹气，说："但愿真如巨子之言也。李牧此番拜见巨子，是与巨子辞行。此番赵军虽胜，却损失惨重，赵王似有不喜。另则，边军随我征战，边关空虚，我已多次接到匈奴劫掠的战报，我若不回，恐边关难宁也。"

水希点头："如今赵国，全依赖将军了，将军此去，须招兵买马，秦、赵必有一场恶战。将军若能率赵国军队打胜这场恶战，则赵长秦短，天下局势必有新局面。届时，则可趁机杀郭开，重振赵国。"

李牧站起来拱手："李牧即为赵之将军，为赵赴汤蹈火，不敢有丝毫犹豫，请巨子放心便是。李牧还有一处担心，我离开邯郸，邯郸便为郭开之天下，郭开是睚眦必报之小人，况秦间在后，我担心郭开对墨家不利，故此请巨子随我北上，不知巨子何意？"

水希想了想，说："水希四海为家，虽暂住邯郸，却不会太长久。将军先请回吧，我在邯郸住些日子，便想去各国转一转，回来之后，我便去雁门关拜会将军。"

三日后，李牧率众人离开邯郸；水希也带了几个弟子，去各国巡游了。墨家巨子每年秋冬季节，都要去各国为墨家弟子讲学，已经是传承二百年的老规矩了。不过水希此番出行，也有另一番意思。他要趁机拜会各国君王重臣，听一听他们的对秦策略。水希现在明白，如何抗秦，须照顾各国情况，他和庞暖推行合纵之策失败，便是没有弄清各国君王想法而一厢情愿，因此失败。

他想在此诸国已经皆感到危机之时，重新寻找一条诸国联合之路。

水希从赵国出发，先到了韩国，拜会了一心事秦以求苟安的韩王安。韩王安自派韩非子入秦后，便将韩国所有希望寄托在了韩非子身上。他希望韩非子能够像李斯那样，在秦国入仕，便可以向秦王纳言，让秦王保存韩国。

韩王安对主动抗秦，已经毫无兴趣。力主抗秦的韩国大将军申犹也心灰意冷，不愿多说一句话。水希从韩国出来，便奔向魏国。

魏景愍王此番也接见了水希。与韩王一样，魏王已经失去抗秦之志，将所有希望都寄托在秦使的谎言——秦只会灭敌国，却会保护盟国——上。

水希言辞恳切，劝告魏王要对秦加以防备，魏王笑了笑，说："秦要灭魏，不费吹灰之力也。魏防备与否，有何区别？"

水希曾在魏国常驻，弟子甚多，他在为魏国弟子讲学时，有弟子问其天下局势，墨家素有救危扶弱之传统，在此秦人猖狂意欲图霸天下危急之时，应有何行动。

水希无言以对。若在几年之前，水希必然会慷慨陈词，誓与山东六国共存亡，如今各国皆有各自算盘，他们欢迎墨家为他们送死，却会在他们死后，带着黄金珠宝，向墨家为他们以死抗争的对手纳降称臣表忠心。如何行动，如何行动？水希心里一片茫然。

从魏国出来后，水希奔赴楚国。

楚幽王设宴，在王宫接待了水希。两年前，秦国与魏国联合攻楚国，楚国奋起抵抗，两国联军在楚国没有得到便宜，无功而返。之后，秦国派使者与楚国交好。楚国虽然不相信秦国之诚意，却更加不相信诸国合纵能对抗秦国。且魏国以怨报德，此番竟然与昔日仇敌秦国联合攻楚，更加伤了楚国君臣百姓之心。楚幽王现在不愿与任何国家联合抗秦，包括赵国。

宴后，水希问丞相李园，秦国何人出使楚国？

李园告诉水希，秦使是姚贾。姚贾多次来楚，刚走不久。

水希心中苦笑。

水希从楚国出来后，便去了秦国。与甫飞等一众弟子盘桓几日，水希本来想设法见到韩非子，听说韩非子被秦王幽禁了起来，水希便打消了主意，从秦国直奔赵之雁门关，见到了李牧。

水希对李牧说了诸国之形势，在雁门关住了几日，便直奔燕国。

燕国远离秦国，且与赵国为宿敌，因此根本无意与赵国联盟抗秦。水希此番是想顺便了解一下各国态度，因此并未做太多劝告，做了几日讲学，拜见了燕王喜后，又去了齐国。

此时齐国的君王后已亡，齐王建的舅舅太史胜为齐国丞相。太史胜收受秦国姚贾之贿赂，不让齐王与秦为敌。水希曾为合纵之事来过齐国，那时齐王建的母亲君王后还健在，君王后以德服人，对各诸侯国包括秦国恭敬相待，水希入齐说服齐合纵抗秦，被君王后拒绝。

此番水希拜见齐王，齐王以及后胜接见了水希。水希知道这个后胜收受秦国金银无数，必然会反对抗秦。

果然，水希说起赵抗秦之事，后胜边以君王后遗训为挡箭牌，以齐四十年无战事、百姓安乐为典型，说齐国恭敬对人的伟大收获。

水希心里长叹，却无话可说。

水希拜访的最后一个君王，便是已经不能称为国的卫国之君卫君角了。

卫君角被秦王迁至野王之地，臣工大都各自逃亡，只剩下不足二十人，军队也只有不足千人。卫君角每日弹琴喝茶，完全没有了国家之压力，每日荒度日月，昼夜不分，与废人无异。

06. 赵国之变

水希回到邯郸，召集众弟子，宣布与绿娘结婚。绿娘几乎不相信自己的耳朵，喜极而泣。

水希此番一反常态，婚礼办得极其隆重。赵国大臣几乎皆有贺礼，郭开亲临现场，为水希祝贺。赵王迁也派人送来一对玉佩，为其庆贺。婚礼上，水希频频敬酒，以致酒醉。秦使顿弱恰在邯郸，也参加了酒宴。水希喝酒醉后，拉着顿弱的手，说日后若秦统一了天下，希望顿弱能在秦王面前多多美言，给墨家一条生路。在场众人皆面目失色，现场鸦雀无声。

水希不顾众人反应，当场吟唱助兴：

> 呦呦鹿鸣，食野之苹。我有嘉宾，鼓瑟吹笙。吹笙鼓簧，承筐是将。人之好我，示我周行。
>
> 呦呦鹿鸣，食野之蒿。我有嘉宾，德音孔昭。视民不恌，君子是则是效。我有旨酒，嘉宾式燕以敖。
>
> ……

水希摇摇晃晃，放浪形骸，众人难见一向严谨艰苦的墨家水希如此狂放，皆鼓掌欢呼。

婚礼之后，水希亲自带着墨家工匠们在各国奔走，为穷人修茸房屋。墨家的学者们则研究各种学术科学，兴建学馆，教育穷人子弟。

李牧听说之后，特意回邯郸找到水希，问其为何不关心秦、赵局势，却一心做这些小事。水希笑了笑，说："李将军，我在各国云游半年余，终于明白，要救世为民，非军事可为也。各国征战原因复杂，止战非人力所为，亦不是灵丹妙药。百姓之福，在于让百姓了解事理，学习学问。"

李牧问："如此，巨子不管秦、赵之战乎？"

水希说："秦虎狼之心，墨家岂能不管？秦若攻赵，墨家必尽力助赵，此劫过去，则百姓之福也。"

李牧拱手："多谢巨子。此两年间，李牧招兵买马，苦练军士，如今赵军，足以与秦军一搏也。"

水希点头，说："如今各国皆想法自保，合纵无望。赵军须有抗秦之势力，否则赵国无望，天下亦无望。"

公元前 229 年春，秦王在做了充分准备后，终于开始灭赵了。

李牧经过两年的准备训练，也是兵精粮足，准备与秦进行殊死一搏。

秦王派王翦为统帅，兵分两路，进攻赵国。

赵王见秦兵来势凶猛，不敢怠慢，忙令李牧统兵防御。

李牧发兵之前，特意拜见水希，让其在邯郸多注意郭开动向，防备其背后使坏。水希点头同意，并特意从墨家弟子中选了十个高手，随李牧出战。

李牧与司马尚带赵军驻扎在灰泉山，挡住秦军。秦军几次进攻，都被李牧率勇猛的赵军将之挡了回去。王翦派兵马从侧面偷袭，李牧也早就做好了防备，埋伏杀之。王翦白白折了一支精锐，一时无计可施。

秦军与赵军僵持在灰泉山，秦国细作则随着顿弱，大量涌入邯郸。

顿弱拜见郭开，对他说："郭大人，李牧大军气势如虹，秦军远道而来，粮草供给十分艰难，如此对峙下去，秦军恐难以取胜。"

秦王虽然许诺不会亏待郭开，郭开却心下明白，亡国之臣难有好下场，最起码不会比自己在当下的赵国更有权势更为所欲为。故此，郭开并不希望秦国胜利。他心下明白，秦国想统一天下，赵国便是其最大障碍。秦想用最精锐之师，先拿下赵国。而保住赵国，就是保住了郭开天下无双的好日子。

郭开微微一笑，说："大秦人才济济，听说此番王翦带十多名秦国大将，李牧军中能杀之将不过是五六人，现在李牧能挡住王翦，日后谁胜谁负，谁知道呢？"

顿弱也笑了笑，说："大人是不是盼望赵国胜利呢？"

郭开忙正色说："非也。郭开如今是秦王之人，自然盼望秦军胜。"

顿弱点头，说："如此最好。秦军若败，日后还可以卷土重来，只是需要时日多一些而已。但是对于郭大人来说，却是灭顶之灾啊。"

郭开皱眉："此话怎讲？"

顿弱说："大人向来与李将军不和。我听说李牧将军也早就向赵王参奏过大人，只是赵王没有听李牧之言，认真查证而已。此番若李牧战胜秦军，必然比上一次更受赵王器重。上次赵王封李牧为武安君，此番若胜利，若李牧参奏大人暗通秦国，赵王是否会听李牧之言，查处大人呢？"

郭开勉强笑了笑，说："顿弱大人不必吓唬我。我为赵之相国，接待各国使臣，是相国之责。别说秦国，齐国、楚国等诸国使臣我都接待过，莫非我郭开都与之暗通？"

顿弱摇头叹息："大人乃聪明之人，竟如此糊涂。庞暖曾派人暗中监视大人，秦之细作也因此常有失踪。庞暖虽死，他尚有诸多部下，若他们藏了一个秦国细作，向赵王告发大人，大人觉得还能说过去否？何况李牧还曾经捉住顿弱手下，手中证据充分。"

郭开看着顿弱，突然站起来，冲过去抓住了他的衣领，吼道："郭开如此，皆是尔等引诱于我，我先将你送给赵王，割了你的吃饭家什！"

顿弱轻轻把郭开的手掰开，坐下，看着气急败坏的郭开说："可惜赵王至多能将我驱逐出赵国。况且，即便赵王真的要了顿弱的命，也无法饶了大人。大人还是先为自己考虑一下吧。"

郭开后退几步，一屁股坐在垫子上。

顿弱看着郭开，口气柔和起来："郭大人，你说得没错，是顿弱用美女勾引了大人，不过，顿弱却也是帮了大人啊。以秦之势力，统一天下是早晚之事。大人于秦有功，秦统一天下之后，必定不会亏待了大人。届时，赵国其他大臣遭受牢狱之灾，大人却享受荣华富贵，大人那时还会埋怨在下乎？"

郭开闭上眼，喘了几口粗气，说："李牧若在，秦就别想灭赵，何谈统一天下？"

顿弱说："李牧在，大人就危机不断。故此，李牧是秦之劲敌，亦是大人之危险，大人何不与秦合力除之？"

郭开闭着眼，问："大人是否已经有了谋划？"

顿弱点头，说："此大战之际正是好时候，平常策略难以除掉李牧，唯有如此如此……"

顿弱乔装打扮，进入郭开府邸，被暗中监视的司徒子发现。司徒不敢耽误，速将此事告知水希。

水希说："顿弱此时见郭开，必没好事。"

司徒子说："秦赵交战，只怕是与战事有关。"

水希点头："必然与此有关。可是究竟为何，却无法得知啊。"

司徒子问："巨子，秦赵一战，秦最惧者为何？"

水希说："当然是李牧……你是说……秦人要除掉李牧？！"

司徒子点头，说："此是在下猜想。李牧乃秦之劲敌，除掉李牧，则可得天下也。如今两国交战，是最关键时机，此战与以往不同——秦以举国兵力攻赵，若秦输了，则局势必然大变，赵国崛起，秦起码几十年甚至上百年不敢出兵山东，故此秦输不得；若赵输了，赵则有灭国之危，故此赵更输不得。"

水希说："故此赵王不敢不重用李牧。"

司徒子摇头："正是此时，便更需要明辨之君。巨子，赵王是明君乎？"

水希摇头。

司徒子说："此千钧一发之际，若君王心神不定，容易被奸人利用，昏昏如赵王者，非定国之君也。"

水希着急："如此……如何是好？！"

司徒子想了想，说："秦若此时用计，必用反间计，其他都无法撼动李牧。唯用反间计，让人告发李牧意欲叛国，才能让赵王方寸大乱。更兼郭开乃赵王之宠臣，若其想法诬陷李牧，赵王为保险起见，必然会让人取代李牧，秦则可趁机打败赵军，赵国必亡也。"

水希点头："我明日一早便进宫见赵王，陈说厉害。"

第二日，水希进宫时，刚好遇到从宫中出来的郭开。水希心下一愣，忙快步进入宫中。

在此事关生死存亡的关键时刻，赵王迁终于顾不得寻欢作乐了。他正在宫中坐卧不安，侍者报水希求见。赵王忙下令，让水希觐见。

水希进宫，欲行大礼，被赵王拦住。赵王扯着水希的手，说："寡人正要派人去找巨子呢。巨子啊，寡人可是听说墨家最能救人于危难，赵国正值危险之中，巨子不可袖手旁观啊。"

水希躬身："君上，水希此来正为此事。君上请坐下，听水希细说。"

赵王坐下，水希说："如此生死存亡之际，君上切勿听信谣言。李牧将军乃赵国之栋梁，其心昭昭，其才可定国安邦，若君上听信李牧将军，君臣同心，上有君上，下有千万百姓，几十万秦军，又奈我何？若君上听信小人谗言，临阵换将，赵国可真危也。"

赵王惶惑："可是相国大人说李牧暗中派人与秦军来往，或有投敌之嫌，寡人岂能坐视不理？"

水希言辞恳切："君上啊。李牧将军自守卫边关，如今二十余年，大小上百仗，从无败绩，更兼将军清正廉明，忠心耿耿，郭开多次诬告将军，李牧也曾受过多次冤枉，从来都是无怨无悔。如今正值国家用人之际，其怎能在此时投敌呢？"

赵王一脸后悔："此正是寡人忧心之处啊。相国与李将军素有罅隙，相国多次参奏将军，寡人糊涂，更是多次冤枉李将军，否则李将军怎会在此时投敌？"

水希目瞪口呆："君上何出此言？！如果李牧将军想投敌，为何还会拒敌于灰泉山，多次打败进攻之秦军？！"

赵王说："相国大人说，李将军如此，正是为了以此要价，为之降秦后能得重用。"

水希扑通跪下："君上！此是相国大人信口雌黄者也！相国向来暗通秦人，此番必然是其受秦人贿赂，污蔑将军是也！君上，若听相国之言，赵国危矣！"

赵王苦恼万分："相国言李牧投敌，你说相国通敌，寡人信谁是好？"

水希说："如此说来，君上是不相信李牧将军了？"

赵王断然："寡人现在谁也不敢相信。"

07. 墨家之劫

赵王要派人去军中调查，水希怕秦人于此中使诈，派弟子子陵火速去灰泉山通知李牧。郭开从宫中出来之时，看到水希进宫，怕水希在其中捣乱，让顿弱派人监视水希。

子陵从驿馆打马而出，秦之细作将此事报与顿弱，顿弱亲自带人跟在子陵后面。见子陵朝着灰泉山方向疾驰而去，顿弱急了，命令手下，务必杀了此人。子陵打马跑了一会儿，听到后面有马蹄声，转头发现了几个凶神恶煞一般的追击者，忙打马急驰。

顿弱等人所乘之马皆是从秦带过来的犬戎良马，子陵打马跑了一会儿，发现对方离自己越来越近，而胯下之马却越来越慢，只得下马，朝附近山上跑。顿弱率四个大秦死士猛追不舍。子陵在山半坡被五人围住。一番拼杀之后，顿弱所带四人三死一伤，子陵身中四刀，战死在半山腰。

当天傍晚，水希不见子陵回来，知道出事了，派了两个弟子去军营报信，并加派人手，监视郭开与顿弱。

那两个墨家弟子再次失踪，派去找监视郭开的司徒子等人也皆失踪。

水希紧急召集在邯郸的墨家弟子，正要带着他们出邯郸，去找李牧。郭开带着兵马，将驿馆围了起来。

郭开进了驿馆，对水希说："巨子，李牧涉嫌叛国投敌，我奉命查案。巨子一向与李牧交好，不过巨子是否也参与此事，本大人尚不清楚，从今日起，驿馆内不许任何人进出，须等我查清之后，才能放行，请巨子配合为盼。"

水希冷冷地说："相国大人，我想见君上。"

郭开冷笑一声，说："可以。不过须等我查清之后。否则，任何人不得进出驿馆。"

有弟子说："如果我们出去呢？郭开，你觉得你的那些军士能拦得住墨家弟子吗?"

郭开哼了一声说:"本相国知道墨家弟子皆是高人,不过墨家弟子再厉害,能杀了几万赵国守城军士否?"

水希拦住众弟子,对郭开说:"请相国放心,水希定会约束墨家弟子。不过,水希希望相国尽快还墨家一个清白。墨家弟子遍布天下,水希可以约束驿馆中的弟子,若诸国的墨家弟子皆来找相国,恐怕你那上万军士也无济于事。"

郭开笑了笑,说:"巨子放心,本相国定会尽快给墨家一个明白。"

秦军大将王翦听从顿弱之谋,派人到赵国军营,说要与李牧商谈双方罢兵之事。李牧明白,以赵国之军力,还无法与秦国抗衡,且赵军补给方便,而秦国补给线漫长,时间越长,秦国越难以承受,因此欣然接受了秦国商谈罢兵之建议。

王翦派谋士高聪带人进入赵军军营,与李牧商谈罢兵事宜。高聪进入军营第二天,赵王所派查办李牧通敌之事的赵国将军赵葱,也带人进入军营。

赵葱乃赵国皇亲贵胄,派头十足。进入李牧军营后,便宣布赵王旨意,李牧暂且停职,辅助赵葱。赵葱暂领大将军,调查李牧通敌之事。若此事为假,赵葱得还将军之位于李牧。若此事坐实,赵葱便领李牧之位,并派人押送李牧进城。

赵葱读完赵王之令,众将愤然,纷纷替李牧说话。

司马尚吼道:"此正是赵国生死存亡之际,赵国若无李将军,何人带兵抗秦?"

赵葱哼了一声,说:"司马将军意思,赵国若无李牧,便无法抗秦了?"

司马尚不肯服气,嘲笑道:"赵将军意思,你能带兵抗秦?"

赵葱说:"将军若不信,明日便可看我上马杀敌!"

司马尚叹息:"非我不肯信,就你这句话,就可知道你不懂该如何迎敌。赵有尔等,焉能不败?"

赵葱要抽刀发怒,被李牧挡住,李牧说:"赵将军请息怒,李牧等将士愿意听从赵王之令,听候将军调查。"

李牧将帅印交给赵葱,对司马尚等人说:"尔等要谨遵赵将军号令,全力杀敌，赵将军自会还我等一个清白。"

赵葱笑了笑，说："还是李将军明白事理。李将军放心，赵葱必定仔细调查，若将军清白，赵葱必然上奏君上，还将军一个清白。"

李牧拱手："拜托将军了。"

当天夜里，有军士偷偷找到赵葱，说有一帮秦人住在军营中，负责李牧与秦军联系。赵葱顾不得歇息，连夜让此人带路，去抓捕这帮秦人。等他们赶到秦人住处，发现这帮人刚走，被窝尚温。

赵葱等人追赶不及，回来边将李牧叫到中军帐，问那些秦人到赵军之事。李牧说他们是王翦派来谈罢兵的使者，秦军屡战屡败，有意和谈。

赵葱说既然他们是来谈罢战之事，为何要偷偷溜掉？

李牧不信，说他们谈得好好的，怎么会溜掉？

赵葱带着李牧来到秦人住处，李牧看着空空的帐篷，惊愕不已，百口莫辩。赵葱取代李牧为将，并派人将李牧严加看守，准备两日后，押送邯郸。被水希派来协助李牧的墨家弟子遇此变故，不知如何是好，只能派两人出军营，向水希报告。

水希等人被赵国军士困于驿馆。晚上，水希召集众弟子商量，想法冲出驿馆，去灰泉山帮助李牧。水希忧心忡忡，对众弟子说："司徒子失踪，郭开拘禁我等，必然会对李牧将军下手。李牧大将军是大将之才，却无防人之心，秦奸顿弱狠毒狡黠，专事对赵用间，更兼郭开暗中协助，李牧将军必为之所伤。我等须从此地逃出，协助李牧将军除掉奸邪，抗击秦军。"

众弟子皆答："我等听从师父命令，赴汤蹈火死不旋踵！"

水希说："驿馆门外赵军有上百名，硬冲不利。驿馆西北角可越墙而出，墙外也必定有人把守，且赵军中必定掺有秦之死士，不可轻敌。肖平，你率二十人先出去，吸引赵军。我随后率众从东南角冲出，冲出后，都朝着西北城门跑。此处城门官是墨家弟子涂冲，可从此门出城。"

众弟子答应。

稍做准备后，肖平率领二十名精壮弟子，从西北角翻墙而出。顷刻之间，墙外便传来震天动地的惨叫和厮杀声。

水希让弟子去看门外。守卫在门口的上百赵军纹丝不动。水希知道郭开等人料定墨家弟子会趁夜冲出，在驿馆各处肯定安排了大量人马。可是他已经没有了选择。

水希向剩下的九十多名墨家弟子安排好冲锋次序，并让二十名弟子负责保护绿娘，他先带领二十名弟子翻墙而出。

他们刚一落地，便陷入了赵军和秦之死士的包围之中。水希与众弟子犹如一滴水落在了大海之中，刹那之间，就被涌来的军士淹没。

后面的墨家弟子随后跳出。九十余名甘用生命救天下的墨家弟子，手持短刀，奋勇杀敌，也在流尽最后一滴血后，被敌所杀。

本该勇猛杀秦的赵之勇士，如黑色的浪涛，朝着一心想救赵的水希，朝着这些为邯郸老百姓修了几十年房屋的墨家弟子杀过来。一片片的赵国军士倒下，一个个英雄的墨家弟子倒下，宽阔的街道血流成河。

九十多名墨家弟子，在几番冲杀过后，还没有冲出街道，只剩下了不到二十人，跟随在水希身后。

水希看着身后倒下的身着破衣的弟子们，泪如泉涌，他看着前面依然黑浪一般的赵国军士，仰天长啸："苍天啊！我水希与墨家弟子，皆一心为民。为救赵国及天下百姓，我等苦心竭力，奈何今日却要灭我墨家也！"

包围上来的赵国军士听水希喊叫，都停下了。

有人说："墨家可是好人，杀墨家人可要遭天谴的。"

有人说："他们不要老百姓钱物，帮老百姓修房子，我家的房子就是他们修的呢，我可不能杀墨家人。"

……

涌动的黑色浪潮停止了。

墨家众弟子喜出望外，簇拥着水希和绿娘朝前冲了过去。

掺杂在其中的秦国死士，鼓动赵国军士上前杀人。

军士们不动。

水希等人冲到军士们面前，赵国军士自动让出了一条通道。

水希朝着军士们鞠躬，刚要走进通道。突然冲出几个秦国死士，朝着水希挥刀乱砍。

绿娘猛然冲了过去，挡在水希面前。绿娘身中数刀，倒在地上。没等墨家弟子们动手，赵国军士们边朝着这几个秦国死士冲了过去。水希忙背起绿娘，众人趁机走过通道，经过大街，跑进小巷。

水希等人不敢耽误，众人换着背绿娘，一直跑到了邯郸城西北门。西北门大开，地上躺着一片军士的尸体。几个墨家弟子把守着大门，看到水希等人出来，接应了他们朝外跑。

众人跑了不远，后面边传来嘈杂的马蹄声。水希等人不敢在大路上跑，只得跑到山上躲避。

第六章　李牧与郭开

08. 李牧之死

夜里，司马尚来见李牧。

负责监视的军士不敢拦阻，只得放其进去。

司马尚进了李牧的帐篷，小声对李牧说："李将军，我等欲杀了赵葱等人，救出将军，请将军应允。"

李牧忙说："万万不可！赵葱乃王族将军，杀了他便得罪了朝廷，如同造反，朝廷便可断供粮草，大军无粮自乱，如何杀敌？此取败之道也。"

司马尚急了："将军如入邯郸，恐遭郭开所害也！"

李牧摇头，说："未必。赵葱来此，是君上之意，如何处理，郭开不敢擅自做主。还有，你须联合众将牵制赵葱，赵葱虽懂兵法，却只能纸上谈兵，无实战之经验，与秦对敌，赵葱必败。尔等牵制赵葱，我就有回来之可能。否则，我命休矣。"

司马尚说："末将谨记。"

两日后，赵葱拨一百人押送李牧回邯郸。墨家弟子要跟随李牧回去，赵葱怕他们半路劫走李牧，将他们关了起来。

这一百人行至半路，突然遭遇埋伏。几十名勇猛无敌的秦之死士从埋伏之地冲出，片刻工夫，一百军士便成了他们的刀下之鬼。

李牧，这个活着可能改写中国历史的名将，也死于这些死士之手。

水希等人遭到郭开手下追杀，四处逃亡。绿娘身受重伤，死于逃亡路上。五天后，水希等人终于逃出追杀，找了两辆马车，众人直奔灰泉山赵军营地，半路遇到派到李牧身边的十名墨家弟子。

原来，两名被派去给水希报信的墨家弟子，连夜回到邯郸驿馆，驿丞大惊，将水希等人遭到郭开软禁、水希率众弟子冲杀、死亡大半的消息告诉了两人。两名墨家弟子不敢耽误，赶紧逃出驿馆，四处打听水希等下落未果，只得返回军营。

两人在半路，听说了李牧被杀的消息，不知如何是好，商量了一下，想返回军营，半路却遇到了这八名被赵葱关押起来的墨家弟子。

这八人是司马尚让人放出来的。司马尚让八人追上李牧，并设法保护之。却没想到，李牧已经魂归西天。

水希听了此消息，连连摇头，说："李牧被杀，我不信！此必是有人散布假消息，以动摇赵之军心也。"

众人皆没见到李牧尸骨，觉得水希之说有理。水希带着众人，四处打探消息，后来终于找到那押解李牧的一百个士兵之中幸存的一名，士兵证实了李牧被杀，其尸骨被其家人接走的消息。

水希绝望至极，率众弟子离开了赵国，从此隐居不出。

赵国大将军赵葱率兵对敌，不到一个月，便被秦国打败，赵葱被杀，其副将颜聚逃走。几个月后，秦国便攻进了邯郸，赵王迁被俘，被秦王流放到房陵。

秦王招郭开到咸阳听封，郭开带着财物家人，在秦死士保护之下奔赴咸阳，在一处集镇上，遇到一个头戴鹬鸰的阴阳先生。郭开心神不宁，让阴阳先生给他算命，此去咸阳有两条路可走，问阴阳先生，他应该走哪一条。阴阳先生让他朝着西南走。郭开朝着西南走了一会儿，突然怀疑起了算命先生，返回来，朝着西北而去。

在一个大山拐弯处，郭开等人遭到阴阳先生带的一帮着破衣烂衫、形同乞丐却皆善于拼杀搏斗的好汉攻击。十多名秦之死士皆被杀死，郭开所带手下五十多人连同郭开全家二十多口，无一活命。

赵国故事，至此结束。